Washington Irving

Cuentos de la Alhambra

Prólogo del traductor

Muévenos a publicar esta versión española de la celebrada obra de Washington Irving, *Cuentos de la Alhambra* (*Tales of the Alhambra*), el deseo de popularizar —hoy que tan vivo interés ha conseguido despertar la literatura folklórica en Europa— ese precioso ciclo legendario que nace en torno de los alcázares granadinos durante la dominación musulmana, que se acrecienta con los poéticos episodios de la Reconquista y con los varios accidentes y trágicos sucesos del alzamiento de los moriscos, y que se ha perpetuado hasta nuestros días entre los viejos habitantes del árabe recinto.

Sabido es que la política inexorable de los vencedores obligó a buscar nueva patria a los desgraciados y míseros moriscos, abandonando sus hogares y sepultando en el amado suelo patrio preciados bienes y tesoros, con la esperanza de poderlos recuperar el día de su rehabilitación. Estos tesoros ocultos han sido el alma de mil interesantes leyendas, fábulas y cuentos maravillosos, transmitidos oralmente de generación en generación, y germen de una literatura novelesca en esta región meridional andaluza. A la circunstancia especialísima de haber vivido en la Alhambra el insigne escritor norteamericano Washington Irving, en el 1829 debemos el poder saborear algunas de estas narraciones encantadoras, que él a su vez recogió de labios de los habitantes de la histórica fortaleza morisca, y que forman páginas tan amenas e interesantes como las muslímicas de *Las mil y una noches*.

El bello libro de Washington Irving no se ha llegado a popularizar en nuestra España tanto como en el resto de Europa y en el Nuevo Mundo, especialmente en Norteamérica, donde este insigne turista fue tan querido y celebrado. Y por cierto que bien merecía y merece la obra ser conocida de los españoles, y, sobre todo, de los hijos de la hermosa Granada, por él enaltecida y considerada como el dulce paraíso de sus días más venturosos.

Dentro de la rica literatura popular europea, pocos libros podrán aventajar al de Irving en interés y amenidad, por el sello especial que le distingue, por su estilo primoroso y sus galas y atavío de lenguaje, y por aquel colorido local tan artísticamente conservado en sus consejas: por su profundo conocimiento, en fin, de las costumbres populares granadinas.

Hará unos setenta años dio a luz en Madrid, D. M. M. de Santa Ana, una versión suya de este libro, hecha por tabla de las francesas de M. Cristian y de Milles A. Sobry; y, en 1859 la tipografía granadina de Zamora dio a la estampa otra versión española de unos cuantos capítulos del mismo. Pero así de estas incompletas versiones castellanas como de las francesas se han hecho rarísimos ejemplares; por lo cual creemos prestar un servicio al público ilustrado y amante de este género de literatura en general dando a luz una versión completa de los *Cuentos mágicos de la Alhambra*, hecha directamente del inglés y con cuanta fidelidad y esmero nos han sido posibles.

Si hubiéramos conseguido llevar a cabo, siquiera con mediano acierto, nuestro humilde trabajo, nos daríamos por cumplidamente recompensados y, sobre todo, si nuestros amables lectores se sirven recibirlo con indulgencia, en gracia del propósito que nos ha impulsado a publicarlo.

J. V. T.

El viaje

En la primavera del año 1829 el autor de esta obra, que había venido a España atraído por la curiosidad, hizo un viaje desde Sevilla a Granada, acompañado de un amigo, miembro de la Embajada rusa en Madrid. La casualidad nos había reunido desde regiones muy distantes, y la semejanza de aficiones nos despertó el deseo de peregrinar juntos por las románticas montañas de Andalucía. ¡Si estas páginas llegan a sus manos, ojalá que le recuerden las escenas de nuestro aventurero viaje, ahora esté ocupado en los negocios de su cargo diplomático, o mezclado en el bullicio de la corte, o ya esté abstraído ante las galas de la naturaleza; y ojalá que también puedan traerle a la memoria los detalles de nuestra amena excursión, y con ellos el recuerdo de un amigo al cual ni el tiempo ni la distancia harán jamás olvidar la dulce memoria de su amabilidad y gran valía!

Ahora, antes de entrar en mi asunto, séame permitido apuntar algunos pormenores sobre el aspecto de España y la manera de viajar en este país. Casi todos se figuran en su imaginación a España como una región meridional preciosa, con los suaves encantos de la voluptuosa Italia; pero es, por el contrario, en su mayor parte —si bien se exceptúan algunas de sus provincias marítimas—, un país áspero y melancólico, de escarpadas montañas y extensísimas llanuras desprovistas de árboles, de indescriptible aislamiento y aridez, que participan del salvaje y solitario carácter de África.

Aumenta esta silenciosa soledad la ausencia de las canoras aves, natural consecuencia de la falta de árboles y de pastos; se ven el buitre y el águila revolotear alrededor de los escarpados picos de las montañas, precipitándose al llano, y las bandadas de recelosas avutardas trepar por entre los matorrales; pero esa multitud de pajarillos que anidan en otros países no se encuentran más que en unas pocas provincias de España, y principalmente en los huertos y jardines que rodean las habitaciones de los naturales. En las provincias interiores atraviesa el viajero de vez en cuando grandes campos sembrados de granos, que verdean de trecho en trecho, tan extensos, que se pierden de vista, y que en otros tiempos estaban yermos y áridos; en vano se buscará la mano que ha cultivado aquel suelo. En lontananza se divisa algún pueblecito situado sobre escarpada colina o agrio despeñadero, semejando murallas desmanteladas o ruinosas atalayas; o bien alguna guarida, en tiempos pasados, fortificada en la guerra civil o contra las correrías de los moriscos, pues todavía se conserva entre los aldeanos de muchas partes de España la costumbre de unirse para la mutua protección, a causa de los robos de los vagabundos ladrones.

Pero aunque una gran parte de España está falta de arboledas y florestas y carece de los encantos del cultivo que engalana los campos, con todo, su conjunto ofrece una noble severidad que está perfectamente en armonía con la manera de ser de los habitantes; y yo me explico mejor al arrogante, intrépido, frugal y sobrio español y su arrojo en los peligros y su desprecio a los afeminados placeres desde que he visitado el país en que habita.

Hay algo también en los severos y sencillos paisajes del territorio español que imprime en el alma un sentimiento de sublimidad. Las inmensas llanuras de Castilla y de la Mancha, que se extienden hasta perderse de vista, atraen e interesan por su gran aridez e inmensidad, y poseen en alto grado la solemne grandiosidad del océano. Recorriendo estas vastas llanuras, se divisa por aquí y por acullá algún rezagado rebaño o manada guardada por un solitario pastor, inmóvil cual una estatua, con una larga y delgada vara que enarbola hacia los aires a manera de lanza; o ya una larga recua de mulos marchando lentamente a través de la llanura, semejando una caravana de camellos en el desierto; ya un solo labriego armado de trabuco y puñal y vagando por el llano. De este modo, el país, los habitantes y las mismas costumbres del pueblo participan en algo del carácter árabe. La general inseguridad de esta región está demostrada con el universal uso de las armas: el pastor en la campiña y el zagal en el llano tienen su escopeta y su navaja, y el opulento aldeano rara vez se aventura a ir a la feria real sin su trabuco, y acaso también acompañado de un criado a pie con su arma de fuego al hombro; y, en general, no se emprende la más pequeña caminata sin todos los preparativos de una empresa guerrera.

Los peligros del camino dan también lugar a un modo especial de viajar, parecido, aunque en pequeña escala, a las caravanas del Oriente. Los arrieros se reúnen y emprenden juntos la caminata en largo y bien armado convoy y en ciertos y determinados días; y, a la vez, algún que otro viajero aumenta el número y contribuye a la general defensa. En este primitivo modo de viajar está el comercio del país. El mulatero es el ordinario medianero del tráfico y el legítimo viajero de la tierra: él atraviesa la Península desde los Pirineos y las Asturias hasta las Alpujarras, la Serranía de Ronda y aun hasta las puertas de Gibraltar. Vive sobria y duramente; sus alforjas de tela burda constituyen su mezquina despensa de provisiones; una bota de cuero pendiente de su arzón contiene vino o agua, que le da refuerzo a través de aquellas estériles montañas y secas llanuras; una manta de mula tendida en la tierra le sirve de cama por la noche y la albarda de almohada. Su pequeño pero bien formado y membrudo cuerpo indica su vigor; su tez es morena y tostada por el sol; su mirada resuelta, pero tranquila en su expresión, excepto cuando se enardece por alguna repentina emoción; su porte es franco, varonil y cortés, y nunca pasa junto a alguno sin dirigirle este grave saludo: «Dios guarde a usted», «vaya usted con Dios, caballero».

Como estos hombres llevan constantemente toda su fortuna entregada al azar en las cargas de sus acémilas, tienen siempre sus armas a mano, colgadas de los aparejos y prontas para poderlas coger en alguna desesperada defensa; pero, como viajan reunidos en gran número, se hacen temibles a las partidas de merodeadores, y el solitario bandolero, armado hasta los dientes y montado en su corcel andaluz, anda recelosamente acechándolos, como el pirata que persigue un barco mercante, sin tener valor para dar el asalto.

Los arrieros españoles tienen un inagotable repertorio de cantares y baladas, con las que se entretienen en sus continuos viajes. Sus aires musicales son severos al par que sencillos, y consisten en suaves inflexiones; cantan en alta voz y sostienen el canto modulando cadencias, sentados a mujeriegas en su mulo, que parece escucha con pausada gravedad y a la vez guarda con el paso el compás de las cantinelas. Las coplas que cantan son casi siempre referentes a algún antiguo y tradicional romance de moros, o a alguna leyenda de un santo, o de las llamadas «amorosas»; otras veces —y esto es lo más frecuente— entonan una canción sobre algún temerario contrabandista, pues el bandolero y el bandido son héroes poéticos en España entre la gente baja. Ocurre a menudo que los arrieros improvisan en el acto coplas, inspirándose en algún paisaje que se les presenta o sobre algún incidente del viaje; esta vena fácil para componer e improvisar es característica en España, y, según se dice, heredada de los moros. Se siente, pues, una mezcla de severidad y encanto al oír estas estrofas en los agrestes y salvajes parajes en que se modulan, y más yendo acompañadas del especial retintín de los campanillos de las mulas.

Ofrece también el cuadro más pintoresco una banda de arrieros atravesando por el paso de una montaña: primero se oyen los campanilleros, que turban con su monótono sonido el silencio de la elevada cumbre, o acaso la voz del mulatero arreando a alguna perezosa o rezagada bestia, o bien cantando con toda la fuerza de sus pulmones algún romance tradicional. Otras veces se ve una recua al borde de un horrible desfiladero, o descendiendo por agrias pendientes, de tal modo que parece destacarse de relieve en el firmamento, o bien caminando junto a terribles precipicios que se abren bajo sus pies. A medida que se acercan las bestias se van distinguiendo sus vistosos arreos de cáñamo bordado, sus penachos y sus mantas; y al pasar por nuestro lado nos hace recordar la poca seguridad que ofrece el camino su inseparable trabuco pendiente de los fardos y de las mantas.

El antiguo reino de Granada, del cual estábamos ya a muy corta distancia, es una región de las más montañosas de España. Vastas sierras desnudas de pastos y arboledas y formadas de variados mármoles y granitos elevan sus crestas sombrías y negruzcas hasta la región de los cielos; pero en sus rugosos senos crecen fertilísimos y verdes valles, luchando por dominar en ellos la aridez y la vegetación de tal modo, que la misma piedra viva se ve obligada a producir higueras, y el naranjo y el limonero crecen junto al mirto y el rosal.

En las escabrosas laderas de estas montañas la perspectiva de ciudades y pueblecitos amurallados, construidos a manera de nidos de águila suspendidos entre las rocas y rodeados de moriscos baluartes o cuarteadas ciudadelas, nos lleva a remontarnos con la imaginación a los caballerescos tiempos de las guerras entre moros y cristianos y a la romántica lucha por la conquista de Granada. Al atravesar estas elevadas sierras el viajero se ve obligado a cada paso a echar pie a tierra y guiar sus caballos por las laderas y rápidas subidas y bajadas de aquellos cerros que semejan los desiguales peldaños de una escalera. En ocasiones, el sendero va serpenteando junto a horrorosos precipicios, sin parapeto que lo ponga a salvo del tajo que se mira en lo profundo, y después desciende hacia los hondos abismos por oscuras y peligrosas bajadas. Otras veces, al través de accidentados barrancos, carcomidos por los torrentes del invierno, atraviesa la oculta vereda de que se sirve el contrabandista, sin contar con que de cuando en cuando aparece alguna fatídica cruz, en memoria de algún robo o asesinato, erigida sobre un montón de piedras en un sitio solitario del camino, la cual advierte al viajero que se encuentra en medio de las guaridas de los bandidos, y acaso en el mismo momento de ser acechado por algún oculto bandolero. También otras veces, al cruzar por un angosto valle, se ve uno sorprendido por un ronco mugido; y pronto divísase por encima del prado que tapiza la falda de la montaña una vacada de bravos toros andaluces, destinados a ser lidiados en la plaza. Yo he experimentado —si así puedo decirlo— un agradable horror contemplando muy de cerca estos temibles animales, dotados de tremendo poder, rebuscando sus gratos pastos, y en estado salvaje, pues casi nunca han visto la gente, ni conocen a nadie más que al solitario pastor que los cuida, y aun a veces él mismo no se atreve a acercárseles. El ronco bramido de estas fieras y su aire amenazador, cuando miran abajo desde la elevada roca en que se hallan, añaden fiereza a los salvajes contornos del paisaje.

Me he entregado maquinalmente, y con más detenimiento de lo que yo me proponía, a hacer estas consideraciones sobre las fases generales que presentan los viajes por España; pero hay tal poesía en los dulces recuerdos de la Península, que se siente dulcemente arrebatada la imaginación.

Era el 1 de mayo cuando mi compañero y yo salimos de Sevilla en dirección a Granada; lo habíamos dispuesto todo para hacer nuestro viaje por sitios montañosos, pero por caminos un poco mejores que las primitivas veredas de los mulos, sin contar el que están frecuentemente visitados por los bandidos. Lo de más valor de nuestro equipaje se había enviado delante con los arrieros, llevando solamente con nosotros lo necesario para el viaje y el dinero para los gastos del camino, con un suficiente sobrante de esto último para satisfacer la codicia de los ladrones, si por desgracia nos asaltaban, y para librarnos de los duros tratamientos que sufre el indefenso viajero que es demasiado confiado. Nos prepararon un par de resistentes caballos de alquiler, y además otro tercero para nuestro sencillo equipaje y para que sirviese a la vez a un robusto vizcaíno, mozo de unos veinte años de edad, que era nuestro guía por todos aquellos confusos vericuetos y caminos montañosos, el cual cuidaba de nuestros caballos y hacía alguna que otra vez de lacayo, sirviéndonos constantemente de guardia, pues llevaba un formidable trabuco para defendernos de los criminales, y sobre cuya arma nos hizo muchos y pomposos elogios; aunque en descrédito de esta su celebrada herramienta debo consignar que casi siempre estaba descargada y colgada detrás de la silla. Era, sin embargo, fiel, divertido y de buena condición, y ensartaba refranes y proverbios, como aquel flor y nata de los escuderos, el mismísimo afamado Sancho, cuyo nombre le pusimos; y como buen español —aunque le tratábamos con la familiaridad de compañero— nunca, ni aun por un solo momento, traspasó los límites del decoro debido, a pesar de su ingénito buen humor.

Así equipados y servidos, nos pusimos en camino en muy buenas condiciones para que fuera el viaje agradable. Pero ¡qué país es España para un viajero! La más miserable posada está para él tan llena de aventuras como un castillo encantado, y cada comida constituye por sí misma toda una hazaña. ¡Quédese para otros el criticar la falta de buenos caminos y de suntuosos hoteles, y de las esmeradas comodidades de un país adelantado y corriente; pero déseme a mí la áspera y escarpada serranía, la vagabunda y azarosa vida del caminante, y las francas, hospitalarias y primitivas costumbres que prestan exquisito sabor a la romántica España!

Nuestra primera velada tuvo cierto tinte agradable. Llegamos, ya puesto el sol, a un pequeño pueblecito situado entre las sierras, después de una penosa marcha por una dilatada llanura sin caseríos, y en donde nos mojamos varias veces por la lluvia. En la posada había una patrulla de miqueletes que andaban rondando aquella zona en persecución de malhechores. La presencia de extranjeros de nuestra alcurnia no era muy frecuente en esta apartada aldea; mi posadero, con dos o tres viejos locuaces camaradas, con mantas pardas, revisaron nuestros pasaportes en un rincón de la posada, mientras que un alguacil tomaba nota a la débil luz de un candil. Como los pasaportes estaban en lengua extranjera se quedaron perplejos; pero nuestro escudero Sancho les ayudó en sus investigaciones y les ponderó nuestra importancia con la grandilocuencia propia de un español.

Además, la espléndida distribución de unos cuantos cigarros nos ganó las simpatías de los que nos rodeaban; y, momentos después, todos los presentes se agitaban a porfía por instalarnos cómodamente. El mismo corregidor en persona vino a vernos, y la posadera trajo pomposamente a la habitación un gran sillón formado con juncos, para el descanso de tan importante personaje. El jefe de la patrulla cenó con nosotros: era un andaluz vivo, decidor y alegre, que había hecho su campaña en la América del Sur; nos contó sus aventuras amorosas y guerreras, con ostentación fraseológica, vehemencia en el gesticular, y con un cierto misterioso entornar de ojos; nos dijo que tenía una lista de todos los ladrones de la comarca, y que se disponía a dar una batida a cada hijo de su madre; nos ofreció al mismo tiempo algunos soldados para escolta: «Uno es bastante para guardar a ustedes, señores; los ladrones me conocen y conocen a mi gente: la mira de uno solo es bastante para aterrorizar la sierra entera». Le quedamos altamente agradecidos por su ofrecimiento, pero le aseguramos, con nuestra natural franqueza, que con la custodia de nuestro escudero Sancho no temíamos a todos los ladrones de Andalucía.

Mientras estábamos cenando con nuestro amigo el perdonavidas se oyeron acordes de una guitarra y el ruido de castañuelas, y poco después varias voces cantando en coro un aire popular. En efecto, mi posadero había reunido conjuntamente a los aficionados al canto y a la música y a las beldades del rústico vecindario, y al salir al patio del mesón se presentó ante nuestra vista el cuadro de una verdadera fiesta española. Tomamos asiento, con nuestros huéspedes y con el jefe de la patrulla, en el cenador del patio; la guitarra pasó de mano en mano, haciendo un jocoso zapatero de Orfeo de la función. Era un buen mozo de sendas patillas negras; llevaba las mangas arrolladas hasta los codos; tocaba la guitarra con magistral destreza y cantaba coplas amorosas, lanzando miradas expresivas a las mozuelas, de quienes era indudablemente el favorito. Bailó después un fandango con verdadero garbo andaluz y con gran satisfacción de los espectadores. Pero de las muchachas presentes ninguna podía compararse con la linda hija de mi posadero, Pepita, que había desaparecido de pronto para hacerse el tocado que el caso requería: se adornó su cabeza con rosas, y se lució danzando el bolero con un bizarro soldado. Dimos órdenes a nuestro posadero para que repartiese vino y ofreciese galantemente refrescos a los circunstantes; siendo de notar que, aunque aquélla era una humilde abigarrada reunión de soldados, arrieros y aldeanos, nadie traspasó los límites de una decorosa alegría. La escena era un digno cuadro para un pintor: grupos pintorescos de bailarines, soldados en sus trajes medio militares, aldeanos envueltos en sus parduscas mantas, y no he de pasar en silencio al viejo y flacucho alguacil con su corta capilla negra, el cual no hacía caso de lo que allí pasaba, sino que, sentado en un rincón, escribía diligentemente, a los pálidos fulgores de un enorme velón, digno de haber figurado en los tiempos de Don Quijote.

No estoy haciendo un croquis perfecto, ni mucho menos pretendo bosquejar los variados sucesos de cada una de nuestras jornadas por sierras y valles, barrancos y montañas. Viajábamos del mismo modo que los contrabandistas, tomando cada cosa lisa y llanamente como era, y confundiéndonos con personas de todas clases y condiciones, como unos meros despreocupados vagabundos: el mejor y único modo de viajar por España. Conociendo las miserables despensas de las posadas y los desiertos parajes que el viajero tiene necesidad de atravesar, pusimos todo nuestro cuidado, al partir, en tener bien abastecidas las alforjas de nuestro escudero con provisiones de fiambres y llenar la bota —que era de respetables dimensiones— hasta la boca de exquisito vino de Valdepeñas. Como estas municiones eran más importantes para nuestro viaje que las de su trabuco, le advertimos que tuviese mucho ojo con ellas y le hago justicia diciendo que su homónimo el mismísimo Sancho Panza no le hubiera podido aventajar en su oficio de administrador despensero. Aunque las alforjas y la bota eran frecuentemente asaltadas con ganas durante el viaje, parecían poseer la milagrosa virtud de no agotarse nunca; y era que nuestro celoso escudero tenía cuidado de guardar lo que quedaba de nuestras cenas nocturnas en las posadas, para suplir nuestras comidas del día.

¡Qué sabrosísimas meriendas hacíamos sobre el florido césped, a la orilla de algún arroyuelo o fuente y a la sombra de algún frondoso árbol! Y después, ¡qué deliciosas siestas en nuestras mantas extendidas sobre la hierba!

Cierto día nos detuvimos a la caída de la tarde, para regalarnos con una merienda de esta clase, en una agradable pradera tapizada de verde y rodeada de colinas cubiertas de olivos. Se tendieron numerosos coberteros sobre el musgo y bajo un álamo próximo a un delicioso arroyuelo, y se ataron los caballos donde pastasen la hierba. Sancho presentó sus alforjas con cierto aire de triunfo, y en ellas los sobrantes de cuatro días de camino, y además notablemente enriquecidas con los acopios hechos la tarde anterior en una rica posada de Antequera. Nuestro escudero iba sacando uno por uno su heterogéneo contenido, y parecía que aquello no iba a tener fin. Primero una pierna de cabrito asada, casi sin haberla tocado; luego una perdiz entera; seguidamente un gran trozo de bacalao en salazón, liado en papel; después los restos de un jamón, y, por último, media gallina; todo ello junto con algunos panecillos y una carga de naranjas, higos, pasas y nueces. Su bota había sido repuesta con excelente vino de Málaga. A cada nueva aparición de su despensa gozaba con nuestra cómica sorpresa, tirándose de espaldas sobre la hierba y reventando de risa. De nada gustaba tanto el sencillo muchacho como el ser comparado —por su afición a guisandero— con el celebérrimo escudero de Don Quijote. Estaba muy ducho en la vida del «caballero andante», y —como el pueblo bajo de España— creía firmemente que era una historia verídica.

—¿Hace mucho tiempo que sucedió eso, señor? —me preguntó cierto día con mirada investigadora.

—Ya hace mucho tiempo —le dije.

—¿Se puede decir que hará más de mil años? —añadía mirando todavía con aire de perplejidad.

—Yo te aseguro que es lo menos.

El escudero quedó convencido.

Cuando estábamos dedicados a la refacción antes citada y divirtiéndonos con las bufonadas de nuestro escudero, se nos acercó un pobre mendigo que tenía cierto aspecto de peregrino. Era un anciano con la barba muy encanecida, y se venía apoyando en un cayado, aunque la vejez no le había encorvado todavía; era alto, esbelto y conservaba vestigios de haber tenido hermosas facciones; cubríase con un sombrero calañés y traía zamarra y calzones de cuero, polainas y sandalias. Su vestido —aunque viejo y remendado— era decente y su porte muy noble, y dirigiose a nosotros con esa grave cortesía que se nota en el más pobre español. Estuvimos expresivos con semejante huésped, y por antojo de caprichosa caridad le dimos algunas monedas de plata, un pan de trigo blanco y un vaso de nuestro excelente vino de Málaga. Él lo recibió con gratitud, pero sin ninguna muestra de servil adulación. Probando el vino lo levantó por alto, mirándolo al trasluz con cierta expresión de asombro, y luego, bebiéndoselo de un trago: «Ya hace muchos años —dijo— que no he probado vino igual a éste. Es un excelente tónico para el corazón de un viejo». Después, contemplando el panecillo que se le había ofrecido, añadió: «¡Bendito sea tal pan!». Le invitamos a que lo comiese allí mismo: «No, señores —respondió—; el vino lo he bebido con vuestro permiso; pero el pan me lo llevo a la casa para compartirlo con mi familia».

Nuestro Sancho nos miró, e interpretando a seguida nuestro asentimiento, dio al anciano una parte de las abundantes sobras de nuestra merienda, con la condición de que se sentase a tomar un bocado.

Sentóse, pues, a corta distancia de nosotros, y empezó a comer despacio, con sobriedad y con la delicadeza propia de un hidalgo. Había, en verdad, cierto modo mesurado y tal tranquila serenidad en el anciano, que me hizo creer que habría disfrutado de mejores días; además, su lenguaje, aunque sencillo, era de vez en cuando pintoresco y de una poética fraseología. Creí ver en su interior a un arruinado caballero, pero me equivoqué; no había más que la innata cortesía del español y los giros poéticos de la fantasía y del lenguaje usado comúnmente por las clases bajas de este pueblo de viva imaginación. Nos contó que durante cincuenta años había sido pastor. «Cuando era joven —decía— nada podía dañarme ni afligirme: siempre me encontraba bueno, siempre alegre; pero ahora tengo setenta y nueve años, y soy pobre y mi corazón empieza a abandonarme».

Sin embargo, todavía no era un completo mendigo, pues hacia poco que había venido a aquel estado de degradación; nos hizo una conmovedora pintura de la lucha entre el hambre y la dignidad cuando las miserables privaciones se apoderaron de él. Volvía de Málaga sin dinero; no había probado bocado desde algún tiempo, y cruzaba uno de los más dilatados llanos de España, donde había muy pocos albergues. Cuando casi desfallecía de necesidad, se acercó a la puerta de una venta: ¡Perdone usted por Dios, hermano!, le dijeron (que es el modo usual de despedir a un pobre en España). «Yo me fui —continuó— con más vergüenza que hambre, pues mi corazón era demasiado orgulloso todavía. Dirigime, pues, hacia un río de profundas márgenes e impetuosa y rápida corriente, y estuve tentado a arrojarme a él. ¿Para qué quiere vivir un viejo miserable y desgraciado como yo? Mas, cuando estuve al borde de la corriente, me acordé de la Santísima Virgen y volví atrás mis pasos. Anduve errante, hasta que divisé un cortijo situado a corta distancia del camino, y penetré en el portal exterior que daba al patio. La puerta estaba cerrada, pero había dos señoritas en una ventana; me acerqué y les pedí una limosna: ¡Perdone usted por Dios, hermano! Y cerraron la ventana. Me salí del patio flaqueándome las piernas; pero el hambre me rindió y me faltó el valor; pensé que había llegado mi última hora, y me tendí en la puerta, encomendándome a la Santísima Virgen y cubriéndome la cabeza para morir. A poco de esto vino a recogerme el amo de la casa, y viéndome acostado en su puerta, tuvo piedad de mis canas, metióme en su casa y me dio de comer. ¡Vean ustedes, señores, por qué tengo puesta mi confianza en la protección de la Virgen!».

El anciano iba camino de su pueblo natal, Archidona, que se halla situado en lo alto de una escarpada y áspera montaña. Señalando con el dedo las ruinas de su vetusto castillo árabe: «Aquel castillo —nos dijo— estuvo habitado por un rey moro en tiempo de las guerras de Granada. La reina Isabel lo sitió con un gran ejército; pero el infiel la miraba desde su castillo junto a las nubes y se reía con desprecio. En esto se apareció la Virgen a la reina, y la guio juntamente con sus tropas por una misteriosa vereda de las montañas, que nunca después se ha vuelto a encontrar. Cuando el moro la vio venir quedó estupefacto, y, saltando con su caballo por un precipicio, se hizo pedazos. Las huellas de las herraduras de su caballo —prosiguió el viejo— todavía se pueden ver en el borde de la roca; y véanlo ustedes, señores: aquél es el camino por donde la reina y sus soldados treparon; véanlo ustedes como una cinta por la falda de la montaña; el milagro consiste en que se ve a cierta distancia; pero a medida que uno se acerca va desapareciendo».

El ideal camino que nos señaló es, sin duda, una faja arenisca de la montaña que se distingue perfectamente dibujada y marcada desde lejos, pero que de cerca se borra y desaparece.

Luego que el ánimo del viejo se reanimó con el vino y la merienda, se puso a contarnos cierta historia de un misterioso tesoro escondido debajo del castillo del rey moro, junto a cuyos cimientos estaba su propia casa. El cura y el notario soñaron tres veces con el tesoro y fueron a excavar al sitio indicado en sus ensueños, y su mismo yerno oyó el ruido de los picos y azadas cierta noche. Lo que ellos se encontraron nadie lo ha sabido: se hicieron ricos de la noche a la mañana, pero guardaron su mutuo secreto. Así, pues, el anciano tuvo a su puerta la fortuna; pero estaba condenado a vivir perpetuamente de aquel modo.

He notado que las historias de tesoros escondidos por los moros, que prevalecen tanto en España, son muy corrientes entre la gente menesterosa. ¡De tal suerte la benévola Naturaleza consuela con la fantasía la falta de recursos: el sediento sueña con fuentes y fugitivas corrientes; el hambriento, con fantásticos banquetes; el pobre, con montones de oro escondidos! ¡Nada hay, en verdad, más espléndido que la imaginación de un pobre!

La última escena que referiré es una velada en la pequeña ciudad de Loja. Éste fue un famoso apostadero fronterizo beligerante en tiempos de los moros, que hizo frente a Fernando desde sus murallas; fue la guarida del viejo Aliatar, sueño de Boabdil, desde donde este fiero veterano se lanzó con su yerno a una desastrosa correría que concluyó con la muerte de su jefe y la prisión del monarca. Loja está agrestemente situada en un quebrado paso montañoso a orillas del Genil, entre rocas y montañas, y jardines, y la población parece conservar todavía el intrépido espíritu de fiereza de los tiempos pasados. Nuestro mesón estaba en relación con el sitio. Hallábase al frente de él una joven y hermosa viuda andaluza, cuya adornada basquiña de seda negra con franjas de abalorios dejaba ver los encantos de sus graciosas formas y de sus torneados y flexibles miembros. Su andar era firme y delicado; sus ojos, negros y llenos de fuego; y la coquetería de su porte y los variados adornos de su persona indicaban que estaba acostumbrada a que la admirasen.

Hacía la hembra buena pareja con un hermano suyo, casi de su misma edad, y eran ambos tipos perfectos de majo y maja andaluces. Él era alto, vigoroso y bien formado, de color aceitunado claro, negros y chispeantes ojos y rizadas patillas de pelo castaño que se unían por debajo de la barba. Estaba donosamente vestido con una chaquetilla corta de terciopelo verde, ajustada a su talle, y ricamente adornada con botones de plata, con un blanquísimo pañuelo en cada bolsillo. Llevaba calzones de lo mismo, con hileras de botones desde la cadera hasta la rodilla, pañuelo de seda color de rosa al cuello, sujeto con una sortija sobre la pechera de la camisa, admirablemente rizada; faja alrededor de la cintura para que hiciera buen contraste, botines de cuero encarnado, elegantemente trabajados y abiertos por la pantorrilla, enseñando sus medias; y, por último, zapatos que dejaban ver un pie muy pulido.

Luego que estuvo un rato en el zaguán llegó un jinete y trabó con él formal conversación en voz baja. Venía vestido por el mismo estilo y casi con el mismo refinamiento, y era un hombre como de unos treinta años, de complexión vigorosa y de rígidas facciones romanas, guapo, aunque ligeramente picado de viruelas, y con aire franco, audaz y algún tanto atrevido. Su poderoso caballo negro hallábase adornado con borlas y caprichosos jaeces, y llevaba un par de bocachas colgando por detrás de la silla. Mostraba el aire de uno de esos contrabandistas que he visto en las montañas de Ronda. Sin duda alguna, tenía gran confianza con el hermano de mi posadera, y —si no me equivoco— era el predilecto admirador de la viuda. En suma, la posada entera y sus huéspedes tenían cierto aspecto contrabandista, y los trabucos andaban en un rincón al lado de la guitarra. El jinete que he descrito pasó la noche en la posada y cantó algunos picarescos aires de la Serranía con mucha gracia. Cuando estábamos cenando, dos pobres asturianos se acercaron, mendigándonos míseramente alimento y posada. Habían sido asaltados por los ladrones al venir de una feria por las montañas; les habían robado un caballo en que llevaban todo su capital comercial; los despojaron del dinero y de sus ropas; los habían maltratado por haber hecho resistencia, y los dejaron casi desnudos en la mitad del camino. Mi compañero, con espontánea generosidad, natural en él, les pagó la cena y una cama, y les dio una cantidad de dinero para ayudarles a volver a sus casas.

Más entrada la noche se aumentaron los personajes del drama. Un hombre como de sesenta años, de fornida y vigorosa naturaleza, entró impertérrito hacia adentro a charlar con mi posadera. Vestía el ordinario traje andaluz, pero llevaba un enorme sable debajo del brazo, con largos bigotes, y ostentaba un marcado aire de valentón. Parecía como que todos le miraban con gran respeto.

Nuestro Sancho nos dijo en voz baja que era don Ventura Rodríguez, el héroe y campeón de Loja, famoso por sus proezas y por la fuerza de su brazo. En tiempos de la invasión francesa sorprendió a seis soldados que estaban dormidos: ató primeramente sus caballos, y, después les acometió sable en mano, matando a uno y haciendo prisioneros a los demás. Por este hecho de armas le señaló el rey una peseta diaria y fue dignificado con el título de Don.

Me gustaba observar su ampuloso lenguaje y ademanes. Era un perfecto andaluz, muy pagado de su bravura. Tan pronto tenía el sable en la mano como debajo del brazo; lo llevaba constantemente consigo, como una niña lleva una muñeca; le llamaba su Santa Teresa y decía que cuando lo sacaba «temblaba la tierra».

Permanecí hasta hora bastante avanzada contemplando las varias conversaciones de este abigarrado grupo, donde hablaban todos con la poca reserva propia de una posada española; tuvimos canciones de contrabandistas, historias de ladrones, hazañas de guerras y leyendas moriscas. El fin de fiesta estuvo a cargo de nuestra hermosa posadera, y consistió en una poética relación de Los Infiernos de Loja, tenebrosas cavernas en cuyos subterráneos hacen un misterioso ruido corrientes y cascadas de agua. El vulgo cree que hay allí encerrados monederos falsos desde tiempo de moros, y que los reyes moriscos guardan sus tesoros en estas cavernas.

Podríamos llenar las páginas de esta obra con los incidentes y sucesos de nuestra accidentada expedición, si fuera éste el objeto de ella; pero perseguimos otro fin. Prosiguiendo nuestro viaje, salimos de las montañas y entramos en la deliciosa vega de Granada. Aquí hicimos la última merienda, a la sombra de unos olivos y a orillas de un riachuelo, con la vieja ciudad morisca en lontananza, coronada por los picos de Sierra Nevada, brillante como la plata. El día estaba sin nubes y el calor del sol atemperado por las frescas brisas de la montaña; después de la comida tendimos nuestras mantas y dormimos nuestra última siesta, acariciados por el zumbido de las abejas entre las flores y por los arrullos de las palomas torcaces en los cercanos olivares. Cuando pasaron las horas del calor emprendimos de nuevo la marcha; y, después de haber pasado por entre vallados de pitas y chumberas y por un laberinto de huertas, llegamos, al ponerse el sol, a las puertas de Granada.

Para el viajero inspirado en lo histórico y en lo poético, la Alhambra de Granada es un objeto de tanta veneración como la Kaaba o Casa Sagrada de la Meca para los devotos peregrinos musulmanes. ¡Cuántas leyendas y tradiciones verídicas y fabulosas, cuántos cantares y romances amorosos, españoles y árabes, y qué de guerras y hechos caballerescos hay referentes a aquellos románticos torreones! El lector comprenderá fácilmente nuestra alegría cuando, poco después de llegar a Granada, el gobernador de la Alhambra nos dio permiso para residir en las habitaciones vacías del Palacio morisco. Mi compañero fue pronto llamado por los deberes de su cargo oficial; pero yo permanecí de intento algunos meses en el viejo Palacio encantado. Las siguientes páginas son el resultado de mis abstracciones e Investigaciones durante tan deliciosa permanencia. ¡Si ellas pudiesen comunicar algo de los fascinadores encantos de este sitio a la imaginación del lector, éste no podría menos de apesadumbrarse de no haber pasado conmigo una temporada en los legendarios salones de la Alhambra!

Gobierno de la Alhambra

La Alhambra es una antigua fortaleza o palacio amurallado de los reyes moros de Granada, desde donde ejercían dominio sobre este ensalzado paraíso terrenal, última posesión de su imperio en España. El palacio árabe no ocupa sino una parte de la fortaleza, cuyas murallas, guarnecidas de torres, circundan irregularmente toda la cresta de una elevada colina que domina la ciudad y forma una estribación de la Sierra Nevada.

En tiempo de los moros era capaz la Alhambra de contener un ejército de cuarenta mil hombres dentro de su recinto, y sirvió alguna que otra vez para librarse los soberanos del furor de sus rebeldes súbditos. Después que el reino pasó a manos de los cristianos continuó la Alhambra siendo del patrimonio real, y también algunas veces ha sido habitada por los monarcas castellanos. El emperador Carlos V edificó un suntuoso palacio dentro de sus murallas, pero se suspendió la obra por los continuos terremotos. El último rey que la vivió fue Felipe V y su hermosa esposa Isabel de Parma, a principios del siglo XVIII. Hiciéronse grandes preparativos para su recepción: el palacio y los jardines sufrieron notable reforma y se agregaron algunas habitaciones, que fueron decoradas por artistas traídos de Italia. La permanencia de estos soberanos fue efímera, y después de su partida el palacio volvió de nuevo a su abandono.

El recinto fue en adelante ocupado por fuerza militar; el gobernador de la Alhambra quedó bajo la dependencia de la Corona, y su jurisdicción se extendía hasta los arrabales de la ciudad. Su autoridad era del todo independiente de la del capitán general de Granada. Se alojaba en el interior de la Alhambra una respetable guarnición; el gobernador tenía sus habitaciones frente al viejo palacio morisco, y nunca bajaba a Granada sin una escolta militar. La fortaleza, en resumen, era una pequeña ciudadela independiente, con algunas calles y casas dentro de sus muros, y además con un convento de franciscanos y una iglesia parroquial.

La retirada de la Corte fue, en verdad, un golpe fatal para la Alhambra. Sus bellísimos salones se desmantelaron y algunos de ellos quedaron en ruinas; los jardines se destruyeron y las fuentes cesaron de correr. Poco a poco las viviendas se fueron habitando por gentes de mala reputación: contrabandistas que se aprovechaban de su exenta jurisdicción para emprender un vasto y atrevido tráfico de contrabando, y ladrones y tunantes de todas clases, que hacían de ella su guarida y su refugio, y desde donde a todas horas podían merodear por Granada y sus inmediaciones. La energía del Gobierno intervino al fin: expulsó, por último, a esta gente y no se permitió el vivir allí sino el que probase que era hombre honrado y que, por tanto, tenía justos títulos para habitar en aquel recinto; se demolieron la mayor parte de las casas y solamente quedaron en pie unas pocas, con la iglesia parroquial y el convento de San Francisco. Durante las últimas guerras habidas en España, mientras Granada se halló en poder de los franceses, la Alhambra estuvo guarnecida con sus tropas, y el general francés habitó provisionalmente en el Palacio. Con el ilustrado criterio que siempre ha distinguido a la nación francesa en sus conquistas, se preservó este monumento de elegancia y grandiosidad morisca de la inminente ruina que le amenazaba. Los tejados fueron reparados, los salones y las galerías protegidos de los temporales, los jardines cultivados, las cañerías restauradas, y se hicieron saltar en las fuentes vistosos juegos de aguas. España, por lo tanto, debe estar agradecida a sus invasores por haberle conservado el más bello e interesante de sus históricos monumentos.

A la salida de los franceses volaron éstos algunas torres de la muralla exterior y dejaron las fortificaciones casi en ruinas. Desde este tiempo cesó la importancia militar de la fortaleza. La guarnición consta de unos pocos soldados inválidos, cuya misión principal consiste en guardar algunas de las torres exteriores que sirven actualmente de prisiones de Estado; y el gobernador, habiendo abandonado la elevada colina de la Alhambra, reside en Granada, para el más cómodo despacho de los asuntos oficiales.

No concluiré esta breve reseña sobre el estado de la fortaleza sin rendir el debido elogio a los laudables esfuerzos de su actual gobernador, don Francisco de Serna, quien está empleando los limitados recursos de que dispone para ir reparando el Palacio, y con sus acertadas precauciones ha impedido su inminente ruina. Si sus predecesores hubieran cumplido los deberes de su cargo con igual esmero, la Alhambra podría haber permanecido casi en su prístina belleza; y si este Gobierno le ayudara con medios iguales a su celo, este edificio podría conservarse aún como la joya de la nación, y atraería a los curiosos e inteligentes de todos los países durante largas generaciones.

Interior de la Alhambra

La Alhambra ha sido descrita tan minuciosamente y con tanta frecuencia por los viajeros, que un ligero croquis será acaso suficiente para refrescar la memoria del lector; por consiguiente, haré una breve relación de nuestra visita al otro día de llegar a Granada.

Dejando la posada de la Espada, atravesamos la famosa plaza de Bibarrambla, teatro en otros tiempos de las moriscas justas y torneos, y ahora convertida en mercado principal. Desde allí subimos por el Zacatín, que es la calle más importante, y que en tiempo de los moros era el Gran Bazar: en él las tiendecillas y callejuelas conservan todavía él carácter del Oriente. Cruzando una plaza por frente del palacio del capitán general, subimos por una estrecha y tortuosa calle, cuyo nombre nos recordó los tiempos caballerescos de Granada. Se llama la Cuesta de Gomeres, de una familia morisca, célebre en los romances y cantares. Esta cuesta conduce a una maciza puerta de arquitectura griega, construida por Carlos V, y que forma la entrada a los dominios de la Alhambra.

Había en la puerta dos o tres mal vestidos soldados veteranos, dormitando en un asiento de piedra, los sucesores de los Zegríes y los Abencerrajes; en tanto que un alto y flacucho ganapán, con una mugrienta capa de color castaño, que tenía por objeto, sin duda, el ocultar el andrajoso estado de su traje interior, se hallaba holgazaneando al sol y charlando con un viejo veterano que estaba de centinela. Se nos agregó el tal cuando hubimos pasado la puerta, y nos ofreció sus servicios para enseñarnos la fortaleza.

Tengo repugnancia, como viajero, a estos oficiosos cicerones, y no me agradó, en verdad, el aspecto del que se me presentaba.

—¿Supongo que conocerá usted bien este sitio?

—Ninguno mejor, señor, pues soy hijo de la Alhambra.

La generalidad de los españoles emplea singulares giros poéticos para expresarse. ¡Hijo de la Alhambra! La frase ésta me sorprendió al pronto; pero el humildísimo traje de mi nuevo conocido le daba un expresivo sentido ante mis ojos: era el emblema de las vicisitudes de aquel lugar, y él representaba maravillosamente al descendiente de tales ruinas.

Le hice algunas preguntas, y me convencí de que era legítimo su título. Su familia se venía sucediendo en la fortaleza de generación en generación, casi desde el tiempo de la conquista, y su nombre era Mateo Jiménez.

—Entonces —le dije— quizá será usted descendiente del gran cardenal Jiménez de Cisneros.

—¡Dios sabe, señor! Muy bien puede ser. Somos la familia más antigua de la Alhambra: cristianos viejos, sin mezclas de moros ni judíos. Yo sé que pertenecemos a cierta familia noble, pero no me acuerdo cuál. Mi padre sabe todo eso, y conserva el escudo de nobleza colgado en la habitación, en lo alto de la fortaleza.

No hay español, por pobre que sea, que no tenga sus pretensiones linajudas sobremanera, y acepté, por lo tanto, los servicios del hijo de la Alhambra.

Nos internamos a seguida en una honda y estrecha cañada cubierta de frondosa arboleda, con una alameda en pendiente y varios caminillos alrededor, provista de asientos de piedra y adornada de fuentes. A nuestra izquierda divisamos las torres de la Alhambra asomando por encima de nosotros; y a la derecha, en la falda opuesta de la cañada, estábamos dominados igualmente por otras torres contrarias, en lo alto de una roca. Éstas, según nos dijeron, eran las Torres Bermejas, llamadas así por su color rojo. No se sabe su origen; son de una época muy anterior a la Alhambra, y suponen que fueron edificadas por los romanos; y, según otros, por una errante colonia de fenicios. Subiendo la pendiente y sombría alameda, llegamos al pie de una gran torre morisca cuadrada, que forma una especie de barbacana, y que constituye la entrada principal de la fortaleza. Dentro de la barbacana había otro grupo de veteranos inválidos, uno haciendo la guardia en la puerta, mientras que los otros, envueltos en sus ya roídos capotes, dormían en los poyos de piedra. Esta puerta se llama la Puerta de la

Justicia, del tribunal establecido en aquel vestíbulo durante la dominación de los musulmanes, para los simples juicios y causas ordinarias; costumbre común en los pueblos orientales, y citada frecuentemente en las Sagradas Escrituras.

El gran vestíbulo o porche de entrada está formado por un inmenso arco árabe de forma de herradura, que se eleva a más de la mitad de la altura de la torre. En la clave de este arco hay grabada una gigantesca mano, y dentro del vestíbulo, en la del portal, hay esculpida del mismo modo una desmesurada llave. Los que pretenden ser peritos en los símbolos mahometanos afirman que esta mano es el emblema de la doctrina, y la llave el de la fe; otros sostienen que está significando el estandarte de los moros que dominaron la Andalucía, en oposición con el cristiano emblema de la cruz. Sin embargo, el hijo de la Alhambra le dio una diferente explicación, más en armonía con las creencias del vulgo, que atribuye algo misterioso y mágico a todo lo que es de moros, y cuenta toda clase de supersticiones referentes a estas viejas fortalezas.

Según Mateo, era tradición admitida en general desde los primitivos habitantes, y que venía de padres a hijos, que la mano y la llave eran mágico amuleto del que dependía el hado de la Alhambra. El rey moro que la fundó era un gran nigromántico, o —según otros opinan— se había vendido al diablo y había levantado la colosal fortaleza, por arte mágica. Por tal motivo se sostiene ésta desde tantos siglos, desafiando las tormentas y los terremotos, mientras que casi todos los otros edificios moriscos habían venido a tierra y desaparecido. Este privilegio, según cuenta la tradición, durará hasta que la mano del arco exterior baje y asga la llave, y entonces la fortaleza saltará en pedazos y quedarán descubiertos todos los tesoros escondidos en su seno por los moros.

Sin hacer caso de este fatídico vaticinio nos aventuramos a entrar por el estrecho y encantado paso de la Puerta, poniendo cierta esperanza contra la magia en la protección de la Virgen, cuya escultura vimos sobre el portal.

Después de haber atravesado la barbacana subimos una angosta callejuela que da la vuelta entre murallas y conduce a una especie de explanada dentro de la fortaleza, llamada Placeta de los Aljibes, por unos grandes depósitos de agua que hay bajo ésta, cortados por los moros en la roca viva para el abastecimiento de la ciudadela. Hay también un pozo de gran profundidad, que da clara y fresquísima agua, y que es otro monumento del delicado gusto de los moros, los cuales fueron incansables en sus esfuerzos para obtener este elemento en su cristalina pureza.

Frente a esta explanada está el suntuoso palacio comenzado por Carlos V, y destinado —según se dice— a eclipsar la residencia de los reyes moros. Con toda su grandeza y mérito arquitectónico, nos pareció más bien una orgullosa intrusión, y, pisando por delante de él, entramos en su sencillo y severo portal, que conduce al interior del morisco palacio.

La transición es casi mágica; parecía que habíamos sido transportados a otros tiempos y a otros reinos, y que estábamos, presenciando las escenas de la historia árabe. Nos encontramos en un gran patio embaldosado de mármol y decorado a cada extremo con ligeros peristilos moriscos: se llama el Patio de la Alberca. En el centro hay un extenso estanque o vivero, de ciento treinta pies de largo por treinta de ancho, poblado de dorados pececillos y adornado de vallados de rosas. Al otro lado del patio se eleva la gran Torre de Comares.

Por el costado de enfrente, sirviendo de entrada un arco morisco, entramos en el famoso Patio de los Leones. No hay un sitio del edificio que dé una idea más completa que éste de su original belleza y magnificencia, pues ninguno ha sufrido menos los deterioros del tiempo. En el centro se halla la fuente celebrada en los cantares e historias. La alabastrina taza derrama por todas partes sus gotas de diamantes, y los doce leones que la sostienen arrojan sus cristalinos caños de agua como en los tiempos de Boabdil. El patio está tapizado con un lecho de vegetación y rodeado de aéreas arcadas árabes de calados trabajos afiligranados, sostenidos por esbeltas columnas de mármol blanco. La arquitectura, semejante a toda la del palacio, está caracterizada por la elegancia más bien que por las dimensiones, poniendo de relieve cierto delicado, gracioso gusto y predisposición especial a los indolentes goces. Cuando se mira a través de la maravillosa tracería de los peristilos y de los —al parecer— frágiles festones de las paredes, se hace difícil el creer que haya sobrevivido a la destrucción y desmoronamiento de los siglos, a las sacudidas de los terremotos, a los asaltos de la guerra y a los pacíficos y no menos dañosos saqueos del entusiasta viajero; todo lo cual es bastante suficiente para disculpar la popular tradición de que está protegida por mágico encantamiento.

A un lado del patio hay un pórtico ricamente adornado, que abre paso a un hermoso salón embaldosado de mármol blanco, y que se llama la Sala de las Dos Hermanas. Una cúpula o tragaluz da entrada por la parte superior a una moderada claridad y a una fresca corriente de aire. La parte baja de las paredes hállase ornamentada con hermosos azulejos morunos, en algunos de los cuales se representan los escudos de los monarcas moros. La parte superior está adornada con delicados trajes en estuco, inventados en Damasco, y consisten en grandes placas vaciadas a molde y artificiosamente unidas, de tal modo, que parecen haber sido caprichosamente modeladas a mano en medio relieve, y elegantes arabescos entremezclados con textos del Corán y poéticas inscripciones en caracteres árabes y cúficos. Estos adornos de las paredes y cúpulas están ricamente dorados, y los intersticios pintados con lapislázuli y otros brillantes y persistentes colores. En cada lado de la sala hay departamentos para las otomanas y los lechos, y, encima de un pórtico interior, un balcón que comunica con el departamento de las mujeres. Existen todavía las celosías, desde donde las beldades de los ojos negros del harén podían mirar sin ser vistas los festines de la sala de abajo.

Es imposible el contemplar este departamento, que fue en otro tiempo la mansión favorita de los placeres orientales, sin sentir los primitivos recuerdos de la historia árabe y casi esperando ver el blanco brazo de alguna misteriosa princesa haciendo señas desde el balcón o algunos ojos negros brillando por detrás de la celosía. La morada de la belleza está allí, como si hubiese estado habitada recientemente; pero ¿dónde están las Zoraydas y Lindarajas?

En el lado opuesto del Patio de los Leones está la Sala de los Abencerrajes, llamada así de los galantes caballeros de este ilustre linaje que fueron allí pérfidamente asesinados. Hay algunos que dudan de la completa veracidad de esta historia; pero nuestro humilde guía, Mateo, nos señaló el verdadero postigo de la puerta por donde se dice que fueron introducidos uno a uno, y la fuente de mármol blanco, en el centro de la sala, donde fueron degollados. Nos enseñó también unas grandes manchas rojizas en el pavimento, señales de su sangre, que, según la tradición popular, nunca se borrarán. Notando que lo escuchábamos con credulidad, añadió que se oía a menudo durante la noche, en el Patio de los Leones, cierto débil y confuso ruido que parecía murmullo de gente, y alguna que otra vez, un estridente sonido, como lejano rechinar de cadenas. Este rumor es debido, sin duda, a las espumosas corrientes y a la estrepitosa caída de agua que va por bajo del pavimento para surtir las fuentes; pero, siguiendo la leyenda del hijo de la Alhambra, era producido por los espíritus de los asesinados Abencerrajes que frecuentaban de noche el sitio de su tormento e invocaban contra sus verdugos la venganza del cielo.

Desde el Patio de los Leones volvimos pie atrás hacia el de la Alberca, cruzando el cual entramos en la Torre de Comares, así llamada del nombre del arquitecto árabe. Es de maciza solidez e inmensa elevación, y sobresale del resto del edificio, dominando el precipicio del lado de la colina que desciende agrestemente hasta el cauce del Darro. Un arco morisco da entrada al vasto y elevado salón que ocupa el interior de la Torre, y que fue la gran Sala de Audiencia de los monarcas musulmanes, y por tanto llamada Sala de los Embajadores. Conserva todavía restos de su antigua magnificencia: sus paredes están ricamente estucadas y decoradas de arabescos, y su abovedado techo construido de madera de cedro; aunque confuso en la oscuridad a causa de su gran elevación, brilla todavía con los más ricos dorados y las más hermosas tintas del pincel árabe. En tres lados del salón hay grandes huecos abiertos a través del inmenso espesor del muro cuyos balcones dan vista al verde valle del Darro, a las calles y conventos del Albaicín, y dominan el panorama de la lejana vega.

Descubriré brevemente los demás deliciosos departamentos de esta parte del Palacio: el Tocador de la Reina, que es una especie de mirador en lo alto de una torre, desde donde las sultanas moriscas gozaban los puros ambientes de las montañas y la vista del paraíso que hay alrededor; el apartado y pequeño patio o Jardín de Lindaraja, con su fuente de alabastro y sus plantaciones de rosales y mirtos, naranjos y limoneros; los frescos salones y bóvedas de Los Baños, en cuyo interior se atemperan el resplandor y los colores del día con cierta misteriosa luz y corriente de frescura. Me abstengo, pues, de insistir, aunque someramente, en estas consideraciones; el objeto que me propongo es dar solamente al lector una idea general del interior de esta mansión, que, si gusta, puede recorrer conmigo a su sabor en las páginas de esta obra, familiarizándose poco a poco con todos sus departamentos.

Un abundante caudal de agua traído desde las montañas por viejos acueductos moriscos corre por el interior del Palacio, surtiendo sus baños y estanques, brotando en surtidores en medio de las habitaciones y jugueteando en atarjeas a lo largo del marmóreo pavimento. Cuando ha pagado su tributo al real edificio y visitado sus jardines y parterres, se desliza a lo largo de la extensa alameda, precipitándose hasta la ciudad, ya corriendo en arroyuelos, ya esparciéndose en fuentes que mantienen en perpetuo verdor los bosques que cubren y hermosean toda la colina de la Alhambra. Solamente el que habita en los ardientes climas del sur puede apreciar las delicias de esta mansión, en que se combinan las apacibles brisas de la montaña con la frescura y verdor del valle. Mientras que la ciudad baja se siente molestada con el calor del mediodía y la seca vega hace confundirse la vista, los delicados aires de Sierra Nevada circulan en el interior de estos hermosos salones, arrastrando con ellos el aroma de los jardines que los rodean. A cada instante convida al indolente reposo la exuberancia de los climas meridionales; y mientras que los ojos, a medio entornar, se recrean desde los umbrosos balcones con el brillante paisaje, el oído se siente acariciado por el susurro de las hojas de los árboles y el murmullo de las cascadas.

La Torre de Comares

El lector tiene ya un croquis del interior de la Alhambra, pero acaso deseará que le demos una idea general de sus contornos.

Una mañana serena y apacible, cuando el sol no calentaba aún con la fuerza que hubiera podido hacer desaparecer la frescura de la noche, decidimos subir a lo alto de la Torre de Comares, para desde allí contemplar a vista de pájaro el panorama de Granada y sus alrededores.

Ven, benévolo lector y compañero, y sigue nuestros pasos por este vestíbulo adornado de ricas tracerías que conduce al Salón de Embajadores. No entraremos en él, sino que torceremos hacia la izquierda por una puertecilla que da a las murallas. ¡Ten mucho cuidado!, porque hay violentos escalones en caracol, y casi a oscuras; sin embargo, por esta angosta y sombría escalera redonda han subido a menudo los orgullosos monarcas y las reinas de Granada hasta la coronación de la torre, para ver la aproximación de las tropas cristianas o para contemplar las batallas en la vega. Al poco rato nos encontraremos en el adarve; y, después de tomar alientos por unos breves instantes, gozaremos contemplando el espléndido panorama de la ciudad y de sus alrededores; por un lado verás ásperas rocas, verdes valles y fértiles llanuras; por el otro, algún castillo, la catedral y torres moriscas, cúpulas góticas, desmoronadas ruinas y frondosas alamedas. Aproximémonos al muro e inclinemos nuestra vista hacia abajo. Mira: por este lado se nos presenta el plano entero de la Alhambra, y, descubierto ante nuestros ojos, el interior de sus patios y jardines. Al pie de la torre se ve el Patio de la Alberca, con su gran estanque o vivero rodeado de flores; un poco más allá, el Patio de los Leones, con su famosa fuente y con sus transparentes arcos moriscos; en el centro del alcázar, el pequeño Jardín de Lindaraja, sepultado en medio del edificio, poblado de rosales y limoneros matizados de verde esmeralda.

Esta línea de muralla, salpicada de torres cuadradas edificadas alrededor en la misma cima de la colina, es el lindero exterior de la fortaleza. Como verás, algunas de estas torres encuéntranse ya en ruinas, y entre sus desmoronados fragmentos han arraigado cepas, higueras y álamos blancos.

Miremos ahora por el lado septentrional de la torre. Descúbrese una sima vertiginosa; los cimientos se elevan entre los arbustos de la escarpada falda de la colina. Fíjate en aquella larga hendidura del espeso murallón: indica que esta torre ha sido cuarteada por alguno de los terremotos que de vez en cuando han consternado a Granada, y que, tarde o temprano, reducirán este vetusto alcázar a un simple montón de ruinas. El profundo y angosto valle que se extiende debajo de nosotros, y que poco a poco se abre paso entre montañas, es el Valle del Darro; contempla el manso río cómo se desliza bajo embovedados puentes y entre huertos y floridos cármenes. Éste es el río famoso desde tiempos antiguos por sus auríferas arenas, de las que, por medio del lavado, se extrae con frecuencia el preciado metal. Algunos de estos blancos cármenes que lucen por aquí y por allá entre árboles y viñedos eran campestres retiros de los moros, donde iban a gozar del fresco de sus jardines.

Aquel aéreo alcázar con sus esbeltas y elevadas torres y largas arcadas que se extienden en lo alto de aquella montaña entre frondosos árboles y vistosos jardines, es el Generalife, elevado palacio de verano de los reyes moros, en el cual se refugiaban en los meses del estío para disfrutar de aires aún más puros y deliciosos que los de la Alhambra. En la árida cumbre de aquella alta colina verás sobresalir unas informes ruinas: es la Silla del Moro, llamada así por haber servido de refugio al infortunado Boabdil, durante el tiempo de una insurrección, y desde la que, sentado, contemplaba tristemente el interior de su rebelada ciudad.

Un placentero ruido de agua se oye de vez en cuando por el valle: es el acueducto del cercano molino morisco, situado junto al pie de la colina. El paseo de árboles de más allá es la Alameda de la Carrera del Darro, paseo frecuentado por las tardes y lugar de cita de los amantes en las noches de verano, y en el cual se oye la guitarra a las altas horas, tañida en los escaños que adornan el paseo. Ahora no hay más que unos cuantos pacíficos frailes que se sientan allí y un grupo de aguadores camino de la Fuente del Avellano.

¿Te has sobrecogido? Es una lechuza que hemos espantado de su nido. Esta antigua torre es un fecundo criadero de pájaros errantes; las golondrinas y los aviones anidan en las grietas y hendiduras y revolotean durante todo el día, mientras que por la noche, cuando todas las aves buscan el descanso, el agorero búho sale de su escondrijo y lanza sus lúgubres graznidos por entre las murallas. ¡Mira cómo los gavilanes que hemos echado fuera del nido pasan rastreando por debajo de nosotros, deslizándose entre las copas de los árboles y girando por encima de las ruinas que dominan el Generalife!

Dejemos este lado de la torre y volvamos la vista hacia poniente. Mira por allá, muy lejos, una cadena de montañas limítrofes de la vega: es la antigua barrera entre la Granada musulmana y el país de los cristianos. En sus alturas divisarás todavía fuertes ciudadelas, cuyas negruzcas murallas y torreones parecen formar una sola pieza con la dura roca sobre la que están enclavadas, y tal cual solitaria atalaya erigida en algún elevado paraje, dominando, como en otros tiempos, desde el firmamento los valles de uno y otro lado. Por uno de esos desfiladeros, conocidos vulgarmente por el Paso de Lope, fue por donde el ejército cristiano descendió hasta la vega. Por los alrededores de aquella lejana, pardusca y árida montaña, casi aislada, cuya maciza roca se dilata hasta el seno de la llanura, fue por donde los invasores escuadrones se lanzaron a campo raso, con flotantes banderas y al estrépito de timbales y de trompetas. ¡Cuánto ha cambiado el cuadro! En lugar de la brillante cota del armado guerrero vemos ahora el pacífico grupo de cansados arrieros caminando lentamente a lo largo de las veredas de las montañas. Detrás de este promontorio hállase el memorable Puente de Pinos, renombrado por una sangrienta batalla entre moros y cristianos, y mucho más famoso todavía por ser aquél el sitio en que Colón fue alcanzado y llamado por el emisario de la reina Isabel, precisamente cuando partía desesperado el navegante para anunciar su proyecto de descubrimiento a la corte de Francia.

Ve aquel otro lugar, célebre también en la historia del descubridor, aquella lejana línea de murallas y torreones iluminados: el sol saliente en el mismo centro de la vega; es la ciudad de Santafé, fundada por los Católicos Reyes durante el sitio de Granada, después que un incendio devoró su campamento. Éste es aquel mismo Real donde Colón fue llamado por la heroica princesa, y dentro del cual se ultimó el tratado que dio lugar al descubrimiento del Nuevo Mundo.

Por este lado, hacia el Mediodía, la vista se extasía con las exuberantes bellezas de la vega: la floreciente feracidad de arboledas y jardines e innumerables huertas, por donde se extiende caprichosamente el Genil como una cinta de plata, acrecentándose por multitudes de arroyos encauzados en viejas acequias moriscas, que mantienen la campiña en un perpetuo verdor; por aquella otra parte, los placenteros bosques, cármenes y casas de campo, por las que los moros lucharon con desesperado valor; las alquerías y casitas, por último, habitadas al presente por campesinos, en las cuales se conservan vestigios de arabescos y de otros delicados adornos, que demuestran haber sido moradas suntuosas y elegantes.

Más allá de la fértil llanura de la vega verás hacia el sur una cadena de áridos cerros, por las cuales marcha lentamente una soberbia recua de mulos. En lo alto de una de estas colinas fue donde el infortunado Boabdil dirigió su última mirada a Granada, lanzando un profundo ¡ay!, de su alma dolorida: es el famoso sitio apellidado El Suspiro del Moro en los romances y leyendas.

Levanta ahora tus ojos hacia la nevada cumbre de aquella lejana cordillera que brilla como una nube de verano sobre el azulado firmamento: es la Sierra Nevada, orgullo y delicias de Granada, origen de sus frescas brisas y perpetua vegetación, y de sus amenísimas fuentes y perennes manantiales. Ésta es la gloriosa cadena de montañas que da a Granada esa combinación de delicias tan rara en las ciudades meridionales: la fresca vegetación y templados aires de un clima septentrional con el vivificante ardor del sol de los trópicos y el claro azul del cielo del Mediodía. Éste es el aéreo tesoro de nieve que, derritiéndose en proporción con el aumento de temperatura del estío, deja correr arroyos y riachuelos por todos los valles y gargantas de las Alpujarras, difundiendo vegetación, fertilidad y hermosa verdura de esmeralda por una prolongada cadena de numerosos y encantadores valles.

Estas sierras pueden llamarse con razón la gloria de Granada. Dominan toda la extensión de Andalucía y se divisan desde distintas regiones. El mulatero las saluda, contemplando sus nevados picos, desde la caliginosa superficie del llano; y el marinero español, desde el puente de su barco, lejos, muy lejos, allá en el seno del azul Mediterráneo, las mira atentamente y piensa melancólico en su gentil Granada, mientras que canta en voz baja algún antiguo romance morisco.

Basta ya... El sol aparece por encima de las montañas y lanza sus vívidos resplandores sobre nuestra cabeza. Ya el suelo de la torre arde bajo nuestros pies; abandonémosla, y bajemos a refrescarnos bajo las galerías contiguas a la fuente de los Leones.

Consideraciones sobre la dominación musulmana en España

Uno de mis sitios favoritos era el balcón del hueco central del Salón de Embajadores, en la alta Torre de Comares. Me había sentado allí para gozar el crepúsculo de un hermoso día. El sol, ocultándose tras las purpúreas montañas de Alhama, lanzaba sus luminosos rayos sobre el valle del Darro, dando un aspecto melancólico a las severas torres de la Alhambra; y la vega, entretanto, cubierta de un tenue vapor sofocante que envolvía los rayos del sol poniente, semejaba a lo lejos un mar de oro. Ni la brisa más leve turbaba el silencio de la tarde, y de vez en cuando se sentía un ligero rumor de música y algazara que se elevaba de los cármenes de Darro, y que hacía más expresivo el solemne silencio de la fortaleza que me daba asilo. Era uno de esos momentos en que la memoria —semejante al sol de la tarde que lanzaba sus pálidos fulgores sobre los viejos torreones— alcanzaba un mágico poder y se remonta a la vida retrospectiva para recordar las glorias del pasado.

Hallábame sentado meditando en el mágico efecto de la puesta del sol sobre la ciudadela morisca, y entré luego en reflexiones sobre el ligero, elegante y voluptuoso carácter que domina en su interior arquitectura, y el contraste que ofrece con la grande aunque triste solemnidad de los edificios góticos erigidos por los españoles. La respectiva arquitectura indica las opuestas e irreconciliables naturalezas de los pueblos que por largo tiempo se disputaron el imperio de la Península. Poco a poco fui pasando a otra serie de consideraciones sobre el singular carácter de los árabes o musulmanes españoles, cuya existencia parece más bien un cuento que una realidad, y que en cierto modo forma uno de los más anómalos aunque brillantes episodios de la Historia. Fuerte y duradera como fue su dominación, apenas sabemos cómo llamarla, pues constituyó una nación sin legítimo nombre ni territorio. Lejana ola de la gran Europa, parecía tener todo el ímpetu del primer desbordamiento de un torrente. Su ruta de conquista, desde el Peñón de Gibraltar hasta la cumbre de los Pirineos, fue tan rápida y brillante como las moriscas victorias de Siria y Egipto, y ¡quién sabe si, a no haber sido rechazados en los llanos de Tours, toda la Francia y Europa entera hubieran sido invadidas con la misma facilidad que los imperios asiáticos, y si la media luna se enseñorearía hoy en los templos de París y de Londres!

Rechazadas dentro de los límites de los Pirineos las mezcladas hordas de Asia y África que formaron esta irrupción, dejaron el principio musulmán de conquista y trataron de establecer en España un tranquilo y permanente dominio. Como conquistadores, su egoísmo fue igual a su moderación, y durante algún tiempo aventajaron a las naciones contra las cuales pelearon. Separados de su país natal, amaban la tierra que les había sido deparada —según ellos— por Alá, y se esforzaron en embellecerla con cuanto pudiera contribuir a la felicidad del hombre. Basando los cimientos de su poder en un sistema de sabias y equitativas leyes, cultivando diligentemente las artes y las ciencias, y fomentando la agricultura, la industria y el comercio, constituyeron poco a poco un imperio que no tuvo rival por su prosperidad entre los imperios del cristianismo; y condensando laboriosamente en él las gracias y refinamientos que distinguieron al imperio árabe de Oriente en la época de su mayor florecimiento, derramaron la luz del saber oriental por las occidentales regiones de la atrasada Europa.

Las ciudades de la España árabe llegaron a ser el punto de concurrencia de los artistas cristianos para instruirse en las artes útiles. Las almadrazas de Toledo, Córdoba, Sevilla y Granada se vieron frecuentadas por numerosa afluencia de estudiantes de otros reinos, que venían a ilustrarse en las ciencias de los árabes y en el atesorado saber de la antigüedad; los amantes de las artes recreativas afluían a Córdoba para adiestrarse en la poesía y en la música del Oriente, y los bravos guerreros del Norte se trasladaron allí para amaestrarse en los gallardos ejercicios y cortesanos usos de la caballería.

Si en los monumentos musulmanes de España, en la Mezquita de Córdoba, el Alcázar de Sevilla y la Alhambra de Granada, se leen pomposas inscripciones ponderando apasionadamente el poder y permanencia de su dominación, ¿debe menospreciarse su orgullo como alarde vano y arrogante?

Generación tras generación, siglo tras siglo, han ido pasando sucesivamente, y todavía mantienen los moros sus derechos a este suelo. Después de haber transcurrido un período de tiempo más largo que el mediado desde que Inglaterra había sido subyugada por el normando conquistador, los descendientes de Muza y Tarik no pudieron prever que iban a ser arrojados al destierro por los mismos desfiladeros que habían atravesado sus triunfantes antecesores, del mismo modo que los descendientes de Rolando y Guillermo, y sus veteranos pares no pueden soñar el ser rechazados a las costas de Normandía.

Sin embargo, el imperio musulmán en España fue casi una planta exótica que no echó profundas raíces en el suelo que embellecía. Apartados de sus convecinos del Occidente por insuperables barreras de creencias y costumbres, y separados de sus congéneres del Oriente por mares y desiertos, formaron un pueblo completamente aislado. Su existencia fue un prolongado cuanto bizarro esfuerzo caballeresco por defender un palmo de terreno en un país usurpado.

Los musulmanes españoles fueron las avanzadas y fronteras del islamismo, y la Península el gran campo de batalla donde los conquistadores góticos del Norte y los musulmanes del Oriente lucharon y pelearon por dominar; pero el esfuerzo fiero de los sarracenos se vio al fin abatido por el perseverante valor de la raza hispanogótica.

Y por cierto que no se ha dado jamás un tan completo aniquilamiento como el de la nación hispanomuslímica. ¿Qué se ha hecho de los árabes españoles? Preguntadlo a las costas africanas y a los solitarios desiertos. El resto de su antiguo y poderoso imperio ha desaparecido proscrito entre los bárbaros de África y perdida por completo su nacionalidad. No han dejado siquiera un nombre especial tras de sí, aunque durante ocho siglos han constituido un pueblo separado. No quisieron reconocer el país de su adopción y el de su residencia durante muchos años y evitaron el darse a conocer de otro modo que como invasores y usurpadores. Tal cual monumento ruinoso es lo único que queda para testificar su poder y dominación, a la manera que las solitarias rocas que se ven allá en lontananza dan testimonio de algún pasado cataclismo. Tal es la Alhambra: una fortaleza morisca en medio de un país cristiano; un oriental palacio rodeado de góticos edificios occidentales; un elegante recuerdo de un pueblo bravo, inteligente y simpático, que conquistó, dominó y pasó por el mundo.

La familia de la casa

Ya es tiempo de que dé alguna idea de mi doméstica instalación en esta singular residencia. El Palacio Real de la Alhambra se hallaba confiado al cuidado de una buena señora soltera y ya anciana, llamada doña Antonia Molina a la cual, según costumbre española, le daban sus vecinos el nombre de la *Tía Antonia*. Cuidaba de las moriscas habitaciones y de los jardines, y los enseñaba a los extranjeros; en recompensa de lo cual percibía gratificaciones de los visitantes del Alcázar y los productos de los jardines, excepción hecha de cierto tributo de flores y frutas que acostumbraba pagar al gobernador. Su domicilio particular se hallaba en un extremo del Palacio, y por toda familia tenía un sobrino y una sobrina, hijos de dos hermanos diferentes. El sobrino, Manuel Molina, era un joven de bastante mérito y de gravedad española; había servido en el ejército, tanto en España como en las Indias occidentales; pero a la sazón estudiaba para médico, con la esperanza de llegar a serlo algún día de la fortaleza, cargo muy honroso y que podría producir unos ciento cuarenta duros al año. En cuanto a la sobrina, era una robusta joven andaluza, de ojos negros, llamada Dolores, aunque por su aspecto y vivo carácter bien merecía un nombre más risueño. Era la heredera presunta de todos los bienes de su tía, consistentes en unas cuantas casillas ruinosas situadas en la fortaleza, que le proporcionaban una renta de cerca de ciento cincuenta duros. No llevaba yo mucho de vivir en la Alhambra cuando descubrí los disimulados amores del discreto Manuel y su vivaracha prima, los cuales no aguardaban otra cosa para unir a perpetuidad sus manos y corazones sino el que aquél recibiera el título de médico y el que se obtuviese la dispensa del Papa, a causa de su consanguinidad.

Hice un contrato con la buena de doña Antonia, bajo cuyas condiciones se comprometía a suministrarme plato y hospedaje, y por cuyo motivo la linda y alegre Dolores cuidaba de mi habitación y me servía de camarera a las horas de comer. También tenía a mis órdenes un mozo rubio y algo tartamudo, llamado Pepe, que cuidaba de los jardines, y el cual me hubiera servido de continuo asistente a no haberme ya de antemano concertado con Mateo Jiménez, el hijo de la Alhambra. Este infatigable y pertinaz individuo se pegó a mí, no sé de qué modo, desde que lo encontré por vez primera en la puerta exterior de la fortaleza; y de tal manera se entrometía en todos mis proyectos, que al fin consiguió acomodarse y contratarse conmigo de criado, cicerone, guía, guardián, escudero e historiógrafo, viéndome, por lo tanto, precisado a mejorarle de equipo, para que no me sonrojase en el ejercicio de sus variadas funciones; dejó, pues, su vieja capa de color castaño, como la culebra muda de camisa, y pudo presentarse en la fortaleza con su magnífico sombrero calañés y su chaqueta, con gran satisfacción suya y no menos admiración de sus camaradas. El principal defecto del buen Mateo era su exagerado afán de serme útil. Comprendiendo que me había forzado a utilizar sus servicios, y calculando, sin duda, que mi condescendiente y pacífico temperamento le podría proporcionar una renta segura, ponía todo su pensamiento en adivinar de qué modo y manera tendría que hacérseme necesario para la satisfacción de todos mis deseos. En una palabra, yo era la víctima de todas sus oficiosidades: no podía pisar el umbral del Palacio ni dar un paseo por la fortaleza sin que dejara de perseguirme, explicándome todo cuanto veían mis ojos; y si acaso decidía recorrer las cercanas colinas, no había más remedio sino que Mateo tenía que servirme de guardián, aunque estoy persuadido de que hubiera sido más a propósito para darle a los talones que para hacer uso de sus armas en caso de una agresión. Con todo, y a decir verdad, el pobre chico me servía con frecuencia de divertido acompañante: era de índole sencilla y de muy buen humor, con la charlatanería de un barbero de lugar, y tenía al dedillo todos los chismes de la vecindad y de sus contornos; pero por lo que más se enorgullecía era por su tesoro de noticias sobre todos aquellos sitios y por las maravillosas tradiciones que contaba delante de cada torre, bóveda o barbacana de la fortaleza, y en cuyas historias tenía la más absoluta fe.

La mayor parte las había aprendido, según decía, de su abuelo, que era un célebre legendario sastre que vivió cerca de los cien años durante los cuales hizo apenas dos salidas fuera del recinto de la fortaleza. Su tienda fue, casi por espacio de un siglo, el punto de reunión de una porción de vejetes charlatanes, que se pasaban la mitad de la noche hablando de los tiempos pasados y de los maravillosos sucesos y ocultos secretos de la fortaleza. La vida entera, los hechos, los pensamientos y los actos todos del sastre celebérrimo habían tenido por límite las murallas de la Alhambra; dentro de ellas nació, dentro de ellas vivió, creció y envejeció, y dentro de ellas recibió sepultura. Afortunadamente para la posteridad, sus tradiciones no murieron con él, pues el mismísimo Mateo, cuando era rapazuelo, acostumbraba a oír atentamente las consejas de su abuelo y de la habladora tertulia que se reunía alrededor del mostrador de la tienda; y de este modo llegó a poseer un repertorio de interesantes narraciones sobre la Alhambra, que no se encuentran escritas en ningún libro, pero que se van depositando en la mente de los curiosos viajeros.

Tales eran los personajes que contribuían a darme plácido contemplamiento en la Alhambra; y dudo que ninguno de cuantos potentados, moros o cristianos, han vivido antes que yo en el Palacio se hayan visto servidos con más fidelidad que yo, ni gozado de un imperio más pacífico.

Cuando me levantaba por la mañana el tartamudo jardinero Pepe me obsequiaba con frescas flores recién cogidas, que eran a seguida colocadas en vasos por la delicada mano de Dolores, la cual ponía un especial cuidado en adornar mi habitación. Comía yo donde me dictaba mi capricho: unas veces en alguna sala morisca, otras bajo el templete del Patio de los Leones, rodeado de flores y fuentes; y cuando deseaba pasear, me acompañaba mi asiduo Mateo por los sitios más románticos de las montañas y deliciosas guardias del contiguo valle, cada uno de cuyos parajes era teatro de algún maravilloso cuento.

Aunque mi gusto era el pasar la mayor parte del día en la soledad, asistía algunas veces a la pequeña tertulia doméstica de doña Antonia, la cual se reunía ordinariamente en una vieja sala morisca que servía de cocina y de gabinete, y en uno de cuyos ángulos habían construido una rústica chimenea, hallándose por el humo ennegrecidas las paredes y destruidos en gran parte los antiguos arabescos. Un hueco, con un balcón que daba al valle del Darro, permitía la entrada de la fresca brisa de la tarde; y aquí era donde yo hacía mi frugal cena de fruta y leche, pasando el rato en conversación con la familia. Hay cierto talento natural —sentido común, como le llaman los españoles— que les hace despejados y de trato agradabilísimo, cualquiera que pueda ser su condición de vida y por imperfecta que sea su educación: añádase a esto que no son nada vulgares, pues la Naturaleza los ha dotado de cierta dignidad de espíritu que les es muy propicia y característica. La buena de la tía Antonia era una mujer discreta, inteligente y nada común, aunque sin ilustración; y la vivaracha Dolores, si bien no había leído tres o cuatro libros en toda su vida, poseía una cierta admirable discreción y buen sentido, sorprendiéndome muy a menudo con sus ingeniosas ocurrencias. Solía entretenernos el sobrino leyéndonos alguna antigua comedia de Calderón o de Lope de Vega, a lo que se mostraba sumamente propicio, por el deseo de agradar, o más bien de entretener a su adorada prima, si bien casi siempre, y a pesar suyo, se quedaba dormida esta señorita antes de terminar el primer acto. Algunas veces la tía Antonia daba reuniones de amigos de confianza y deudos suyos, que solían ser los habitantes de la misma Alhambra y las esposas de los inválidos. Todos la miraban con gran deferencia, por ser la conserje del Palacio, y la hacían la corte, dándole noticias de lo que sucedía en la fortaleza o de los rumores que corrían por Granada. Oyendo estos chismes nocturnos me enteré de muchos sucesos curiosos, que ilustraron acerca de las costumbres del pueblo bajo, y de muchos pormenores referentes a la localidad.

Y he aquí de dónde han nacido estos ligeros bocetos, sencillos entretenimientos míos, a los que sólo dan interés e importancia la especial naturaleza de este sitio. Pisaba tierra encantada y me encontraba bajo la influencia de románticos recuerdos. Desde que en mi infancia y allá en mis queridas riberas del Hudson recorrí por primera vez las páginas de una antigua Historia de España y leí en ellas las guerras de Granada, esta ciudad fue para mí eterno objeto de mis más dulces ensueños; y muchas veces me imaginaba allá en mi fantasía el hollar los poéticos salones de la Alhambra. ¡Ved aquí, acaso por primera vez, un sueño realizado, y, con todo, me parece una ilusión de mis sentidos; aún quiero dudar que yo he habitado en el palacio de Boabdil, y que me he pasado extáticas horas contemplando desde sus balcones la hermosa y poética Granada! Cuando vagaba por estos salones orientales y oía el murmullo de las fuentes y los trinos del ruiseñor, cuando aspiraba la fragancia de las rosas y sentía la influencia de este embalsamado clima, me hallaba tentado a suponerme en el paraíso de Mahoma, y que la linda Dolores era una hurí de ojos negros, destinada a aumentar la felicidad de los verdaderos creyentes.

El truhán

Después de haber redactado las anteriores páginas sobrevino un incidente que causó una ligera tribulación en la Alhambra y que entristeció la interesante fisonomía de Dolores. Esta señorita sentía esa natural pasión de mujer por los animales domésticos de todas clases; y, efecto de su bondadoso carácter, había poblado de los que le eran predilectos uno de los patios ruinosos de la Alhambra. Un arrogante pavo real, con su hembra, parecía como que estaba ejerciendo soberanía sobre otros hermosos pavos, cacareadoras gallinas de Guinea y una bandada de pollos y gallinas comunes. Pero el principal deleite de Dolores fue mucho tiempo un par de pichones que habían entrado ya en el sagrado estado del matrimonio, sustituyendo en el cariño de la joven a una gata maltesa con sus gatitos.

A manera de vivienda, y para que pudieran hacer vida doméstica, Dolores les había arreglado un pequeño cuartito junto a la cocina, cuya ventana daba a uno de los silenciosos patios moriscos. Allí vivía la feliz pareja, no conociendo más mundo que su patio y sus relucientes tejados, sin que jamás se les hubiera ocurrido asomarse por encima de las murallas ni volar a lo alto de las torres. Su virtuosa unión se vio al fin coronada por dos preciosos huevos, blancos como la leche, que estremecieron de alegría a la cariñosa joven. Nada tan tierno y digno de admiración como los desvelos de los tiernos esposos en tan interesante situación; turnaban en el nido hasta que nacieron los pollos, y mientras la tierna prole necesitaba calor y abrigo, el uno quedaba en el nido y el otro salía fuera para buscar comida y traer a la casita provisiones.

Este cuadro de felicidad conyugal se alteró de pronto con un triste contratiempo. Una mañana temprano, cuando Dolores daba de comer al macho, tuvo la idea de querer enseñarle el gran mundo; y, abriendo la ventana cuyas vistas daban al valle del Darro, lo lanzó de pronto fuera de la muralla de la Alhambra. Por primera vez en su vida, el inexperto pájaro tuvo que usar de todo el vigor de sus alas; se precipitó hacia el valle, y levantándose después de un revuelo se remontó hasta cerca de las nubes. Nunca se había visto a tal altura ni gozado de las delicias de volar, y, semejante al joven calavera que está en su elemento, parecía estar aturdido con el exceso de libertad y con el ilimitado campo de acción que de pronto se abrió a sus ojos. Durante todo el día estuvo dando vueltas, girando en caprichosas curvas, de torre en torre y de árbol en árbol. Todas las tentativas para cogerlo, echándole comida en los tejados, fueron vanas; parecía que se hubiera olvidado de su casa, de su tierna compañera y de sus dulces pichoncillos. Para aumentar la pena de Dolores, se reunió con dos palomas *ladronas*, cuya habilidad consiste en atraer a su nido a los pichones que se escapan de otro palomar. El fugitivo —como los jóvenes mal aconsejados en su primera salida al mundo— se fascinó con la compañía de estos perjudiciales amigos, que tomaron a su cargo el enseñarle a vivir y presentarlo en sociedad, y estuvo volando con ellos por encima de los tejados y campanarios de Granada. Sobrevino una ligera tormenta, y, sin embargo, nuestro prófugo no volvía a su nido; se echó encima la noche, y nada, no aparecía. Para agravar la situación, la hembra, después de estar bastantes horas en el nido sin ser relevada, salió al fin en busca de su fiel compañero, pero estuvo tanto tiempo fuera, que uno de los pichoncillos pereció por falta de calor y de abrigo del pecho materno. A última hora de la noche avisaron a Dolores que habían visto al truhán del pájaro en la torre del Generalife. Nos enteramos de que el administrador de este antiguo palacio tenía también un palomar, entre cuyos habitantes se decía que había dos o tres pájaros ladrones que eran el terror de los aficionados a palomas en la vecindad. Dolores dedujo en seguida que los dos pájaros con quienes había visto al fugitivo eran los del Generalife, e inmediatamente se reunió un consejo de familia en la habitación de la tía Antonia. El Generalife tiene distinta jurisdicción que la Alhambra, y existe cierta rivalidad, sin enemistad manifiesta, entre sus conserjes. Se determinó, por fin, enviar al tartamudo jardinero Pepe en calidad de embajador, exigiendo que, si se encontraba el fugitivo dentro de aquellos dominios, fuese entregado inmediatamente, por ser súbdito de la

Alhambra. Pepe partió a cumplir su embajada diplomática, a la luz de la luna, por entre bosques y alamedas; pero volvió al cabo de una hora con la desconsoladora noticia de que el tal pichón no se encontraba en el palomar del Generalife. El administrador, sin embargo, prometió, bajo palabra de honor, que si el desertor se refugiase allí, aunque fuera a medianoche, sería arrestado inmediatamente y enviado prisionero a la joven señorita.

Así seguía este desgraciado asunto, que tan grave desazón produjo en el Palacio y que, durante la noche, no dejó pegar los ojos a la inconsolable Dolores.

«No hay bien ni mal —dice un adagio vulgar— que cien años dure». Lo primero que vi, al salir de mi cuarto por la mañana, fue a Dolores con el truhán del palomo extraviado, en sus manos, y sus ojos brillando de alegría. Había parecido a primera hora en las murallas revoloteando cautelosamente de tejado en tejado, hasta que entró por la ventana rindiéndose a discreción. Y por cierto que no ganó muy buena fama con su vuelta; pues por la insaciable manera con que devoró la comida que le pusieron delante daba bien a entender que, como el Hijo Pródigo, había regresado a su casa sólo acosado por el hambre. Dolores le riñó por su mala conducta, diciéndole toda clase de nombres injuriosos (aunque, ¡condición tierna de mujer!, lo acariciaba al propio tiempo contra su pecho, cubriéndolo de besos). Observé, sin embargo, que tuvo cuidado de cortarle las alas, para evitar el que se escapase nuevamente; precaución que hago constar en beneficio de las que tienen amantes veleidosos y maridos callejeros. Más de una saludable moraleja pudiera sacarse de la historia de Dolores y su pichón.

La habitación del autor

Al alojarme en la Alhambra me arreglaron una serie de habitaciones de arquitectura moderna, destinadas para residencia del gobernador. Estaban enfrente del Palacio mirando hacia la explanada: lo más apartado de ellas comunicaba con otros varios aposentos —parte moriscos, parte modernos— que ocupaban la tía Antonia y su familia, y terminaban en el salón grande antes mencionado, que servía a la buena de la anciana de gabinete de descanso, cocina y sala de recibo. Por estos sombríos departamentos se sale a un ángulo de la Torre de Comares, atravesando un estrecho corredor sin salida y una oscura escalera en caracol, pasando la cual, y abriendo una puertecilla en el fondo, queda el viajero sorprendido al salir a la brillante antecámara del Salón de Embajadores, con la fuente del Patio de la Alberca, que se destaca en primer término.

No estaba muy satisfecho con verme instalado en una habitación moderna, contigua al Palacio, y deseé trasladarme al interior del edificio. Paseábame cierto día por los moriscos salones, cuando encontré junto a una apartada galería una puerta que no había notado anteriormente y que comunicaba —al parecer— con algún extenso departamento reservado. Aquí, pues, había misterio; era, sin duda, el sitio encantado de la fortaleza. Me procuré la llave, no sin gran dificultad; la puerta conducía a unas habitaciones vacías, de arquitectura europea, aunque edificadas sobre una galería árabe contigua al Jardín de Lindaraja. Eran dos soberbias habitaciones, cuyos techos, divididos formando casetones, tenían macizas ensambladuras de cedro figurando frutas y flores rica y hábilmente talladas y entremezcladas con grotescos mascarones. Las paredes habían estado, sin duda, en otros tiempos, tapizadas de damasco, pero ahora se encontraban desnudas y garabateadas con las firmas de los turistas noveles, sin nombre ni importancia; las ventanas, que se encontraban desmanteladas y abiertas al aire y la lluvia, daban al Jardín de Lindaraja, extendiéndose las ramas de los naranjos y limoneros por dentro de la habitación. Al lado de estos departamentos hay otros dos salones menos suntuosos, que caen también al jardín, y en los casetones de sus techos ensamblados hay canastillos de frutas y guirnaldas de flores, pintadas por no imperita mano, y en un estado regular de conservación. Las paredes estuvieron antes pintadas al fresco, al estilo italiano; pero las pinturas estaban casi borradas; y las ventanas destrozadas, como en las cámaras antedichas. Esta caprichosa serie de habitaciones termina en una galería con balaustradas que seguía en ángulos rectos los lados del jardín. Tal delicadeza y elegancia presenta esta habitacioncita en su decorado, y tiene tal carácter de rareza y soledad por su situación junto a este oculto jardincito, que tuve curiosidad por conocer su historia. Después de varias preguntas, supe que era un departamento decorado por artistas italianos a principios del siglo pasado, en la época de Felipe V y la hermosa Isabel de Parma, con motivo de su venida a Granada, y se le destinó a la reina y damas de su comitiva. Una de estas hermosas cámaras fue su dormitorio; la estrecha escalera que conduce a él —ahora tapiada— daba al delicioso pabellón, antes mirador de las sultanas moras, y posteriormente decorado para peinador de la bella Isabel, por lo cual conserva todavía el nombre de Tocador de la Reina. El dormitorio que he mencionado deja ver desde una ventana el panorama del Generalife y sus arqueadas azoteas y desde otra se contempla la fuente de alabastro del Jardín de Lindaraja. Este jardín transportó mis pensamientos a los tiempos antiguos del reinado de la hermosura: a los días de las sultanas y odaliscas.

«¡*Qué bello es este jardín* —dice una inscripción árabe— *donde las flores de la tierra rivalizan con las estrellas del cielo! ¿Qué podrá compararse con la taza de la fuente de alabastro llena de agua cristalina? ¡Nada más que la luna en su apogeo, en medio del firmamento sin nubes!*».

Siglos han pasado y, sin embargo, resta mucho todavía de esta incomparable aunque frágil belleza. El Jardín de Lindaraja hállase aún engalanado de flores y luce la fuente todavía su espejo cristalino. Es verdad que el alabastro ha perdido su blancura, y que el tazón inferior, cubierto de hierbas, se ha convertido en nido de lagartos; pero aun este mísero estado aumenta el interés de semejante sitio, pregonando la inestabilidad, el inevitable fin de las obras humanas. También la desolación de los regios aposentos, residencia en otros días de la altiva y espléndida Isabel, ofrecían mayor encanto ante mis ojos que si los hubiera visto en su posterior suntuosidad, brillando con la pompa de la Corte. Determiné, pues, fijar mis reales en este departamento.

Mi determinación causó gran sorpresa a la familia, que no podía imaginar ningún aliciente racional para haber elegido un sitio tan apartado, solitario y abandonado. La buena de doña Antonia creyó esto altamente peligroso.

—La vecindad —decía— está infestada de perdidos; las cuevas de los cercanos montes son nidos de gitanos; el Palacio está ruinoso y es de fácil escalo por muchas partes. Por otro lado, el rumor de un extranjero alojado solo, en un sitio semejante, lejos de la defensa de los restantes individuos de la casa, podría despertar la codicia de algunos de los mismos entrantes y salientes, sobre todo durante la noche, porque a los extranjeros se les supone siempre bien provistos de dinero.

Dolores, por su parte, me hizo pensar en la espantosa soledad del Palacio a tales horas, sin más que murciélagos y mochuelos revoloteando alrededor de él, diciéndome, además, que había una zorra y un gato garduño que andaban por las bóvedas y merodeaban durante la noche.

No quise, a pesar de todo, desistir de mi propósito, por lo cual llamé a un carpintero y al siempre servicial Mateo Jiménez, los que me pusieron las puertas y ventanas en un estado regular de seguridad. A pesar de todas estas precauciones, confieso que la primera noche que pasé en estos alojamientos fue inexplicablemente triste. Acompañome hasta mi cuarto toda la familia; y cuando se despidieron de mí, volviéndose por las extensas antecámaras y resonantes galerías, me acordé de aquellas mágicas historias en que el héroe es abandonado para llevar a cabo la aventura de algún castillo encantado.

Hasta los recuerdos de la hermosa Isabel y las bellezas de su corte, que en otros tiempos adornaron aquellas estancias, les añadían entonces, por una aberración tal vez del gusto, cierto bello tinte melancólico. Éste fue el teatro de su transitoria alegría y hermosura, y allí estaban las huellas de su elegancia y regocijo. ¿Qué ha sido de ellos y dónde están? ¡Polvo y cenizas!… ¡Habitantes de las tumbas!… ¡Fantasmas del recuerdo!…

Un vago e indescriptible terror se apoderó de mí, tal vez infundido por la conversación nocturna de los ladrones, aun comprendiendo que todo era vana ilusión y absurdo. Es decir, que sentí revivir en mi imaginación las olvidadas impresiones terroríficas de la nodriza; con tal poder arraigan en ella. Todas las cosas, los objetos todos, tomaban el ser y forma que les daban mi quimérica fantasía: el rumor del siniestro gemido: los árboles que veía en el Jardín de Lindaraja me presentaban un aspecto amenazador, y la espesura, confusas y horribles formas. Me apresuré a cerrar la ventana de mi alcoba, pero en todas partes veía las imágenes fantásticas: un murciélago se metió dentro de mi aposento y vertiginosamente revoloteaba alrededor mío y en torno de mi lámpara, en tanto que los grotescos mascarones tallados en el artesonado de cedro parecía que me miraban mofándose de mí.

Levantándome, pues, y casi sonriéndome por esta flaqueza momentánea, resolví arrostrar el peligro, y, lámpara en mano, salí a hacer un reconocimiento por el antiguo Palacio. Pero, a pesar de todo el poder y esfuerzos de mi razón, la empresa parecíame arriesgada. Los resplandores de mi lámpara no se extendían más que a una limitada distancia a mi alrededor, andaba como en una aureola de luz, y fuera de ella todo era oscuridad. Los embovedados corredores parecían cavernas, y las bóvedas de los salones se perdían en las tinieblas: ¿qué invisible enemigo me estaría acechando por un lado o por otro? Mi propia sombra, dibujándose en las paredes de alrededor, y el eco de mis pisadas mismas me hacían temblar de miedo.

En este estado de excitación, y conforme iba atravesando el Salón de Embajadores, oí rumores verdaderos que no eran ya imaginaria ilusión mía. Sordos quejidos y confusas articulaciones parecían salir como de debajo de mis pies. Me paré y escuché. Entonces me figuré que resonaban por fuera de la torre. Unas veces semejaban aullidos de un animal; otras, gritos ahogados mezclados con sofocados ruidos. El mágico efecto de estos gemidos a tal hora y en sitio tan extraño destruyeron todo deseo de seguir mi solitario paseo. Volví a mi cuarto con más prisa que había salido, y respiré con más libertad cuando me vi dentro de sus paredes, cerrando la puerta detrás de mí. Cuando desperté por la mañana y percibí los resplandores del sol en mi ventana e iluminado todo el edificio con sus alegres y vívidos rayos, empecé a recordar las sombras e ilusiones conjuradas en la oscuridad de la pasada noche, y me parecía imposible que aquellos objetos que me rodeaban y que entonces veía en su sencilla realidad pudieran haber estado velados con tan imaginarios horrores.

Sin embargo, los lastimeros quejidos y sollozos que había oído no fueron fantásticos, pues pronto tuve de ellos explicación con el relato que me hizo mi ayuda de cámara Dolores. Eran los gritos de un pobre maniático, hermano de su tía, que padecía de violentos paroxismos, durante los cuales lo encerraban en un cuarto abovedado que se hallaba debajo del Salón de Embajadores.

Ya he descrito mi departamento cuando tomé posesión de él por primera vez, pero unas cuantas noches más produjeron un cambio total en el sitio de mis sueños. La luna, que había estado invisible hasta entonces, fue apareciendo poco a poco por la noche y después brillaba con todo su esplendor sobre las torres, derramando torrentes de suave luz en los patios y salones. El jardín de debajo de mi ventana se iluminó dulcemente; los naranjos y limoneros se bañaron del color de la plata, y la fuente reflejó en sus aguas los pálidos rayos de la luna, haciéndose casi perceptible el carmín de la rosa.

Pasábame largas horas en mi ventana aspirando los aromas del jardín y meditando en la adversa fortuna de todos aquellos cuya historia está débilmente retratada en los elegantes testimonios que me rodeaban. Algunas veces me salía a medianoche, cuando todo estaba en silencio, y me paseaba por todo el edificio. ¿Quién se figurará tal como es una noche al resplandor de la luna en este clima y en este sitio? La temperatura de una noche de verano en Andalucía es enteramente etérea. Parecíame elevado a una atmósfera más pura; se siente tal serenidad de corazón, tal ligereza de espíritu y tal agilidad de cuerpo, que la existencia es un puro goce. Además, el efecto del resplandor de la luna en la Alhambra tiene cierto mágico encantamiento. Todas las injurias del tiempo, todas las tintas apagadas y todas las manchas de las aguas desaparecen por completo; el mármol recobra su primitiva blancura; las largas filas de columnas brillan a la luz del astro de la noche; los salones se bañan de una suave claridad, y todo el edificio semeja un encantado palacio de los cuentos árabes.

En una de estas noches subí al pabelloncito denominado el Tocador de la Reina para gozar del extenso y variado panorama. A la derecha veía los nevados picos de la Sierra Nevada, que brillaban como plateadas nubes sobre el oscuro firmamento, percibiéndose, delicadamente delineado, el perfil de la montaña. ¡Qué delicia tan inefable sentía apoyado sobre aquel murallón de el Tocador, contemplando abajo la hermosa Granada, extendida como un plano bajo mis pies, sumida en profundo reposo y viendo el efecto que hacían a la blanca luz de la luna sus blancos palacios y conventos!

Ya oía el ruido de castañuelas de los que bailaban y se esparcía en la alameda; otras veces llegaban hasta mí los débiles acordes de una guitarra y la voz de algún trovador que cantaba en solitaria calle, y me figuraba que era un gentil caballero que daba una serenata bajo la reja de su dama; bizarra costumbre de los tiempos antiguos, ahora desgraciadamente en desuso, excepto en las remotas ciudades y aldeas de la poética España. Con tales escenas me entretenía largas horas vagando por los patios o asomado a los balcones de la fortaleza, y gozando esa mezcla de ensueños y sensaciones que enervan la existencia en los países del Mediodía, sorprendiéndome muchas veces la alborada de la mañana antes de haberme retirado a mi lecho, plácidamente adormecido con el susurro del agua de la fuente de Lindaraja.

Habitantes de la Alhambra

He observado que, generalmente, cuanto más ricos han sido los habitantes de un edificio en los días de su prosperidad, tanto más pobres y humildes son los que viven en los de su decadencia, y que los palacios de los reyes concluyen con frecuencia sirviendo de asilo a los mendigos.

La Alhambra se encontraba en ese triste estado de decadencia. Cuando alguna torre empezaba a desmoronarse, venía a instalarse en ella alguna andrajosa familia, que se hacía la propietaria de sus dorados salones en compañía de los murciélagos y búhos, y colgaban sus guiñapos, emblema de la pobreza, en las ventanas tragaluces.

Me quedaba atónito viendo los variados tipos que habían tomado por asalto las antiguas moradas de los califas, pues parecía que se habían asentado allí, dando un desenlace terrible al drama del orgullo humano. Uno de estos habitantes era una viejecita llamada María Antonia Sabonea, que tenía el apodo de la *Reina Coquina*; tan diminuta, que parecía una bruja, y debía de serlo, según pude colegir, pues nadie conocía su origen. Su habitación era una especie de zaquizamí debajo de la escalera primera del Palacio, y se sentaba en las frías piedras del corredor, dándole a la aguja y cantando desde por la mañana hasta la noche, y bromeándose con todos los que pasaban, pues, aunque muy pobre, era la vieja más alegre del mundo. Su principal mérito consistía en contar cuentos, teniendo, según creo, tantas historias a su disposición como la inagotable Scheherazada, la de *Las mil y una noches*, y alguno de los cuales le oí contar en las tertulias nocturnas de doña Antonia, a las que asistía con frecuencia. La extraordinaria suerte de esta misteriosa vieja ponía de manifiesto que debía tener ribetes de bruja, pues, a pesar de ser muy pequeña, muy fea y muy pobre, había tenido cinco maridos y medio —según contaba—, refiriéndose a un soldado que murió cuando la cortejaba. El rival de esta pequeña reina bruja era un orgulloso viejo de nariz chata, que iba vestido con un harapiento traje y un sombrero mugriento con una escarapela encarnada. Era hijo legítimo de la Alhambra y vivía allí toda su vida, desempeñando varios oficios, tales como alguacil, sacristán de la iglesia parroquial y marcador de un juego de pelota que había al pie de una de las torres. Era tan pobre como las ratas y tan altivo como desharrapado, blasonando de su alcurnia, pues decía ser de la ilustre casa de Aguilar, de donde salió el Gran Capitán Gonzalo de Córdoba. Efectivamente, llevaba el nombre de Alonso de Aguilar, tan renombrado en la historia de la Reconquista, aunque la gente maleante de la fortaleza le puso por apodo *El Padre Santo*, nombre usual del Papa, que creí demasiado venerable a los ojos de los verdaderos católicos para ser puesto como mote. Era un verdadero sarcasmo de la fortuna el presentar bajo la grotesca persona de este harapiento un tocayo y descendiente del valeroso Alonso de Aguilar, espejo de la caballería andaluza, arrastrando una existencia miserable por la que fue en otro tiempo arrogante fortaleza, y que ayudó a tomar su antecesor; sin embargo, ¡tal hubiera sido la suerte de los descendientes de Agamenón y Aquiles si hubiesen permanecido dentro de las ruinas de Troya!

En esta abigarrada compañía la familia de mi charlatán escudero Mateo Jiménez formaba —al menos por su número— un papel muy importante. Su orgullo por ser hijo de la Alhambra no era infundado, pues su familia habitaba en la fortaleza, sin interrupción, desde el tiempo de la Reconquista, legándose una pobreza hereditaria de padres a hijos, y sin que se sepa que haya tenido ninguno de ellos jamás un maravedí. Su padre era de oficio tejedor de cintas, y sucedió al histórico sastre como cabeza de la familia, tenía entonces cerca de setenta años de edad y vivía en una casilla de caña y barro hecha por él mismo encima de la Puerta de hierro. Sus muebles consistían en una desvencijada cama, una mesa y dos o tres sillas. Un arca de madera contenía su ropa y el archivo de familia, es a saber: unos cuantos papeles que trataban de pleitos antiquísimos, que él no podía descifrar; pero el orgullo de su casa consistía en el escudo de nobleza de su familia, rabiosamente pintado, y colgado de un marco en la pared; demostrando claramente por sus carteles las varias casas nobles de que descendía esta familia.

El mismo Mateo hizo todo lo posible por perpetuar la rama genealógica, teniendo una esposa y una numerosa prole que habitaban un desmantelado rincón de la casilla. Cómo se las arreglaban para vivir sólo lo sabía Aquél que profundiza todos los misterios; la vida de una familia de esta clase en España fue siempre un enigma para mí; y, sin embargo, viven, y, lo que es más extraño, gozan de una feliz existencia, al parecer. La mujer bajaba los domingos al paseo de Granada con un chiquillo en brazos y media docena detrás, y la hija mayor, que había entrado en la adolescencia, se adornaba el cabello con flores y bailaba alegremente tocando las castañuelas.

Hay dos clases de gente para quienes la vida es un perpetuo día de fiesta: los muy ricos y los muy pobres; unos porque no carecen de nada, y los otros porque no tienen nada que hacer; pero no hay nadie que entienda mejor el arte de no hacer nada y vivir sobre el país que los pobres de España, pues el clima les da la mitad y su temperamento lo restante. Déle usted a un español sombra en el verano y sol en el invierno, un poco de pan, ajos, aceite, garbanzos, una capa de paño pardo y una guitarra, y ande el mundo como quiera. ¡Hable usted de pobreza!… A él no le hace efecto; vive en ella tan grandemente: él lleva su capa andrajosa, pero se tiene siempre por un hidalgo, aun con sus harapos.

Los hijos de la Alhambra son una demostración elocuente de esta filosofía práctica. Creen, como los moros, que el paraíso terrenal está en esta tierra favorecida, y me inclino a presumir que hay todavía vestigios de la Edad de Oro entre sus pobrísimos habitantes. Nada tienen, nada hacen, nada les preocupa. Sin embargo, al parecer no hacen nada durante la semana, son fieles guardadores de todas las festividades y días santos, como el más laborioso artesano. Celebran los días festivos bailando en Granada y sus contornos y haciendo hogueras en los cerros la víspera de San Juan, y suelen pasarse bailando las noches de luna cuando recogen la cosecha del pequeñísimo secano que poseen en el recinto de la fortaleza, que no da más que unos cuantos celemines de trigo.

Antes de concluir estos apuntes mencionaré uno de los entretenimientos de este sitio que más me sorprendieron: Había notado repetidas veces que un largo y flacucho individuo, subido en lo alto de una de las torres, meneaba dos o tres cañas como si tratara de pescar las estrellas. Quedeme perplejo un buen rato, viendo las contorsiones de este pescador aéreo, y creció mi perplejidad cuando vi a otros ocupados en la misma faena en diferentes sitios de las murallas y baluartes, y no pude resolver este misterio hasta que consulté a Mateo Jiménez.

Parece que la pura y ventilada situación de esta fortaleza la ha hecho —como el castillo de Macbeth— un fecundo criadero de golondrinas y aviones, que revoloteaban a millares alrededor de sus torres, con la alegría de un travieso chicuelo en día de fiesta cuando le dejan salir de la escuela. El atrapar estos pájaros en sus vertiginosas vueltas por medio de anzuelos encebados con moscas es la diversión predilecta de los desharrapados hijos de la Alhambra, que en su ingenio de hombres ociosos han inventado el arte de pescar en el firmamento.

El Patio de los Leones

Este antiguo y fantástico Palacio posee una magia singular, un especial poder para hacer recordar sueños y cuadros del pasado, y para presentarnos desnudas realidades con las ilusiones de la memoria y de la imaginación. Sentía yo, pues, una inefable complacencia paseándome entre aquellas «vagas sombras», buscando los sitios de la Alhambra que más se prestaban a estas fantasmagorías de la imaginación; y nada era tan adecuado para el caso como el Patio de los Leones y sus salones adyacentes. Aquí ha sido más benigna la mano del tiempo: los adornos moriscos, elegantes y primorosos, existen casi en su primitiva brillantez. Los terremotos han conmovido los cimientos de esta fortaleza y agrietado sus más fuertes muros; sin embargo, ¡ved!, ni una de estas delgadas columnas se ha movido, ni se ha desplomado ningún arco de ese ligero y frágil templete; toda la obra de hadas de estas cúpulas, tan delgadas —al parecer— como los delicados cristales de la mañana de escarcha, se conserva, después de un período de siglos, en tan perfecto estado como si acabase de salir de la mano del artista musulmán. Escribía yo en medio de estos recuerdos del pasado, en las plácidas horas de la mañana y en el fatal Salón de los Abencerrajes; la fuente manchada de sangre, monumento legendario de la degollación de aquellos magnates, estaba delante de mí, y el elevado surtidor de ella salpicaba sus gotas sobre mi escrito. ¡Cuán difícil se hacía el armonizar la antigua tradición de sangre y de violencia con la dulce y apacible escena que me rodeaba! Todo parecía preparado de antemano para inspirar buenos y dulces sentimientos, porque todo era allí delicado y bello: la luz penetraba plácidamente por lo alto, al través de las ventanas de una cúpula pintada y decorada como de mano de hadas; por el amplio y labrado arco del pórtico contemplaba el Patio de los Leones iluminado por el sol, que enviaba sus rayos a lo largo del peristilo, reverberando en las aguas de la fuente; la alegre golondrinilla revoloteaba en torno del patio y después se elevaba y partía trinando melodiosamente por encima de los tejados; la laboriosa abeja libaba zumbando por los jardines, y las pintadas mariposas giraban de flor en flor, jugando unas con otras en el embalsamado ambiente. No se necesitaba más que un débil esfuerzo de la imaginación para figurarse alguna pensativa beldad de harén paseándose por aquella apartada mansión de la voluptuosidad oriental.

Sin embargo, el que quiera contemplar este sitio bajo un aspecto más conforme con sus vicisitudes, visítelo cuando las sombras de la noche roban su luz a aquel hermoso patio y echan también un velo a los salones contiguos. Entonces nada hay tan dulcemente melancólico ni tan en armonía con la historia de su pasada grandeza.

A esas horas del ocaso visité en cierto día la Sala de la Justicia, cuyas soberbias y oscurecidas arcadas se extienden a un extremo del patio. En tal sitio se celebró ante Fernando e Isabel y su triunfante comitiva la solemne ceremonia de una misa de gracias al tomar posesión de la Alhambra. La cruz puede todavía verse en el punto donde se levantó el altar y en el que ofició el gran cardenal de España y otros dignatarios eclesiásticos del país. Me imaginaba yo entonces la escena que presentaría esta regia estancia cuando se vio ocupada por los ufanos conquistadores; la mezcla de mitrados obispos y tonsurados frailes, caballeros cubiertos de acero y cortesanos vestidos de seda, el cómo cruces y báculos y religiosos estandartes se confundirían con los arrogantes pendones y banderas de los altos personajes de Aragón y de Castilla, desplegados en señal de triunfo en los moriscos salones; me figuraba también a Colón, al futuro descubridor del Nuevo Mundo, humilde y olvidado espectador de la fiesta, ocupando un modesto sitio en un apartado rincón; y veía, por último, allá en mi mente, a los Católicos Soberanos postrándose delante del altar elevando un himno en acción de gracias por su victoria, y resonando en las bóvedas los sagrados acordes y la grave entonación del tedeum.

Pero la pasajera ilusión, el vano fantasma de la imaginación huyó, como los pobres musulmanes sobre quienes habían triunfado. El salón donde se celebró la victoria estaba derruido y solitario, no oyéndose sino el aleteo del murciélago en las oscuras bóvedas, o la lechuza lanzando sus gritos siniestros desde la vecina Torre de Comares.

Al entrar en el Patio de los Leones uno de los días siguientes me sorprendí sobremanera viendo un moro cubierto con su turbante, pacíficamente sentado junto a la fuente. Creí al pronto ver tornada en realidad alguna de las superticiones de aquel sitio y que algún antiguo habitante de la Alhambra habría roto el manto de los siglos, volviéndose ser visible. Pero no tardé en reconocer que era un simple mortal, un tetuaní de Berbería, que tenía una tienda en el Zacatín de Granada, donde vendía ruibarbo, quincalla y perfumes. Hablaba correctamente el español, y conversé con él, pareciéndome despejado e inteligente. Me dijo que subía la Cuesta muy a menudo en el verano para pasar una parte del día en la Alhambra, en donde recordaba los antiguos palacios de Berbería construidos y ornamentados de un modo semejante, aunque nunca con tanta magnificencia.

Mientras nos paseábamos por el Palacio, me llamó él la atención sobre algunas inscripciones arábigas, que encerraban gran belleza poética.

—¡Ah, señor! —me dijo—. Cuando los moros dominaban en Granada eran una gente más alegre que hoy. No se cuidaban más que del amor, de la música y de la poesía. Componían versos con pasmosa facilidad, y los cantaban al son de la música. Los que hacían mejores estrofas y los que tenían mejor voz podían estar seguros de obtener favor y preferencia. En aquellos tiempos, si alguno pedía pan, se le respondía que compusiese una canción, y el más pobre mendigo, si pedía limosna en verso, era recompensado a menudo con una moneda de oro.

—Y esa afición popular a la poesía —le pregunté—, ¿se ha perdido completamente entre ustedes?

—De ningún modo, señor; la gente de Berbería, aun los de las clases más bajas, componen todavía canciones bastante buenas, como en otros tiempos, pero no se recompensa hoy el talento como entonces; el rico prefiere en la actualidad el sonido del oro al de la poesía y la música.

Hallábase hablando así cuando se fijó en una de las inscripciones que profetizaban el poderío y la imperecedera gloria de los monarcas musulmanes, señores de esta fortaleza. Movió su cabeza, se encogió de hombros y la vertió al español.

—Así hubiera sucedido —exclamó—, y los musulmanes reinarían todavía en la Alhambra, si Boabdil no hubiese sido un traidor y no hubiera entregado la ciudad a los cristianos; pues los Monarcas Católicos no habrían podido nunca conquistarla por la fuerza.

Traté de vindicar la memoria del desgraciado Boabdil contra esta difamación, y demostrar que las disensiones que acarrearon la caída del trono musulmán fueron debidas a la crueldad de su padre, que tenía el corazón de un tigre; pero el moro no admitió esta disculpa.

—Muley Hassan —dijo— pudo ser cruel; pero fue bravo, activo y patriota. Si le hubieran ayudado, Granada sería todavía nuestra; pero su hijo Boabdil desbarató sus planes, quebrantó su poder y sembró la traición en su Palacio y la discordia en sus huestes. ¡La maldición de Dios caiga sobre él por su traición!

Pronunciadas estas palabras, el moro se retiró de la Alhambra.

La indignación de mi compañero el del turbante venía bien con la siguiente anécdota que me contó un amigo mío, y fue: «que durante un viaje por Berbería tuvo una entrevista con el Pachá de Tetuán. El gobernador morisco le significó particular interés en sus preguntas sobre este país, y con especialidad en lo que concernía a las hermosas provincias de Andalucía, a las delicias de Granada y a los restos de la regia Alhambra. Las respuestas de mi amigo despertaron en él todos esos recuerdos, tan profundamente adorados por los moros, del poder y esplendor de su antiguo imperio en España; y, volviéndose a sus servidores musulmanes, el Pachá se mesó la barba y exhaló tristes y apasionadas lamentaciones porque centro tan poderoso se hubiera caído de las manos de los verdaderos creyentes. Se consoló, sin embargo, cuando supo que el poder y prosperidad de la nación española estaban en decadencia, creyendo que vendría un tiempo en que los moros reconquistarían sus perdidos dominios, no estando quizá muy lejano el día en que los ritos de Mahoma se celebrarían en la Mezquita de Córdoba, y en que algún príncipe mahometano tuviera de nuevo su trono en la Alhambra».

Tal es el deseo y la creencia general de los moros de Berbería. Ellos consideran a España, y especialmente a Andalucía, como su legítimo patrimonio, del cual fueron despojados por traición y violencia. Estas ideas se confirman y perpetúan entre los descendientes de los proscritos moros de Granada diseminados por las ciudades de Berbería. Algunos de ellos residen en Tetuán, conservando sus antiguos nombres, tales como Páez y Medina, y uniéndose en matrimonio con familias que presumen ser del mismo elevado origen. Su ponderado linaje es mirado con cierta popular deferencia, rara vez demostrada entre las familias mahometanas por ningún rango hereditario, excepto por la familia real.

Los vástagos de estas estirpes —según se dice— continúan suspirando por el terrestre paraíso de sus antecesores, y entonan preces en sus mezquitas todos los viernes, implorando de Allah que llegue el tiempo en que Granada vuelva a ser restituida a los fieles, suceso que esperan con tanta avidez y confianza como tenían los cruzados cristianos en recobrar el Santo Sepulcro. Añadamos aún que algunos de ellos conservan los antiguos planos y escrituras de las posesiones y jardines de sus antepasados de Granada, y aún tienen las llaves de sus casas, enseñándolas como testimonio de su hereditario derecho, para presentarlas en el soñado día de la restauración.

El Patio de los Leones tiene también su repertorio de leyendas maravillosas. Ya he mencionado la vulgar creencia en los lúgubres ecos y ruidos de cadenas producidos de noche por los espíritus de los degollados Abencerrajes. En una de las reuniones nocturnas en la casa de doña Antonia contó Mateo Jiménez un hecho que ocurrió en tiempos de su abuelo, el famoso sastre:

«Había un soldado inválido que estaba encargado de enseñar la Alhambra a los extranjeros. Cierta noche, entre dos luces, pasando por el Patio de los Leones, oyó pasos en la Sala de los Abencerrajes. Suponiendo que se hallaba dentro algún curioso, se llegó para acompañarle, cuando vio con gran asombro cuatro moros ricamente vestidos, con brillantes corazas y cimitarras y puñales cuajados de piedras preciosas. Movíanse de un lado a otro con paso grave y solemne, súbitamente se pararon y le hicieron señas para que se acercase; pero el viejo militar echó a correr, y no pudo nadie hacer que volviera a entrar jamás en la Alhambra». De este modo los hombres vuelven algunas veces la espalda a la fortuna, pues —según la firme opinión de Mateo— los moros querían revelarle el sitio donde se hallaban escondidos sus tesoros. «Un descendiente del inválido fue más avisado que él; vino a la Alhambra, pobre; y, al cabo de un año, se fue a Málaga, compró casas, echó carruaje, y todavía vive allí, siendo uno de los hombres más respetados y poderosos de aquella ciudad». Todo lo cual —según sospechaba sabiamente Mateo— fue por consecuencia de haber encontrado el tesoro de los fantásticos moros aparecidos.

Boabdil el Chico

Mi conversación con el moro en el Patio de los Leones me hizo reflexionar sobre el singular destino de Boabdil. No ha habido sobrenombre más bien aplicado que el de *Zogoibi* o «el desgraciado», que le pusieron sus súbditos. Sus infortunios principiaron casi desde su cuna. Durante su tierna infancia fue reducido a prisión y amenazado de muerte por un inhumano padre, de lo que pudo escapar por la estratagema de una madre; pasados algunos años, su vida estuvo amargada y repetidas veces puesta en peligro por las hostilidades de un tío usurpador; su reino se vio turbado por extranjeras invasiones y por las luchas interiores; él fue el enemigo, el prisionero, el amigo y casi la víctima de Fernando, hasta que se vio sometido y destronado por aquel astuto monarca. Desterrado de su país natal, se acogió a uno de los príncipes del África, y murió oscuramente en el campo de batalla, peleando por la causa de un extranjero. Sus desgracias no cesaron con su muerte; si Boabdil abrigaba el deseo de dejar un nombre honroso en las páginas de la Historia, ¡cuán cruelmente han sido defraudadas sus esperanzas! ¿Quién ha fijado su atención en la romántica historia de la dominación musulmana en España sin encenderse de indignación por las atrocidades atribuidas a Boabdil? ¿Quién no se ha sentido conmovido ante las penas de la hermosa y gentil reina, sometida a un proceso de vida o muerte por una falsa acusación de infidelidad? ¿Quién no se ha aterrorizado ante el asesinato que se le imputa, y cuyas víctimas fueron su hermana y sus dos hijos, en un arrebato de pasión? ¿Y quién no ha sentido hervir la sangre por la inhumana matanza de los gentiles Abencerrajes en número de treinta y seis, y que, según se afirma, él mandó que fueran decapitados en el Patio de los Leones? Todas estas inculpaciones han sido repetidas de varios modos; se han puesto en baladas, dramas y romances, y hasta han pasado al dominio público de tal modo que no pueden ya desarraigarse. No hay extranjero ilustrado que visite la Alhambra que no pregunte por la fuente en que fueron decapitados los Abencerrajes, y mire con horror la enverjada galería donde se dice que fue encerrada la reina; no hay campesino de la vega o de la sierra que no cante esta historia en rudas canciones, acompañadas de su guitarra, mientras que sus oyentes aprenden a odiar el nombre de Boabdil.

No ha habido, en verdad, nombre más injustamente calumniado. He examinado todas las crónicas y cartas auténticas escritas por los autores españoles contemporáneos de Boabdil, algunos de los cuales gozaron la confianza de los Monarcas Católicos y estuvieron presentes en el campo de batalla durante la guerra; he examinado también todas las autoridades arábigas que pude hallar a mano ya traducidas, y no he encontrado nada que justifique tan negras y repugnantes acusaciones. El origen de tales fábulas parte de una obra muy popular, Las guerras civiles de Granada, que contiene la supuesta historia de las rivalidades entre los Zegríes y los Abencerrajes durante la última lucha del imperio morisco. Este trabajo apareció últimamente en español, indicando ser traducción del árabe, por un tal Ginés Pérez de Hita, vecino de Murcia; después fue vertido a varias lenguas, y Florián tomó mucho de él para la fábula de su Gonzalo de Córdoba; de este modo se ha desautorizado en gran parte la verdadera historia, siendo aquel libro tenido como verídico por el pueblo y más particularmente por la gente rústica de Granada. Sin embargo, el contenido de éste es un tejido de falsedades zurcidas con algunos acontecimientos auténticos que le dan al todo cierto carácter de veracidad. Lleva en sí mismo, además, el sello interno de su falsedad; los usos y costumbres de los moros están descritos de un modo extravagante; las escenas que presenta son del todo incompatibles con sus hábitos y religión, y no es posible que puedan ser de tal modo referidos por ningún escritor mahometano.

Creo francamente que hay un fondo criminal en las premeditadas falsedades de la obra: es indudable que la ficción novelesca admite amplias licencias; pero éstas tienen sus límites, de los cuales no se puede pasar, y los nombres de los difuntos distinguidos que pertenecen a la Historia no deben calumniarse, como se hace, por desgracia, con los contemporáneos. ¡Harto pagó el infortunado Boabdil su justificable hostilidad con los españoles, siendo desterrado de su reino, quedando su nombre injustamente calumniado, llevado de acá para allá y tenido por el vulgo como un padrón de infamia, y esto en su propio país natal y en el mismo palacio de sus padres!

No se pretenda por esto afirmar que las inculpaciones que se hacen a Boabdil carezcan totalmente de fundamento histórico; pero, tal como están formuladas, parece que deben dirigirse con más razón a los actos de su padre. Aben Hassan, a quien representan —contesten los cronistas árabes y cristianos— dotado de un carácter cruel y feroz. Él fue quien dio muerte a los caballeros del ilustre linaje de los Abencerrajes, por sospechas de que estaban comprometidos en una conspiración para arrojarle del trono.

La historia de la acusación de la madre de Boabdil y de su prisión en una torre también puede explicarse como uno de los incidentes de la vida de su sanguinario padre. Aben Hassan, en su edad provecta, casó con su bella cautiva cristiana de noble linaje, y que tomó el nombre morisco de Zorayda, de la cual tuvo dos hijos. Estaba dotada de un espíritu ambicioso, y anhelaba el que éstos heredasen la corona. Con este objeto amargó el corazón del desconfiado rey, encendiéndolo de celos contra los hijos de las otras esposas y concubinas, a quienes acusó de conspirar contra su trono y su vida. Algunos de ellos fueron muertos por su feroz padre. Ayxa la Horra, la virtuosa madre de Boabdil, que había sido en otro tiempo la adorada favorita de aquel tirano, fue también el blanco de sus sospechas. La encerró con su hijo en la Torre de Comares, y hubiera sacrificado en su furia a Boabdil si su madre no le hubiera descolgado de la Torre cierta noche, valiéndose de su ceñidor y de los de sus esclavas, con lo que quedó en condiciones de poder huir a Guadix.

Éste es el único fundamento que he podido encontrar para la historia de la acusada y cautiva reina, y de ella se desprende que Boabdil fue perseguido, en vez de perseguidor.

En medio de su breve, turbulento y desastroso reinado Boabdil deja ver un carácter tierno y amable. Desde un principio se ganó el cariño de su pueblo por sus afables y dulces modales; fue siempre clemente y nunca impuso severos castigos a aquellos que se le rebelaban a cada instante. Era bravo físicamente, pero carecía de valor moral, y en los momentos de dificultad e incertidumbre se mostraba perplejo e irresoluto. Esta debilidad de espíritu apresuró su caída y lo despojó al mismo tiempo de aquel heroísmo que le hubiera engrandecido y dignificado, haciéndole merecedor de finalizar el brillante drama de la dominación musulmana de España.

Recuerdos de Boabdil

Preocupada mi imaginación con la historia del malaventurado Boabdil, me puse a ordenar los recuerdos referentes a su historia, y que existen todavía en esta mansión de su regio poder y de sus infortunios. En la Galería de cuadros del Palacio de Generalife está colgado su retrato; su semblante es dulce, hermoso y algo melancólico, de color sonrosado y rubios cabellos. Si el retrato tiene verdadero parecido, pudo ser ciertamente inconstante y veleidoso, pero de ningún modo cruel ni sanguinario.

Después visité la prisión donde fue encerrado en los días de su niñez, cuando su cruel padre meditaba su muerte. Es un cuarto abovedado, en la Torre de Comares, debajo del Salón de Embajadores; una habitación semejante y separada por un estrecho pasadizo fue la prisión de su madre, la virtuosa Ayxa la Horra. Las paredes tienen un espesor prodigioso y las ventanas están aseguradas con barras de hierro. Una estrecha galería de piedra con un pequeño parapeto se extiende por dos lados de la torre, debajo de las ventanas, pero a una altura considerable de la tierra. Desde esta galería cuentan que la reina descolgó a su hijo con los ceñidores de ella y los de las fieles mujeres de su servidumbre, al amparo de la oscuridad de la noche, por la parte de la colina, al pie de la cual esperaba un criado con un caballo, veloz en la carrera, para escapar rápidamente con el príncipe a las montañas. Mientras me paseaba por esta galería figurábame estar viendo en aquel momento a la inquieta y desasosegada sultana echada sobre el parapeto, escuchando con las ansias de su dolorido corazón de madre los últimos ecos de las herraduras del caballo en que corría su hijo a lo largo del estrecho valle del Darro.

Luego dirigí mis pesquisas en busca de la puerta por donde salió Boabdil de la Alhambra, poco antes de entregar la ciudad. Con el melancólico acento de un espíritu abatido, dicen que rogó el infortunado príncipe a los Monarcas Católicos que no se permitiera a nadie, en adelante, pasar por esta puerta. Su ruego —según las antiguas crónicas— fue respetado, por la mediación de Isabel, y aquélla se tapió. Por algún tiempo anduve preguntando, en vano por ella, hasta que, por último, Mateo, mi humilde guía, oyó decir a los habitantes más ancianos de la fortaleza que existía todavía un portillo, por el cual —según la tradición— salió el rey moro de la ciudadela, pero que no recordaban que hubiera estado jamás practicable.

Me condujo después al indicado sitio de la referida famosa puerta, la cual se encuentra en el centro de la que fue en otro tiempo una inmensa torre llamada La Torre de los Siete Suelos, sitio afamado de las historias supersticiosas de la vecindad, de extrañas apariciones y moriscos encantamientos. Esta torre, inexpugnable en otro tiempo, es hoy un montón de ruinas, por haber sido volada por los franceses cuando abandonaron la fortaleza. Grandes bloques de muralla derrumbados hállanse allí enterrados entre la frondosa hierba, y cubiertos de vides e higueras. El arco de la puerta existe todavía, aunque agrietado por la voladura; sin embargo, el último deseo del infortunado Boabdil ha sido respetado, aunque no de intento, pues la puerta está cegada con los escombros de piedras formados por las ruinas y completamente intransitable. Siguiendo el camino del monarca musulmán, tal como se indica en las crónicas, crucé a caballo el Campo de los Mártires, pasando a lo largo de la huerta del convento del mismo nombre, y bajando desde allí por un agrio barranco rodeado de pitas y chumberas y ocupado con cuevas y chozas pobladas de gitanos. Éste fue el camino que tomó Boabdil para evitar el cruzar por la ciudad. La bajada es tan violenta y escabrosa que tuve necesidad de apearme del caballo y llevarlo de la brida.

Saliendo del barranco, y pasando por la Puerta de los Molinos, entré en el paseo público llamado el Salón y, siguiendo la corriente del Genil, llegué a una pequeña mezquita morisca, convertida ahora en Ermita de San Sebastián. Una lápida incrustada en la pared refiere que Boabdil entregó en aquel sitio las llaves de Granada a los monarcas castellanos. Desde allí crucé despacio la Vega, y llegué a un pueblecito donde la familia y la servidumbre del infeliz monarca lo esperaron, y adonde las había enviado con antelación la noche de la víspera, desde la Alhambra, para que su madre y su esposa no participaran de su propia humillación ni estuvieran expuestas a las miradas de los conquistadores. Siguiendo adelante el camino del melancólico cortejo de la real familia destronada llegué al extremo de una cadena de áridos y tristes cerros que forman la base de las montañas de la Alpujarra. Desde la cumbre de uno de éstos el infortunado Boabdil contempló por penúltima vez a Granada, por lo que lleva el expresivo nombre de su tristeza: la Cuesta de las Lágrimas. Más allá de ésta sigue un camino arenoso: escabrosa y árida llanura doblemente triste para el desdichado monarca, puesto que era el camino de su destierro.

Guié, por último, mi caballo hacia la cima de una roca, desde la cual Boabdil lanzó su última exclamación, volviendo los ojos para mirar por vez postrera a Granada; todavía se llama este paraje El último suspiro del Moro. ¿Quién se extrañará de la inmensidad de su dolor, saliendo expulsado de tal reino y de tal morada? Con la Alhambra perdió todos los honores de su linaje y todas las glorias y delicias de la vida.

Aquí también fue donde su aflicción se acrecentó con las reconvenciones de su madre Ayxa, que tantas veces le animó en los momentos del peligro, y que en vano quiso inculcarle su firmeza de ánimo. «Llora —le dijo— como mujer el reino que no has sabido defender como hombre». Frase que participaba más del orgullo de princesa que de la ternura de madre.

Cuando el obispo Guevara refirió esta anécdota al emperador Carlos V éste añadió a aquella expresión de desprecio lanzada a la debilidad del irresoluto Boabdil: «Si yo hubiese sido él o él hubiese sido yo, antes habría hecho de la Alhambra mi sepulcro que vivir sin reino en la Alpujarra».

¡Cuán fácil es para los que gozan de poder y prosperidad predicar el heroísmo a los vencidos! ¡No comprenden que la vida es más estimada del ser infortunado cuando no le resta ya otra cosa sino ella en el mundo!

El balcón

En el hueco central del Salón de Embajadores hay un balcón, que antes he mencionado, el cual semeja en la pared de la torre una como jaula suspendida en medio del aire y por encima de las copas de los árboles que crecen en la pendiente ladera de la colina. Servíame este ajimez como una especie de observatorio, en donde solía sentarme a contemplar ya el cielo por arriba y la tierra por debajo. Además del magnífico paisaje que se ofrecía ante mis ojos, montaña, valle y vega, contemplaba un cuadro, en pequeño, de la vida humana dibujado ante mi vista, constantemente debajo. Al pie de la colina hay una alameda o paseo público, que, aunque no tan de moda como el moderno y espléndido del Genil, atrae, sin embargo, una varia y pintoresca concurrencia. Aquí acude la gente de los barrios, y los curas y frailes que pasean para abrir el apetito o para hacer la digestión, majos y majas (los guapos y guapas de las clases bajas, vestidos con trajes andaluces), arrogantes contrabandistas, y tal cual vez algún tapado y misterioso personaje de alto rango, que acude a alguna cita secreta.

Esto presenta una viva pintura de la vida y del carácter español, que me deleitaba en estudiar; y como el naturalista tiene su microscopio para ayudarse en sus investigaciones, así yo tenía un anteojo de bolsillo, que me aproximaba los rostros de los abigarrados grupos tan de cerca, que me creía algunas veces hasta adivinar su conversación por el fuego y la expresión de sus facciones. Con lo cual era yo un invisible observador que, sin dejar mi retiro, me encontraba a la vez y prontamente en medio de la sociedad, ventaja rara para el que tiene carácter reservado observar el drama de la vida sin desempeñar el papel de actor en la escena.

Hay una considerable barriada debajo de la Alhambra, que comprende la estrecha garganta del Valle y se extiende por el opuesto cerro del Albaicín. Muchas de estas casas están construidas al estilo morisco, con patios alegres abiertos a cielo raso y fuentes en medio que les prestan frescura; y como los habitantes se pasan la mayor parte del día viviendo en estos patios o subidos en los terrados durante la estación del verano, ocurre que se pueden observar muchos detalles de su vida doméstica por un espectador aéreo como era yo, que podía mirarlos desde las nubes.

Disfrutaba yo maravillosamente las ventajas de aquel estudiante de la famosa y antigua novela española que tenía todo Madrid sin tejados abierto a su vista; y mi locuaz escudero Mateo Jiménez hacía el papel de Asmodeo con gran frecuencia, contándome anécdotas de las diferentes casas y de sus moradores.

Sin embargo, prefería formarme yo mismo historias conjeturales, y de este modo me distraía sentado horas enteras, deduciendo de incidentes casuales e indicaciones que pasaban ante mis ojos un completo tejido de proyectos, intrigas y ocupaciones de los afamados mortales de debajo. Difícilmente había lindo rostro o gentil figura que yo viera más de un día, acerca de la cual no formase poco a poco alguna historia dramática; hasta que alguno de los personajes hacía de pronto algo en directa oposición con el papel que le había yo asignado y me desconcertaba todo el drama. Uno de estos días en que me hallaba mirando con mi anteojo las calles del Albaicín vi la procesión de una novicia que iba a tomar el hábito, y noté varias circunstancias que me despertaron una gran simpatía por la suerte de la tierna joven que iba a ser enterrada viva en una tumba. Me cercioré a mi satisfacción de que era hermosa, y que, a juzgar por la palidez de sus mejillas, era una víctima más bien que profesa voluntaria. Estaba adornada con vestidos de novia y ceñida la cabeza con una guirnalda de flores, pero evidentemente se resistía de su desposorio espiritual y se apartaba con dolor de sus amores terrenales. Un hombre alto y de fruncido ceño iba junto a la novicia en la procesión; era sin duda el tiránico padre, que por fanatismo o sórdida avaricia la había compelido a este sacrificio. En medio de la multitud había un joven moreno y de buen aspecto, que parecía dirigirle miradas de desesperación. Éste debía ser, sin duda alguna, el secreto amante de quien le separaban para siempre. Mi indignación creció de punto cuando noté la maligna expresión pintada en los semblantes de los frailes y monjas que la acompañaban. La procesión llegó a la iglesia del convento; el sol derramaba sus pálidos reflejos por vez postrera sobre la guirnalda de la pobre novicia, la cual cruzó el fatal atrio, desapareciendo dentro del edificio. La multitud entró detrás del estandarte, la cruz y el coro; pero el amante se detuvo un momento en la puerta. Adiviné el tropel de ideas que le asaltaron; pero se dominó al cabo y entró. Pasó un largo intervalo, durante el cual me imaginé lo que pasaba dentro: la pobre novicia fue despojada de sus transitorias galas y vestida con los hábitos conventuales; la guirnalda de novia arrancada de su frente, y su hermosa cabeza despojada de sus largas y sedosas trenzas; la oí murmurar el irrevocable voto; la vi tendida en el féretro cubierta con el paño mortuorio; vi hacer sus funerales, que la proclamaban muerta para el mundo, y sentí ahogarse sus sollozos con el grave sonido del órgano y con el plañidero réquiem de las monjas; todo lo cual presenció el padre sin conmoverse y sin derramar una sola lágrima. El amante…, ¡no!, mi imaginación no quiso figurarse la agonía del desdichado amante; aquí la pintura quedó desvanecida.

Al poco tiempo la multitud salía otra vez, dispersándose en todas direcciones para gozar de los rayos del sol y mezclarse en las bulliciosas escenas de la vida; pero la víctima, la de la guirnalda de novia, no estaba ya allí. La puerta del convento que la separaba del mundo se le había cerrado para siempre.

Vi al padre y al amante que se retiraban sosteniendo una animada conversación. Este último hablaba acaloradamente, y estuve esperando de un momento a otro algún fin desagradable del drama; pero un ángulo del edificio se interpuso, y terminó la escena. Desde entonces volvía los ojos frecuentemente hacia aquel convento con cierto penoso interés, y noté a deshora de la noche una solitaria luz que fulguraba en la apartada celosía de una de sus torres. Allí —me dije— la desdichada monja estará sentada en su celda, llorando, en tanto que, quizá, su amante paseará la calle contigua entregado a un horrible tormento.

El oficioso Mateo interrumpió mis meditaciones y destruyó en un segundo la tela de araña tejida en mi fantasía. Con su celo acostumbrado, había reunido todos los datos concernientes a este episodio, echando por tierra mis ficciones. La heroína de mi novela no era joven, ni hermosa, ni mucho menos tenía amante; había entrado en el convento por su voluntad, buscando un asilo responsable, y era una de las más felices que había dentro de sus paredes.

Pasó largo tiempo para que yo pudiera perdonar a la monja el chasco que me había dado, viviendo perfectamente dichosa en su celda, en contradicción con todas las reglas de la novela.

Pero calmé mi disgusto muy en breve, observando uno o dos días las lindas coqueterías de una morena de ojos negros que, desde un balcón cubierto de flores y oculto por una cortina de seda, sostenía misteriosa correspondencia con un gentil mancebo con patillas, que paseaba a menudo por la calle debajo de su ventana. Unas veces lo veía rondando por la mañana temprano, embozado hasta los ojos en una manta; otras se ocultaba en una esquina, con diferentes disfraces, aguardando —al parecer— alguna seña particular para entrar en la casa. Después se oía el sonido de una guitarra por la noche, y un farol que cambiaba a cada instante de sitio en el balcón, imaginé que sería alguna intriga como la de Almaviva; pero me quedé desconcertado otra vez en todas mis suposiciones cuando me informaron que el imaginado amante era el marido de la joven, y un famoso contrabandista; y que todas aquellas misteriosas señales y movimientos obedecían, sin duda, a algún plan ya concertado.

Solía entretenerme también observando desde mi balcón los cambios graduales que se verificaban en la vida de aquel vecindario, según las diferentes horas del día.

Aún no había teñido el cielo la purpurina aurora, ni se había oído el canto de los madrugadores gallos de las casas del vecindario, cuando ya por aquellos alrededores se empezaban a dar señales de vida, pues las frescas horas del amanecer son muy agradables en el verano en los climas cálidos. Todos deseaban levantarse antes de salir el sol para desempeñar las faenas del día. El arriero hacía salir su cargada recua para emprender su camino; el viajero ponía su escopeta detrás de la silla, y montaba a caballo en la puerta de la posada; el tostado campesino arreaba sus perezosas bestias cargadas de hermosas frutas y frescas legumbres, mientras que su hacendosa mujer iba ya camino del mercado.

El sol salía y brillaba en el valle, atravesando el transparente follaje de los árboles; las campanas resonaban melodiosamente al toque del alba en la pura y fresca atmósfera, anunciando la hora de la devoción; el trajinero detenía su cargado ganado delante de alguna ermita, metía su vara por detrás de la faja y entraba, sombrero en mano, arreglándose su cabellera negra como el ébano, a oír misa y a rezar una plegaria para que su viaje fuese próspero por el corazón de la sierra. Luego salía una señora, con lindos pies de hada, vestida de preciosa basquiña y con el inquieto abanico en la mano, con unos ojos de azabache que fulguraban por debajo de su mantilla graciosamente plegada; iba en pos de una iglesia bien concurrida para rezar sus oraciones matinales; pero ¡ay!, el gracioso y ajustado vestido, el bien calzado pie, con medias como la tela de la araña, sus negras trenzas elegantemente peinadas, la fresca rosa cogida hacía un momento y que lucía entre sus cabellos, demostraban que la tierra compartía con el cielo la posesión de sus pensamientos. ¡Ojo alerta, celosa madre, solterona tía, vigilante dueña, o quienquiera que seas tú, la que va detrás de la linda dama!

Conforme avanzaba la mañana se acrecentaba por todos lados el ruido del trabajo; las calles se llenaban de gente, caballos y bestias de carga, y se notaba un clamor o murmullo como el de las olas del mar. Cuando el sol estaba sobre el meridiano este rumoroso movimiento iba cesando, y al mediodía todo quedaba en calma. La cansada ciudad se entregaba al reposo, y durante algunas horas había un rato de siesta general; se cerraban las ventanas, se corrían las cortinas, los habitantes se retiraban a las habitaciones más frescas de sus casas. El rollizo fraile roncaba en su celda, el robusto mozo de cordel se acostaba en el suelo junto a la carga, el campesino y el labrador dormían debajo de los árboles del paseo arrullados por el monótono chirrido de la cigarra; las calles quedaban desiertas, transitando sólo por ellas los aguadores, que a voces pregonaban las excelencias de la cristalina agua «más fresca que la nieve de la Sierra». Cuando el sol declinaba la animación empezaba otra vez, pareciendo como que al lento toque de la oración de nuevo se regocijaba la Naturaleza porque había desaparecido el tirano del día. Entonces principiaba el bullicio y la alegría, y los habitantes de la ciudad salían a respirar la brisa de la tarde y a esparcirse en el breve rato que duraba el crepúsculo en los paseos y jardines del Darro y del Genil.

Cuando cerraba la noche las caprichosas escenas tomaban nuevas formas. Una luz tras otra iban centelleando poco a poco; aquí un farol en el balcón; más allá una votiva lámpara alumbrando la imagen de algún santo. Así, por grados, salía la ciudad de su tenebrosa oscuridad y brillaba salpicada de luces como el estrellado firmamento. Entonces se oían en los patios y jardines, calles y callejuelas, el sonido de innumerables guitarras y el ruido de castañuelas, mezclándose en esta gran altura en un imperceptible pero general concierto. «¡Disfrutar un rato!». Tal es el credo del alegre y enamorado andaluz, y nunca lo practica con más devoción que en las plácidas noches de verano, cortejando a su amada en el baile con coplas amorosas y con apasionadas serenatas.

Una de las noches en que me hallaba sentado en el balcón, disfrutando de la suave brisa que venía de la colina por entre las copas de los árboles, mi humilde historiógrafo Mateo, que estaba a mi lado, me señaló una espaciosa casa en una oscura calle del Albaicín, acerca de la cual me relató —con poca diferencia de como yo la recuerdo— la siguiente tradición.

La aventura del albañil

Había en otro tiempo un pobre albañil en Granada, que guardaba los días de los santos y los festivos —incluyendo a «San Lunes»— y el cual, a pesar de toda su devoción, iba cada vez más pobre y a duras penas ganaba el pan para su numerosa familia. Una noche despertó de su primer sueño por un aldabonazo que dieron en su puerta. Abrió, y se encontró con un clérigo alto, delgado y de rostro cadavérico.

—¡Oye, buen amigo! —le dijo el desconocido—. He observado que eres un buen cristiano y que se puede confiar en ti. ¿Quieres hacerme un chapuz esta misma noche?

—Con toda mi alma, reverendo padre, con tal de que se me pague razonablemente.

—Serás bien pagado; pero tienes que dejar que se te venden los ojos.

El albañil no se opuso; por lo cual, después de taparle los ojos, lo llevó el cura por unas estrechas callejuelas y tortuosos callejones, hasta que se detuvieron en el portal de una casa. El cura, haciendo uso de una llave, descorrió la áspera cerradura de una enorme puerta. Luego que entraron, echó los cerrojos y condujo al albañil por un silencioso corredor, y después por un espacioso salón en el interior del edificio. Allí le quitó la venda de los ojos y lo pasó a un patio débilmente alumbrado por una solitaria lámpara. En el centro del mismo había una taza sin agua de una antigua fuente morisca, bajo la cual le ordenó el cura que formase una pequeña bóveda, poniendo a su disposición, para este objeto, ladrillos y mezcla. Trabajó el albañil toda la noche, pero no pudo concluir la obra. Un poco antes de romper el día el cura le puso una moneda de oro en la mano y, vendándole de nuevo los ojos, le condujo otra vez a su casa.

—¿Estás conforme —le dijo— en volver a concluir tu trabajo?

—Con mucho gusto, padre mío, con tal de que se me pague bien.

—Bueno; pues, entonces, mañana a medianoche vendré a buscarte.

Lo hizo así, y se concluyó la obra.

—Ahora —dijo el cura— me vas a ayudar a traer los cuerpos que se han de enterrar en esta bóveda.

Al oír estas palabras se le erizó el cabello al pobre albañil; siguió al cura con paso vacilante hasta una apartada habitación de la casa, esperando ver algún horroroso espectáculo de muerte; pero cobró alientos al ver tres o cuatro orzas grandes arrimadas a un rincón. Estaban llenas —al parecer— de dinero, y con gran trabajo consiguieron entre él y el clérigo sacarlas y ponerlas en su tumba. Entonces se cerró la bóveda, se arregló el pavimento y cuidose que no quedara la menor huella de haberse trabajado allí. El albañil fue vendado de nuevo y sacado fuera por un lugar distinto de aquel por donde había sido introducido anteriormente. Después de haber caminado mucho tiempo por un confuso laberinto de callejas y revueltas, se detuvieron. El cura le entregó dos monedas de oro, diciéndole:

—Espera aquí hasta que oigas las campanas de la Catedral tocar a maitines; si tratas de quitarte la venda de los ojos antes de tiempo te ocurrirá una tremenda desgracia.

Y esto diciendo, se marchó. El albañil esperó fielmente, contentándose con tentar entre sus manos las monedas de oro y con hacerlas sonar una con otra. En cuanto las campanas de la Catedral dieron el toque matinal se descubrió los ojos y se encontró en la ribera del Genil, desde donde se fue a su casa lo más presto que pudo, pasándolo alegremente con su familia por espacio de medio mes con las ganancias de las dos noches de trabajo, y volviendo después a quedar tan pobre como antes.

Continuó trabajando poco y rezando mucho, y guardando los días de los Santos y festivos de año en año, mientras su familia, flaca, desharrapada y consumida de miseria, parecía una horda de gitanos. Hallábase cierta noche sentado en la puerta de su casucho cuando he aquí que se le acerca un rico viejo avariento, muy conocido por ser propietario de numerosas fincas y por sus mezquindades como arrendatario. El acaudalado propietario quedose mirando fijamente a nuestro alarife por un breve rato y, frunciendo el entrecejo, le dijo:

—Me han asegurado, amigo, que te abruma la pobreza.

—No hay por qué negarlo, señor, pues bien claro se trasluce.

—Creo, entonces, que te convendrá hacerme un chapucillo, y que me trabajarás barato.

—Más barato, mi amo, que cualquier albañil de Granada.

—Pues eso es lo que yo deseo; poseo una casucha vieja que se está cayendo, y que más me cuesta que me renta, pues a cada momento tengo que repararla, y luego nadie quiere vivirla; por lo cual me propongo remendarla del modo más económico y lo meramente preciso para que no se venga abajo.

Llevó, en efecto, al albañil a un caserón viejo y solitario que parecía iba a derrumbarse. Después de atravesar varios salones y habitaciones desiertas, entró nuestro albañil en un patio interior, donde vio una vieja fuente morisca, en cuyo sitio detúvose un momento, pues le vino a la memoria un como recuerdo vago del mismo.

—Perdone usted, señor. ¿Quién habitó esta casa antiguamente?

—¡Malos diablos se lo lleven! —contestó el propietario—. Un viejo y miserable clerizonte, que no se cuidaba de nadie más qué de sí mismo. Se decía que era inmensamente rico, y, no teniendo parientes, se creyó que dejaría toda su fortuna a la Iglesia. Murió de repente, y los curas y frailes vinieron en masa a tomar posesión de sus riquezas, pero no encontraron más que unos cuantos ducados en una bolsa de cuero. Desde su fallecimiento me ha cabido la suerte más mala del mundo, pues el viejo continúa habitando mi casa sin pagar renta, y no hay medio de aplicarle la ley a un difunto. La gente afirma que se oyen todas las noches sonidos de monedas en el cuarto donde dormía el viejo clérigo, como si estuviera contando su dinero, y, algunas veces, gemidos y lamentos por el patio. Sean verdad o mentira estas habladurías, lo cierto es que ha tomado mala fama mi casa, y que no hay nadie que quiera vivirla.

—Entonces —dijo el albañil resueltamente— déjeme usted vivir en su casa hasta que se presente algún inquilino mejor, y yo me comprometo a repararla y a calmar al conturbado espíritu que la inquieta. Soy buen cristiano y pobre; y no me da miedo del mismo diablo en persona, aunque se me presentara en la forma de un saco relleno de oro.

La oferta del honrado albañil fue aceptada alegremente; se trasladó con su familia a la casa y cumplió todos sus compromisos. Poco a poco la volvió a su antiguo estado, y no se oyó más de noche el sonido del oro en el cuarto del cura difunto; pero principió a oírse de día en el bolsillo del albañil vivo. En una palabra: que se enriqueció rápidamente, con gran admiración de todos sus vecinos, llegando a ser uno de los hombres más poderosos de Granada; que dio grandes sumas a la Iglesia, sin duda para tranquilizar su conciencia, y que nunca reveló a su hijo y heredero el secreto de la bóveda hasta que estuvo en su lecho de muerte.

Un paseo por las colinas

A la caída de la tarde, en cuyas horas el calor es menos intenso, recreábame con frecuencia dando largos paseos alrededor de los vecinos cerros y profundos y umbrosos valles, acompañado de mi historiógrafo escudero Mateo, al cual daba amplio permiso para que charlase cuanto quisiese; con lo que apenas había roca, ruina, rota fuente o solitario valle acerca del cual no me refiriese alguna historia maravillosa; y, sobre todo, algún peregrino cuento de tesoros, pues nunca hubo un pobre diablo tan espléndido en prodigar tesoros escondidos.

Una noche en la que dábamos uno de esos largos paseos de costumbre manifestose Mateo más comunicativo que de ordinario. Cerca de la puesta del sol habíamos salido por la gran Puerta de la Justicia y subíamos por lo alto de una alameda, cuando de pronto se paró Mateo delante de un grupo de higueras y granados, al pie de un enorme torreón ruinoso llamado La Torre de los Siete Siglos, y, señalándome una bóveda subterránea debajo de los cimientos de la torre, me dijo que allí se ocultaba un monstruoso vestigio o fantasma que, según se decía, habitaba en aquella torre desde el tiempo de los moros, y que guardaba los tesoros de cierto monarca musulmán. Añadiome también que algunas veces salía a medianoche y recorría las alamedas de la Alhambra y las calles de Granada bajo la forma de un caballo descabezado perseguido por seis perros que lanzaban terribles ladridos y aullidos espantosos.

—¿Se lo ha encontrado usted alguna vez en sus excursiones? —le pregunté.

—No, señor, ¡a Dios gracias!; pero mi abuelo el sastre conoció muchas personas que lo vieron, pues entonces salía con más frecuencia que ahora, y ya bajo una forma, ya bajo otra. Todo el mundo en Granada ha oído hablar de *El Velludo*, y las viejas y las nodrizas asustan a los niños llamándolo cuando lloran. Se dice que es el alma en pena de un cruel rey moro que mató a sus seis hijos y los enterró bajo estas bóvedas; en venganza de lo cual éstos le persiguen todas las noches.

Me abstengo de ser prolijo en contar los maravillosos detalles que me dio el crédulo Mateo acerca de este terrible fantasma, que en tiempos pasados servía de tema favorito para los cuentos de viejos, y que pasó a la categoría de tradición popular en Granada, acerca de la cual un antiguo e ilustrado historiador, topógrafo de este sitio, ha hecho honrosa mención. Yo le haré presente tan sólo al lector que en esta torre está la puerta por donde el infortunado Boabdil salió a entregar su ciudad a los Católicos Monarcas.

Dejando este famoso baluarte, seguimos nuestro paseo, dando la vuelta a los frondosos jardines del Generalife, en los cuales dos o tres ruiseñores lanzaban al aire sus trinos melodiosos. Atravesando por estos jardines visitamos gran número de cisternas moriscas y una puerta cortada en el corazón de la roca, pero obstruída en la actualidad. Estos aljibes —según me informó mi cicerone— eran los baños favoritos suyos y de sus camaradas en la niñez, hasta que se asustaron con la historia de un horroroso moro que solía salir por la puerta abierta en la roca para atrapar a los incautos bañistas.

Dejando estos encantados aljibes detrás de nosotros, seguimos nuestra excursión por un solitario camino de herradura que va dando la vuelta a la colina, y nos encontramos al poco tiempo en unas tristes y melancólicas montañas desprovistas de árboles y salpicadas de escaso verdor. Todo lo que se veía estaba yermo y estéril, y parecía casi imposible concebir el que a corta distancia de donde nos encontrábamos estuviese el Generalife con sus floridos huertos y bellos jardines; que nos hallásemos en los contornos de la deliciosa Granada, la ciudad de la vegetación y de las fuentes. Tal es el clima de España; el desierto y el jardín encuéntranse siempre el uno al lado del otro.

El estrecho barranco por el cual pasábamos llamábase —al decir del buen Mateo— el Barranco de la Tinaja, porque allí se encontró en tiempos pasados una llena de monedas de oro morunas. En el cerebro del pobre Mateo no cabían más altos pensamientos que los de estas áureas leyendas.

—¿Qué significa aquella cruz que veo allí a lo lejos, sobre un montón de piedras, hacia la angostura del barranco?

—¡Ah! Eso no es nada: un arriero que asesinaron allí hace algunos años.

—Según eso, amigo mío, ¿hay ladrones y asesinos casi en las puertas de la Alhambra?

—Ahora no, señor; eso era antiguamente, cuando multitud de vagos merodeaban por los alrededores de la fortaleza, pero hoy se ha limpiado el terreno de esa mala gente. No digo yo que los gitanos moradores de las cuevas de las faldas de la colina, fuera de la fortaleza no sean capaces alguna vez de cualquier cosa; pero no hemos tenido ninguna muerte por aquí desde hace mucho tiempo. Al que asesinó al arriero lo ahorcaron en la fortaleza. Continuamos nuestro camino por el barranco arriba, dejando a la izquierda una altura pedregosa llamada la Silla del Moro, por la tradición ya citada de haber huido el infortunado Boabdil a aquel sitio durante una insurrección popular, y haberse estado muchos días sentado en la peñascosa meseta contemplando tristemente a su amotinada ciudad.

Llegamos, por último, a la parte más elevada de la montaña, donde se domina perfectamente a Granada, al Cerro del Sol. La noche se aproximaba; el sol poniente doraba los elevados picos de la montaña; aquí y acullá veíase algún solitario pastor que lentamente conducía su rebaño por las vertientes para encerrarlo en el establo durante la noche; o bien a algún arriero con sus cansadas bestias acelerando su caminata por la montaña, para llegar a las puertas de la ciudad antes del anochecer.

De pronto el grave sonido de la campana de la Catedral vino ondulando por los desfiladeros arriba, proclamando la hora de la Oración. El toque fue respondido por los campanarios de todas las iglesias y por los dulces esquilones de los conventos, que se oían desde la montaña. El pastor se paraba en la falda de la colina, el arriero en medio del camino, y, quitándose los sombreros, permanecían inmóviles un momento rezando la oración de la tarde. Hay cierta ternura y solemnidad en esta religiosa costumbre: a una señal melodiosa, todos los hombres del circuito de un país se unen en el mismo instante para tributar gracias a Dios por las mercedes del día. Parece que se esparce cierta momentánea santidad sobre la tierra, añadiendo el espectáculo del sol, al hundirse esplendorosamente en el horizonte, cierta majestuosa solemnidad a este cuadro.

En aquella ocasión el efecto resultaba más sorprendente por el agreste y solitario aspecto del sitio. Estábamos en una desnuda y escabrosa meseta del famoso Cerro del Sol, cuyos ruinosos aljibes y cisternas, junto con los desmoronados cimientos de extensos edificios, hablaban de la antigua población que allí se levantaba, ahora todo silencio y soledad.

Mientras vagábamos por entre los restos de los pasados siglos Mateo me señaló un agujero circular que parecía penetrar en el corazón de la montaña. Era, sin duda, una profunda cisterna, abierta por los infatigables moros para sacar y conservar su favorito elemento en el más perfecto estado de pureza. Mateo, sin embargo, me contó una historia de las suyas, según costumbre. Siguiendo su tradición, aquélla era la entrada a las subterráneas cavernas de la montaña en donde Boabdil y su corte estaban encantados, y desde donde salían a ciertas horas de la noche a visitar sus antiguas residencias.

El crepúsculo en este clima es de muy corta duración, y ya nos advertía que debíamos abandonar aquel suelo encantado. Cuando descendimos por las vertientes de las montañas ya no se veía ni arriero ni pastor, ni se oía otra cosa que nuestros propios pasos y el monótono chirrido del grillo. Las sombras del valle se hicieron cada vez más densas, hasta que todo se oscureció alrededor de nosotros. La elevada cumbre de Sierra Nevada conservaba solamente el vago resplandor de la luz del día; sus nevados picos brillaban sobre el azul del firmamento, y parecía que estaban junto a nosotros, por la extremada pureza de la atmósfera.

—¡Qué cerca se ve la Sierra esta tarde! —dijo Mateo—. ¡Parece que se puede tocar con la mano, y, sin embargo, está a algunas leguas de aquí!

Mientras pronunciaba estas palabras apareció una estrella sobre el nevado pico de la montaña, la única que se veía en el cielo, y tan pura, grande, brillante y hermosa, que hizo exclamar en un transporte de alegría al bueno de Mateo: «¡Qué clara y qué limpia es! ¡No puede haber otra más reluciente!».

He notado varias veces esta sensibilidad de la clase baja de España por los encantos de las cosas naturales. La lucidez de una estrella, la hermosura y fragancia de una flor, la cristalina corriente de una fuente, todo les inspira una especie de poética alegría; y entonces, ¡qué frases más hermosas dicen en su magnífico lenguaje para expresar sus transportes de alegría!

—¿Pero qué luces son aquéllas, Mateo, que veo brillar en la Sierra Nevada sobre los hielos, y que parecerían estrellas si no fueran rojas y no brillasen sobre la falda de la montaña?

—Aquéllas, señor, son las hogueras que encienden los neveros que abastecen de hielo a Granada. Suben a la Sierra todas las tardes con mulos y pollinos, y turnan, descansando unos, calentándose con lumbres, mientras que otros llenan los serones de nieve. Después bajan de la Sierra y llegan a las puertas de Granada antes de la salida del sol. Esa Sierra Nevada, señor, es un monte de hielo puesto en medio de Andalucía para tenerla fresca todo el verano.

Ya era completamente de noche y volvíamos a pasar por el barranco donde estaba la cruz del arriero asesinado, cuando divisamos a alguna distancia muchas luces que se movían y que parecían subir por el barranco. Cuando estuvieron más cerca resultaron ser antorchas llevadas por un cortejo de figuras extrañas vestidas de negro. A otra hora hubiera parecido una procesión horrendamente lúgubre, aunque entonces lo era bastante por lo agreste y solitario del lugar.

Mateo se me acercó, diciéndome en voz baja que aquello era un entierro: que llevaban un cadáver al cementerio situado en aquella montaña.

Al pasar la procesión, los lúgubres reflejos de las antorchas iluminaron las sombrías facciones y fúnebres vestidos de los acompañantes, presentando un efecto muy fantástico; pero este efecto era todavía más horrible cuando se bañó de luz el rostro del cadáver, que, según costumbre de España, iba descubierto. Permanecí un buen rato siguiendo con la vista el cortejo que serpenteaba por la montaña, y me vino a la memoria aquella antigua conseja de una procesión de demonios que se llevó el cuerpo de un pecador al cráter de Stromboli.

—¡Ah, señor! —exclamó Mateo—. Yo le podría contar la historia de una procesión que se vio una vez en estas montañas; pero usted se reiría de mí y creería que es uno de los cuentos heredados de mi abuelo el sastre.

—No, a fe mía; cuéntala, pues nada hay que tanto me divierta y halague como tus historias maravillosas.

—Pues, señor: el personaje de mi cuento era uno de esos hombres de que hablábamos hace poco; era un nevero de Sierra Nevada. Sabrá usted que hace muchos años, en tiempos de mi abuelo, había un viejo llamado el Tío Nicolás, el cual con los serones de su acémila cargados de nieve, volvía de la Sierra. Cuando empezó a sentirse soñoliento se montó en el mulo y quedose dormido al poco tiempo; el hombre iba dando cabezadas y bamboleándose de un lado a otro, mientras su segura acémila marchaba por el borde de los precipicios, bajando pendientes y escabrosos barrancos, tan firme y diligente como si anduviera por el llano. Al cabo de algún tiempo el Tío Nicolás se despertó, miró a su alrededor, y quedose asombrado y atónito… ¡Y en verdad que había motivos para ello! Pues a la hermosa luz de la luna, que alumbraba como si fuera de día, vio la ciudad por debajo tan perfectamente como una taza de plata a la luz del astro de la noche, pero ¡por Dios, señor, que no se parecía en nada a la ciudad que él había dejado unas cuantas horas antes! En vez de la Catedral con su gran cúpula y sus torrecillas, las iglesias con sus campanarios y los conventos con sus chapiteles, todos coronados con la sagrada cruz, no vio sino mezquitas moriscas, minaretes y cúpulas terminadas en relucientes medias lunas, tal cual se ven en las banderas berberiscas. Ahora bien, señor: como ya le he indicado, el Tío Nicolás se quedó hecho una pieza al ver aquello; pero he aquí que, mientras estaba embobado mirando hacia la ciudad, un formidable ejército subía la montaña, girando en torno del barranco, viéndosele unas veces a la luz de la luna, y ocultándose otras en la oscuridad.

»Cuando ya se aproximó, distinguió perfectamente que eran soldados de infantería y de caballería armados a la usanza morisca. El Tío Nicolás intentó salirse del camino, pero su viejo mulo se mantuvo firme y se resistía a dar un paso, temblando al mismo tiempo, como la hoja en el árbol, pues los animales, señor, se asustan tanto de estas cosas como las mismas personas racionales. El fantástico ejército no tardó en pasar junto a ellos; entre aquellos guerreros iban unos —al parecer— tocando trompetas, y otros, tambores y címbalos; y, sin embargo, no se oía ningún sonido; antes al contrario, iban todos marchando sin hacer el menor ruido —del mismo modo que los ejércitos pintados que he visto muchas veces desfilar en el escenario del teatro de Granada—, y sus rostros eran pálidos como la muerte. A la retaguardia del ejército, y entre dos negros moros a caballo, cabalgaba el gran inquisidor de Granada en una mula blanca como la nieve. El Tío Nicolás quedose admirado de verlo en semejante compañía, pues el inquisidor era famoso por su odio a los moros y a toda clase de infieles, judíos o herejes, y acostumbraba perseguirlos a sangre y fuego. Sin embargo, el Tío Nicolás se creyó a salvo teniendo a mano un sacerdote de tanta santidad; por lo que, haciendo la señal de la cruz, le pidió a voces su bendición, cuando, ¡hombre!, le arrimó un porrazo mayúsculo en la cabeza, y él y su mulo vinieron a parar al fondo de un barranco, rodando unas veces de cabeza y otras de pie. El Tío Nicolás no dio cuenta de su persona hasta después de salir el sol, encontrándose en aquella profunda sima con el mulo paciendo a su lado y la nieve de los serones completamente derretida. Se arrastró a duras penas hasta Granada, con el cuerpo molido y magullado; pero ¡cuánta no fue su alegría al encontrar la ciudad como siempre, con las iglesias cristianas coronadas de cruces! Cuando contó la historia de su aventura nocturna todos se reían de él: unos le decían que aquello sería un sueño que habría tenido mientras dormitaba en su mulo; otros que eran invenciones suyas; ¡pero lo más extraño, señor, lo que más dio en qué pensar a las gentes en este negocio, fue que el gran inquisidor se murió en aquel mismo año! He oído también decir con frecuencia a mi abuelo el sastre que aquello de llevarse el ejército fantástico la contrafigura del clérigo tenía un significado mucho más grande que lo que la gente se pensaba.

—Entonces, ¿querrá usted decir, amigo Mateo, que aquí hay una especie de Limbo o Purgatorio morisco en el seno de estas montañas, al cual fue arrebatado el padre inquisidor?

—¡No quiera Dios, señor! No sé nada de esto. Yo solamente cuento lo que oí a mi abuelo.

Al mismo tiempo que Mateo concluía esta conseja —que he procurado relatar sucintamente, y que él ilustró con muchos comentarios y detalles minuciosos—, nos encontrábamos de regreso en las puertas de la Alhambra.

Tradiciones locales

El pueblo español tiene pasión oriental por contar cuentos; es por todo extremo amante de lo maravilloso. Reunidos en el atrio o umbral de la puerta de la casa en las noches del estío, o alrededor de las grandes y soberbias campanas de las chimeneas de las ventanas en el invierno, escuchan con insaciable delicia las leyendas milagrosas de santos, las peligrosas aventuras de viajeros y las temerarias empresas de bandoleros y contrabandistas. El salvaje y solitario aspecto del país, la imperfecta difusión de la enseñanza, la escasez de asuntos generales de conversación y la vida novelesca y aventurera de un país en que los viajes se hacen como en los tiempos primitivos, y a que produzca una fuerte impresión lo extravagante e inverosímil. No hay, en verdad, ningún tema más persistente y popular que el de los tesoros enterrados por los moros, y que esté tan arraigado en todas las comarcas. Atravesando las agrestes sierras, teatro de antiguas acciones de guerra y hechos notables, se ven moriscas atalayas levantadas sobre peñascos o dominando algún pueblecillo; y, si preguntáis a vuestro arriero lo que allí pasó, dejará en el acto de chupar su cigarrillo para contaros alguna conseja de tesoros moriscos enterrados bajo sus cimientos, y no habrá ningún ruinoso alcázar en cualquier ciudad que no tenga una áurea tradición, transmitida de generación en generación por la gente pobre de la vecindad.

Éstas, lo mismo que la mayor parte de las ficciones populares, tienen algún fundamento histórico. Durante las guerras entre moros y cristianos, que asolaron este país por espacio de algunos siglos, las ciudades y los castillos estaban expuestos a cambiar repentinamente de dueño, y sus habitantes, mientras duraban los bloqueos y los asaltos, se veían precisados a esconder su dinero y sus alhajas en las entrañas de la tierra, a ocultarlo en las bóvedas y pozos, tal como se hace hoy día en los despóticos y bárbaros países de Oriente. Cuando la expulsión de los moriscos, muchos de ellos escondieron también sus más preciosos objetos, creyendo que su destierro sería solamente temporal y que ellos volverían y recuperarían sus tesoros en el porvenir. Se ha descubierto casualmente algún que otro dinero, después de pasados algunos siglos, entre las ruinas de fortalezas y casas moriscas, habiendo bastado unos cuantos hechos aislados de esta clase para dar pie a un sinnúmero de narraciones fabulosas sobre tesoros ocultos.

Las historias que de aquí brotan tienen generalmente cierto tinte oriental, y participan de esa mezcla de árabe y cristiano que parece característica en las cosas de España, especialmente en las provincias del Mediodía. Las riquezas escondidas han de estar casi siempre bajo la influencia mágica, o guardadas por encantamientos y talismanes, y, algunas veces, defendidas por horribles monstruos o fieros dragones, o bien por moros encantados que se hallan maravillosamente vestidos, con sus férreas armaduras y desnudas las espadas, pero inmóviles como estatuas y haciendo una desvelada guardia durante muchos siglos.

La Alhambra, por sus especiales circunstancias históricas, es un rico manantial de ficciones populares de este género, y han contribuido a aumentarlo las mil reliquias que se han desenterrado de vez en cuando. Cierta vez se encontró un gran jarrón de barro que contenía monedas moriscas y el esqueleto de un gallo, lo cual —según la opinión de algunos inteligentes que lo vieron— debió ser enterrado vivo. Otra vez se descubrió otro jarrón que contenía un gran escarabajo de arcilla cocida, cubierto con inscripciones arábigas, y del cual se dijo que era un prodigioso amuleto de ocultas virtudes. De esta manera los cerebros de la escuálida muchedumbre moradora de la Alhambra se dieron a tejer ilusiones con tal fecundidad, que no hay salón, torre o bóveda en la vieja fortaleza que no se haya hecho el teatro de alguna tradición maravillosa.

Sin duda, el lector —con la lectura de las anteriores páginas— se nos habrá familiarizado con los sitios de la Alhambra, por lo cual me ocuparé ya con preferencia, en adelante, de las maravillosas leyendas relacionadas con ella, y a las cuales he dado forma cuidadosamente, sacándolas de los varios apuntes y notas que recogí en el transcurso de mis excursiones, del mismo modo que el anticuario forma un ordenado documento histórico sobre unas cuantas letras casi borradas y no inteligibles.

Si el escrupuloso lector encuentra algo que lastime su credulidad, sea indulgente recordando la naturaleza especial de aquellos sitios, pues no cabe que sean exigidas allí las leyes de la probabilidad que rigen las cosas comunes de la vida, debiendo sólo tenerse en cuenta que la mayor parte de los sucesos ocurren en los salones de un palacio encantado; que todo sucede y pasa sobre un suelo fantástico.

La casa del Gallo de Viento

En la cúspide de la elevada colina del Albaicín, que es la parte más alta de la ciudad de Granada, existen los restos de lo que era antes un palacio real, fundado poco después de la conquista de España por los árabes, y convertido hoy en humilde fábrica. Esta regia morada ha caído en tal olvido, que me costó gran trabajo descubrirla, a pesar de la ayuda del sagaz y sabelotodo de Mateo Jiménez. Este edificio conserva todavía el nombre especial con que se viene conociendo durante muchos siglos, de La Casa del Gallo de Viento. Se llamó así por una figura de bronce que representaba un guerrero a caballo armado de lanza y adarga, sobre una de sus torres, y girando en forma de veleta hacia donde soplaba el viento, con una leyenda en árabe, que vertida en romance castellano decía de esta manera:
Dice el sabio Aben-Abuz
que así se defiende el Andaluz.

Este Aben-Habuz —según las crónicas moriscas— fue un capitán del invasor ejército de Tarik, a quien dejó aquél de alcaide de Granada. Se cree que colocó aquella figura guerrera para recordar constantemente a los habitantes musulmanes que estaban rodeados de enemigos, y que su salvación dependía solamente de vivir siempre prevenidos para su defensa y prontos a salir al campo de batalla.

Las tradiciones cuentan, sin embargo, una historia bastante diferente acerca de este Aben-Habuz y de su palacio, y afirman que la figura de bronce era antiguamente un talismán de gran virtud, aunque en época posterior perdió sus mágicas propiedades, degenerando en una simple veleta.

La siguiente leyenda explica el origen de La Casa del Gallo de Viento.

Leyenda del astrólogo árabe

En tiempos antiguos, hace ya muchos siglos, había un rey moro llamado Aben-Habuz, que gobernaba el reino de Granada. Era un guerrillero ya retirado, es decir, que habiendo llevado en sus días juveniles una vida continuadamente entregada al pillaje y a la pelea, por haberse hecho débil y achacoso, anhelaba ya tan sólo la quietud y deseaba a toda costa vivir en paz con sus enemigos, durmiendo sobre los laureles y gozando tranquilamente la posesión de los Estados que había usurpado a sus vecinos.

Sucedió, sin embargo, que este razonable, pacífico y viejo monarca tuvo, a pesar suyo, que luchar con algunos jóvenes príncipes, ansiosos de pelear y alcanzar renombre, y enteramente dispuestos a pedirle estrecha cuenta de sus usurpaciones. Ciertos territorios lejanos del reino, a los cuales trató cruelmente en los días de su mayor pujanza, se sintieron fuertes y con ánimos para sublevarse cuando le vieron achacoso, amenazando atacarle dentro de su misma capital. Viéndose, pues, rodeado de descontentos, y con el grave inconveniente de la posición topográfica de Granada, circundada de agrestes y escabrosas montañas que ocultan la aproximación de los enemigos, el infortunado Aben-Habuz vivió constantemente alarmado y vigilante, sin saber por qué lado se romperían las hostilidades.

De nada sirvió el que levantase atalayas en las montañas y acantonara guardias en todos los pasos, con órdenes terminantes de encender hogueras de noche y levantar humaredas de día si veían aproximarse algún enemigo; pues sus astutos contrarios, burlando todas estas precauciones, solían asomarse por algún oculto desfiladero, y asolaban el país en las mismas barbas del monarca, retirándose después cargados de prisioneros y de botín a las montañas. ¿Hubo nunca conquistador ya retirado y pacífico que se viese como él reducido a tan dura condición?

Cuando Aben-Habuz se hallaba contristado por estos tormentos y molestias llegó a su corte un antiguo médico árabe, cuya nevada barba le llegaba a la cintura; pero el cual, a pesar de sus señales evidentes de larga longevidad, había ido peregrinando a pie desde Egipto hasta Granada, sin otra ayuda que su báculo cubierto de jeroglíficos. Venía precedido de la aureola de la fama: se llamaba Ibrahim Eben Abu Ajib y se le creía contemporáneo de Mahoma, pues era hijo de Abu Ajib, el último compañero del Profeta. Cuando niño, siguió al ejército conquistador de Amrou a Egipto, y en aquel país habitó durante muchos años, estudiando las ciencias ocultas, y en particular la magia, con los sacerdotes egipcios.

Se decía también que había encontrado el secreto de prolongar la vida, y que por este medio había llegado a la larga edad de más de dos siglos; pero como no descubrió este secreto hasta muy entrado en años, sólo consiguió perpetuar sus canas y sus arrugas.

Este extraordinario anciano fue bien recibido del monarca, el cual, como la mayor parte de los reyes octogenarios, comenzó a hacer a los médicos sus favoritos. Quiso instalarlo en su palacio, pero el astrólogo prefirió una cueva que había en la falda de la colina que dominaba a Granada, y que es la misma sobre la cual se halla la Alhambra. Hizo ensanchar la caverna de tal modo que formaba un espacioso y vasto salón, con un agujero circular en el techo, que parecía un pozo, por el cual miraba el firmamento y observaba las estrellas, aun en medio del día. También cubrió las paredes del salón con jeroglíficos egipcios, símbolos cabalísticos y figuras de estrellas con sus constelaciones, y proveyó su vivienda de instrumentos fabricados bajo su dirección por los más hábiles artistas de Granada, pero cuyas ocultas propiedades eran de él solamente conocidas.

En muy poco tiempo llegó a ser el sabio Ibrahim el consejero favorito del rey, el cual le consultaba cuando se veía en alguna tribulación. Estando una vez Aben-Habuz lamentando la injusticia de sus convecinos y quejándose de la perpetua vigilancia que se veía obligado a observar para guardarse de sus invasiones, el astrólogo, luego que aquél concluyó de hablar, permaneció un rato en silencio, y le dijo después:

—Sabe, ¡oh rey!, que cuando yo estaba en Egipto vi una gran maravilla inventada por una sacerdotisa pagana de la antigüedad. En una montaña que domina la ciudad de Borsa, y mirando al gran valle del Nilo, había una figura que representaba un carnero y encima de él un gallo, ambos fundidos en bronce y dispuestos de manera que giraban sobre un eje. Cuando el país estaba amenazado por alguna invasión, el carnero señalaba en dirección del enemigo y el gallo cantaba, y de este modo presentían el peligro los habitantes de la ciudad y conocían la dirección de donde venía, pudiendo prepararse con tiempo para defenderse.

—¡Gran Dios! —exclamó el atribulado Aben-Habuz—. ¡Qué tesoro sería para mí un carnero semejante, que me hiciese la misma señal en medio de esas montañas que me rodean, y un gallo como aquél que cantase cuando se acercara el peligro! ¡*Allah Akbar*! ¡Y qué tranquilo dormiría en mi palacio con tales centinelas en lo alto de mi torre! El astrólogo esperó por un momento a que concluyese sus exclamaciones el rey, y continuó:

—Después que el virtuoso Amrou (¡cuyos restos descansen en paz!), concluyó la conquista de Egipto, permanecí algún tiempo entre los ancianos sacerdotes de aquel país, estudiando los ritos y ceremonias de aquellos idólatras, procurando instruirme en las ciencias ocultas, por cuyo conocimiento alcanzaron aquéllos tanto renombre. Estando sentado cierto día a orillas del Nilo conversando con un venerable sacerdote, me señaló las enormes pirámides que se levantan como montañas en medio del desierto: «Todo lo que te podemos enseñar —me dijo— no es nada comparado con la ciencia que se encierra en esas portentosas edificaciones. En el centro de la pirámide que está en medio hay una cámara mortuoria en la que se conserva la momia del Gran Sacerdote que contribuyó a levantar esta estupenda construcción, y con él está enterrado el maravilloso *Libro de la Sabiduría*, que contiene todos los secretos del arte mágico. Este libro le fue dado a Adán después de su caída, y se ha ido heredando de generación en generación hasta el sabio rey Salomón, quien, con su ayuda, construyó el templo de Jerusalén. Cómo vino a poder del que construyó las pirámides, solamente lo sabe Aquél para quien no existen secretos». Cuando oí estas palabras de labios del sacerdote egipcio mi corazón ardió en deseos de poseer tal libro. Como disponía de un gran número de soldados de nuestro ejército conquistador y de bastantes egipcios, comencé a agujerear la sólida masa de la pirámide, hasta que, después de mucho trabajar, encontré uno de sus pasadizos interiores, siguiendo el cual, e internándome en un confuso laberinto, llegué al corazón de la pirámide, a la misma cámara sepulcral donde yacía desde muchos siglos la momia del Gran Sacerdote. Rompí la caja exterior que lo guardaba, deslié sus muchas fajas y vendajes, y por fin encontré en su seno el precioso libro. Lo cogí con mano trémula y salí presuroso de la pirámide, dejando la momia en su oscuro y tenebroso sepulcro, aguardando allí el día de la resurrección y juicio final.

—¡Hijo de Abu Ajib! —exclamó Aben-Habuz—, tú eres un gran viajero y has visto cosas maravillosas, pero ¿de qué me sirve, ¡triste de mí!, el *Libro de la Sabiduría* del sabio Salomón?

—Vas a saberlo, ¡oh rey! Con el estudio que hice de este libro me instruí en todas las artes mágicas, y cuento con la ayuda de un genio para llevar a cabo mis planes. El misterio del talismán de Borsa me es tan conocido, que puedo hacer uno como aquél, y aun con más grandes virtudes.

—¡Oh sabio hijo de Abu Ajib! —prorrumpió Aben-Habuz—. Más falta me hace ese talismán que todas las atalayas de las montañas y los centinelas de las fronteras. Dame tal salvaguardia y dispón de todas las riquezas de mi tesorería.

El astrólogo se puso inmediatamente a trabajar para satisfacer cumplidamente los deseos del monarca. Levantó una gran torre en lo más alto del palacio real (que estaba entonces situado en la colina del Albaicín), construida con piedras del Egipto, y extraídas —según se cuenta— de una de las pirámides. En lo alto de la torre había una sala circular con ventanas que miraban a todos los puntos del cuadrante, y delante de cada una de éstas colocó unas mesas sobre las cuales se hallaban formados, lo mismo que en un tablero de ajedrez, pequeños ejércitos de caballería e infantería tallados en madera, con la figura del soberano que gobernaba en aquella dirección. En cada una de estas mesas había una pequeña lanza del tamaño de un punzón, y en ellas, grabados, ciertos caracteres caldeos. Este salón estaba siempre cerrado con una puerta de bronce, cuya cerradura era de acero, y la llave la guardaba constantemente el rey.

En la parte más alta de la torre colocó una figura de bronce representando a un moro a caballo que giraba sobre un eje, con su escudo en el brazo y su lanza elevada perpendicularmente. La cara de este jinete miraba hacia la ciudad, como si la tuviese custodiando; pero, si se aproximaba algún enemigo, la figura señalaba en aquella dirección y blandía la lanza en ademán de acometer.

Cuando el talismán estuvo concluido del todo, Aben-Habuz se impacientaba por experimentar sus virtudes, y deseaba tanto una invasión como antes suspiraba por la tranquilidad. Sus deseos se vieron satisfechos bien pronto, pues cierta mañana temprano el centinela que guardaba la torre trajo la noticia de que el jinete de bronce señalaba hacia la Sierra de Elvira y que su lanza apuntaba directamente hacia el Paso de Lope.

—¡Que las tropas y tambores toquen a las armas y que toda Granada se ponga a la defensiva! —dijo Aben-Habuz.

—¡Oh rey! —le contestó el astrólogo—. No alarmes a tu ciudad ni pongas a tus guerreros sobre las armas, pues no necesito de ninguna fuerza para librarte de tus enemigos. Manda que se retiren tus servidores y subamos solos al salón secreto de la torre.

El anciano Aben-Habuz subió la escalera apoyándose en el brazo del centenario Ibrahim Eben Abu Ajib, y abriendo la puerta de bronce penetraron dentro. La ventana que miraba hacia el Paso de Lope estaba abierta.

—Hacia aquella dirección —dijo el astrólogo— está el peligro; acércate, ¡oh rey!, y observa el misterio de la mesa.

El rey Aben-Habuz se acercó a lo que parecía un tablero de ajedrez con figuras de madera, y con gran sorpresa suya vio que todas ellas estaban en movimiento: los caballos se espantaban y encabritaban, los guerreros blandían sus armas, y se oía el débil sonido de tambores y trompetas, el choque de armas y el relincho de corceles, pero todo tan apenas perceptible como el zumbido de las abejas o el ruido de los mosquitos al oído del que duerme en el verano tendido a la sombra de un árbol en las horas de calor.

—He aquí, ¡oh rey! —dijo el astrólogo—, la prueba de que tus enemigos están todavía en el campo. Deben estar atravesando aquellas montañas por el Paso de Lope. Si quieres llevar el pánico y la confusión entre ellos y obligarlos a que se retiren sin efusión de sangre, golpea estas figuras con el asta de esta lanza mágica; pero si quieres que haya sangre y carnicería, hiéreles con la punta.

El rostro del pacífico Aben-Habuz se cubrió con un tinte lívido, y, tomando la pequeña lanza con mano temblorosa, se acercó vacilando a la mesa, mostrando con su barba trémula su estado de exaltación:

—¡Hijo de Abu Ajib! —exclamó—, creo que va a haber alguna sangre.

Así diciendo, hirió con la lanza mágica algunas de las diminutas figuras y tocó a otras con el asta, con lo cual unas cayeron como muertas sobre la mesa, y las demás, volviéndose las unas contra las otras, trabaron una confusa pelea, cuyo resultado fue igual por ambas partes.

Costó no poco trabajo al astrólogo el contener la mano de aquel monarca pacífico y oponerse a que exterminase completamente a sus enemigos; por último, pudo conseguir el que se retirase de la torre y que enviase avanzadas por el Paso de Lope.

Volvieron aquéllas con la noticia de que un ejército cristiano se había internado por el corazón de la sierra casi hasta Granada, y que había habido entre ellos una desavenencia, haciendo repentinamente armas unos contra los otros, hasta que, después de una gran carnicería, se retiraron a sus fronteras.

Aben-Habuz enloqueció de alegría al ver la eficacia de su talismán.

—Al fin —dijo— podré gozar de una vida tranquila, y tendré a todos mis enemigos bajo mi poder. ¡Oh sabio hijo de Abu Ajib! ¿Qué podré otorgarte en premio de una cosa tan maravillosa?

—Las necesidades de un anciano y un filósofo, ¡oh rey!, son escasas y bien sencillas; solamente deseo que me proporciones los medios, y con esto sólo me contento, para que pueda poner habitable mi cueva.

—¡Cuán noble es la templanza del verdadero sabio! —exclamó Aben-Habuz, regocijándose interiormente por tan exigua recompensa.

Llamó, pues, a su tesorero, y le dio orden de entregar a Ibrahim las cantidades necesarias para arreglar y amueblar su cueva.

El astrólogo dispuso que abriesen otras varias habitaciones en la roca viva, de modo que formasen piezas contiguas con el salón astrológico, y las decoró y amuebló después con lujosas otomanas y divanes, haciendo cubrir las paredes con ricos tapices de seda de Damasco.

—Yo soy viejo —decía—, y no puedo por más tiempo descansar en un lecho de piedra, y estas húmedas paredes necesitan el que se tapicen.

También se hizo construir baños, con toda clase de perfumes y aceites aromáticos.

—El baño —añadía— es necesario para contrarrestar la rigidez de la edad y devolver al organismo la frescura y flexibilidad que perdió con el estudio.

Mandó colgar por todas las habitaciones infinidad de lámparas de plata y cristal, en las que ardía cierto aceite odorífero preparado con una receta que también encontró en los sepulcros de Egipto. Este aceite era perpetuo y esparcía un resplandor tan dulce como la templada luz del día.

«Los rayos del sol —pensaba el astrólogo— son demasiado abrasadores y fuertes para los ojos de un anciano, y la luz de una lámpara es más a propósito para los estudios de un filósofo».

El tesorero del rey Aben-Habuz se lamentaba de las grandes cantidades que se le pedían diariamente para amueblar aquella vivienda y, por último, elevó al rey sus quejas; pero como la palabra real estaba empeñada, se encogió el monarca de hombros, y le dijo:

—No hay más que tener paciencia; este viejo tiene el capricho de habitar en un retiro filosófico como el interior de las Pirámides y las vastas ruinas de Egipto; pero todo tiene su fin en el mundo, y también lo tendrá la decoración de su vivienda.

El rey tenía razón: la vivienda quedó por fin concluida, formando un suntuoso palacio subterráneo.

—Ya estoy contento —dijo Ibrahim Eben Abu Ajib al tesorero—; ahora voy a encerrarme en mi celda para consagrar todo el tiempo al estudio. No deseo ya nada más que una pequeña bagatela para distraerme en los intermedios del trabajo mental.

—¡Oh sabio Ibrahim! Pide lo que quieras, pues tengo orden de proveerte de todo lo que necesites en tu soledad.

—Me agradaría tener —dijo el filósofo— algunas bailarinas.

—¡Bailarinas!... —exclamó sorprendido el tesorero.

—Sí, bailarinas —replicó gravemente el sabio—; con unas pocas hay bastante, porque soy viejo, filósofo de costumbres sencillas y hombre contentadizo; pero que sean jóvenes y hermosas, para que pueda recrearme en ellas, pues mirando la juventud y la hermosura se reanima la vejez. Mientras el filósofo Ibrahim Eben Abu Ajib pasaba la vida hecho un sabio en su vivienda, el pacífico Aben-Habuz libraba prodigiosas campañas simuladas desde su torre. Era muy cómodo para el pacífico anciano el guerrear sin salir de su palacio, entreteniéndose en destruir ejércitos como si fueran enjambres de mosquitos.

Durante mucho tiempo dio rienda suelta a su placer y aun escarneció e insultó con mucha frecuencia a sus enemigos para obligarles a que le atacasen; pero aquéllos se hicieron poco a poco prudentes por los continuos descalabros que sufrían, hasta que al fin ninguno se aventuraba a invadir sus territorios. Por espacio de muchos meses permaneció la figura ecuestre de bronce indicando paz y con su lanza elevada a los aires, tanto que el buen anciano monarca comenzó a echar de menos su favorita distracción, agriándose su carácter con la monótona tranquilidad.

Al fin, cierto día el guerrero mágico giró de repente, y, bajando su lanza, señaló hacia las montañas de Guadix. Aben-Habuz subió precipitadamente a su torre, pero la mesa mágica, que estaba en aquella dirección, permanecía quieta y no se movía ni un solo guerrero. Sorprendido por este detalle, envió un destacamento de caballería a recorrer las montañas y registrarlas minuciosamente, de cuya comisión volvieron los exploradores a los tres días.

—Hemos registrado todos los pasos de las montañas —le dijeron—, pero no hemos encontrado ni lanzas ni corazas. Todo lo que hemos encontrado durante nuestra exploración ha sido una joven cristiana de singular hermosura, que dormía a la caída de la tarde junto a una fuente, y a la que hemos traído cautiva.

—¡Una joven de singular hermosura! —exclamó Aben-Habuz con los ojos chispeantes de júbilo—. ¡Qué la conduzcan a mi presencia!

La hermosa joven le fue presentada; iba vestida con el lujo y adorno que se usaba entre los hispanogóticos en el tiempo de las conquistas de los árabes; las negras trenzas de sus cabellos estaban entretejidas con sartas de riquísimas perlas, luciendo en su frente joyas que rivalizaban con la hermosura de sus ojos, pendiendo de su cuello una cadena de oro que terminaba en una lira de plata.

El brillo de sus negros y refulgentes ojos fueron chispas de fuego para el viejo Aben-Habuz, cuyo corazón era aún susceptible de enardecerse. La gentileza de aquel talle le hizo perder el seso, y, frenético y fuera de sí, le preguntó:

—¡Oh hermosísima mujer! ¿Quién eres? ¿Cómo te llamas?

—Soy hija de un príncipe cristiano, dueño y señor ayer de su reino y hoy reducido al cautiverio después de haber sido sus ejércitos aniquilados como por arte mágica.

—Cuidado, ¡oh rey! —dijo interrumpiéndola Ibrahim Eben Abu Ajib—, que esta joven parece ser una de esas hechiceras del Norte, de que todos tenemos noticias, que suelen tomar formas seductoras para engañar a los incautos. Me parece que adivino sus maleficios en los ojos y en sus ademanes; éste es, sin duda, el enemigo que indicaba el talismán.

—¡Hijo de Abu Ajib —replicó el rey—, tú serás muy sabio y muy previsor en todo lo que me ocurra; no lo niego; pero no eres muy experto en asuntos de mujeres! En esa ciencia me las apuesto con todo el mundo, aun con el sapientísimo rey Salomón con todas sus mujeres y concubinas. Respecto a esta joven, no veo en ella nada maléfico: es hermosa en verdad y mis ojos encuentran suma complacencia recreándose en sus encantos.

—Escucha, ¡oh rey! —le dijo el astrólogo—: Te he proporcionado muchas victorias por medio de mi mágico talismán, pero nunca he participado del botín; dame, pues, en buena hora esa cautiva para que me distraiga en mi soledad pulsando la lira de plata. Si es (como sospecho) una hechicera, yo le proporcionaré un antídoto contra sus maleficios.

—¡Cómo!… ¿Más mujeres? —le contestó Aben-Habuz—. ¿No tienes ya bastantes bailarinas para que te diviertan?

—Sí; tengo bastantes bailarinas, es cierto; pero no tengo ninguna cantora. Me agradaría tener mis ratos de música, que me solazasen e hiciesen descansar mi imaginación cuando está fatigada por el estudio.

—¡Vete al diablo con tus peticiones! —exclamó el rey, agotada ya su paciencia—. Esta joven la tengo destinada para mí. Siento tanto deleite con ella como David, padre del sabio Salomón, con la compañía de Abisag la sulamita.

Los reiterados ruegos e insistencias del astrólogo agriaron más la terminante negativa del monarca, separándose ambos muy despechados. El sabio se retiró a su cueva para devorar el desaire, no sin que antes de irse le aconsejara repetidas veces al rey que no se fiase de su peligrosa cautiva; pero ¿dónde se ha visto viejo enamorado que oiga consejos? Aben-Habuz dio rienda suelta a su pasión, y todos sus cuidados consistían en hacerse amable a los ojos de la gótica beldad; y, aunque no tenía juventud que le hiciese simpático, era poderoso, y los amantes viejos son generalmente generosos. Revolvió el Zacatín de Granada comprando los más preciados productos orientales: sedas, alhajas, piedras preciosas, exquisitos perfumes, cuanto el Asia y el África producen de espléndido y rico, otro tanto le regaló a la hermosa cautiva. También inventó mil clases de espectáculos y festines para divertirla: conciertos, bailes, torneos, corridas de toros; Granada en aquella época ofrecía una perpetua diversión. La princesa cristiana miraba todo este esplendor sin asombrarse, como si estuviese acostumbrada a la pompa y magnificencia, y recibía todos los obsequios como un homenaje debido a su rango, o más bien a su hermosura, pues estaba más pagada de su belleza que de su elevada posición. Había más: parecía complacerse secretamente en incitar al monarca a que hiciese dispendios que mermasen su tesoro, estimando su extravagante generosidad como la cosa más baladí del mundo. A pesar de la constancia y esplendidez del viejo amante, nunca pudo éste vanagloriarse de haber interesado su corazón; y si bien ella jamás le puso mal semblante, tampoco le sonreía, y cuando él le declaraba su amorosa pasión, ella le correspondía tocando su lira de plata. Había, sin duda alguna, cierta magia en los acordes de aquella lira, pues instantáneamente producían un efecto letal en el anciano; un sopor irresistible se empezaba a apoderar de él, y concluía por quedar sumido en él profundamente; mas cuando despertaba, se encontraba extraordinariamente ágil y curado para tiempo de sus amores. Esto le contrariaba sobremanera, aunque sus letargos iban acompañados de plácidos ensueños, pues sus sentidos se iban embotando; y, por otro lado, mientras el regio amante pasaba todos los días en este estado de estupor e imbecilidad, en Granada se censuraban sus chocheces, creciendo cada día más las quejas y rumores del pueblo por las prodigalidades y despilfarros que le costaban las fatales canciones de aquella favorita.

Entretanto, los peligros arreciaban, y contra ellos el famoso talismán llegó a ser ineficaz. Estalló una insurrección en la misma capital; el palacio de Aben-Habuz fue asediado por la muchedumbre armada, resuelta a atentar contra su vida y contra la de la funesta cristiana favorecida. El apagado espíritu guerrero renació súbitamente en el pecho del monarca, y poniéndose a la cabeza de sus guardias, hizo una salida y dispersó briosamente a los insurrectos, con lo que ahogó la sublevación en su origen.

Cuando se restableció la calma, buscó al astrólogo, que aún continuaba retraído en su cueva, devorando el amargo recuerdo de su negativa.

Aben-Habuz se le acercó en tono conciliador y le dijo:

—¡Oh sabio hijo de Abu Ajib! Bien me anunciaste los peligros de la bella cautiva; dime, tú que evitas el peligro con tanta facilidad, qué debo hacer para librarme de él en adelante.

—Abandona inmediatamente a la joven infiel, que es la causa de todo.

—¡Antes dejaría mi reino! —dijo con firmeza Aben-Habuz.

—Estás en peligro de perder lo uno y lo otro —le replicó el astrólogo.

—No seas duro y desconfiado, ¡oh profundísimo filósofo! Considera la doble aflicción de un monarca y un amante, y excogita algún medio para librarme de los desastres que me amenazan. Nada me importa ya la grandeza ni el poder; solamente anhelo el descanso, y quisiera encontrar algún tranquilo retiro donde huyera del mundo, de los cuidados, de las pompas y desengaños, y donde dedicara mis últimos días a la tranquilidad y al amor.

El astrólogo lo miró por unos momentos, frunciendo sus pobladas cejas.

—¿Y qué me darías si te proporcionara el retiro que deseas?

—Tú mismo elegirás la recompensa, y, si está en mi mano, la tienes concedida por quien soy.

—¿Has oído, ¡oh rey!, hablar alguna vez del jardín del Irán, admiración de la Arabia Feliz?

—He oído hablar de ese jardín, que se cita en el Corán en el capítulo titulado *La aurora del día*. He oído también contar cosas maravillosas de ese jardín a los peregrinos que vienen de la Meca; pero las creo fabulosas como muchas de las que cuentan los viajeros que han visitado remotos países.

—No desacredites, ¡oh rey!, las narraciones de los viajeros —dijo gravemente el astrólogo—, porque encierran preciosos conocimientos traídos desde los confines de la tierra. Todo cuanto se dice del palacio y del jardín del Irán es cierto; yo mismo lo he visto con mis propios ojos. Escucha lo que a mí me sucedió, que en ello encontrarás cosa parecida a la que tú deseas.

En mi juventud, cuando yo no era más que un pobre árabe errante del desierto, cuidaba de los camellos de mi padre. Atravesando cierto día el desierto de Aden, uno de ellos se me separó de la caravana y se perdió. Yo lo busqué durante algunos días, pero todo fue inútil, hasta que, ya rendido, me tendí una tarde bajo una palmera, junto a un pozo ya casi del todo seco. Cuando desperté me encontré a las puertas de una ciudad; entré en ella y vi que había suntuosas calles, plazas y mercados; pero todo en silencio y sin habitantes. Anduve errante hasta que descubrí un suntuoso palacio, y en él un jardín adornado de fuentes y estanques, alamedas y flores, y árboles cargados de delicadas frutas; pero no se veía allí alma viviente. Sobrecogido por tanta soledad, me apresuré a salir, y, cuando iba por la puerta de la ciudad, volví la vista hacia el mismo sitio, pero ya no vi nada más que el silencioso desierto que se extendía ante mi vista.

Por aquellos alrededores me encontré con un anciano derviche, muy versado en las tradiciones y secretos de aquel país, y le conté extensamente cuanto me había sucedido. «Ése, es —me dijo— el famoso jardín del Irán, una de las portentosas maravillas del desierto. Sólo aparece raras veces a algún que otro viajero como tú, fascinándole con el panorama de sus torres, palacios y cercas de jardines poblados de árboles cargados de exquisitas frutas que se desvanecen después, no quedando otra cosa que el solitario desierto. El origen de este jardín fue que en tiempos pasados, cuando este país estuvo habitado por los Additas, el rey Sheddad, hijo de Ad y bisnieto de Noé, fundó aquí una rica ciudad. Cuando estuvo concluida y vio su magnificencia, se enorgulleció su corazón, y determinó edificar un palacio con jardines que rivalizasen con los del paraíso celestial que describe el Corán; pero la maldición de Allah cayó sobre él por su presunción. Él y sus vasallos fueron aniquilados, y su espléndida ciudad con el palacio y los jardines quedaron encantados para siempre y ocultos a la vista de los humanos, excepción hecha de alguna que otra vez en que suelen verse, para que quede perpetuo recuerdo a los hombres de su pecado».

Esta historia, ¡oh rey!, y las maravillas que vi, quedaron tan impresas en mi imaginación, que, cuando estuve en Egipto algunos años después y poseía el libro del sabio Salomón, determiné volver a visitar el jardín del Irán. Lo hallé, en efecto, con ayuda de mi ciencia, y tomé posesión del palacio de Sheddad, permaneciendo algunos días en aquella especie de paraíso. El genio que guardaba aquellos sitios, obediente a mi mágico poder, me reveló el encantamiento con cuya ayuda se construyó aquel jardín, qué poder se había conjurado contra su existencia y por qué había quedado invisible. Un palacio y un jardín como éste, ¡oh rey!, puedo construirte aquí mismo, en la montaña que domina la ciudad. ¿No conozco todos los secretos de la magia? ¿No poseo el *Libro de la Sabiduría* del sabio Salomón?

—¡Oh sabio hijo de Abu Ajib! —exclamó Aben-Habuz, frenético de ansiedad—. ¡Tú eres un gran viajero que ha visto y estudiado cosas maravillosas! Hazme un palacio como ése y pídeme lo que quieras, aunque sea la mitad de mi reino.

—¡Bah!... —replicó el astrólogo—; ya sabes que soy un viejo filósofo que me contento con poca cosa. La única recompensa que te pido es: que me regales la primera bestia, con su correspondiente carga, que entre por el mágico pórtico del palacio.

El monarca aceptó con júbilo tan modesta condición, y el astrólogo comenzó su obra. En la cumbre de la colina, y por cima precisamente de su cueva subterránea, hizo construir un gran atrio o barbacana, en el centro de una inexpugnable torre.

Había primero un vestíbulo o porche exterior, y dentro el atrio, guardado con macizas puertas. Sobre la clave del portal esculpió el astrólogo con su propia mano una gran llave; y en la otra clave del arco exterior del vestíbulo, que es más alto que el del portal, grabó una gigantesca mano. Estos signos eran poderosos talismanes, ante los cuales pronunció ciertas palabras en una lengua desconocida.

Cuando esta obra estuvo concluida del todo se encerró por dos días en su salón astrológico, ocupándose en secretos encantamientos, y al tercero subió a la colina, pasando el día en ella. A horas bastante avanzadas de la noche se retiró de allí y se presentó a Aben-Habuz, diciéndole:

—Al fin, ¡oh rey!, he llevado a cabo mi obra. En lo alto de la colina hay el palacio más delicioso que jamás pudo concebir la mente humana ni desear el corazón del hombre. Está formado de suntuosos salones y galerías, de deliciosos jardines, frescas fuentes y perfumados baños; en una palabra, toda la montaña se ha convertido en un paraíso. Está protegido, como el jardín del Irán, por poderosos encantamientos que lo ocultan a la vista y pesquisas de los mortales, excepto a la de aquellos que poseen el secreto de su talismán.

—¡Basta! —exclamó Aben-Habuz alborozado—. Mañana al amanecer subiremos a tomar posesión.

El dichoso monarca durmió muy poco aquella noche. Apenas los primeros rayos del sol empezaron a iluminar los nevados picos de Sierra Nevada cuando montó a caballo, acompañado de algunos fieles servidores, y subió el estrecho y pendiente camino que conducía a lo alto de la colina. A su lado, y en un blanco palafrén, cabalgaba la princesa hispanogoda, resplandeciendo su vestido de pedrería y pendiente de su cuello la lira de plata. El astrólogo caminaba a pie al otro lado del rey, apoyándose en su báculo sembrado de jeroglíficos, pues nunca montaba ninguna cabalgadura.

Aben-Habuz quiso contemplar las torres del palacio brillando por encima del mismo, y los abovedados terrados de los jardines extendiéndose por las alturas, pero no veía nada.

—Éste es el misterio y la salvaguardia del palacio —dijo el astrólogo—; nada se divisa hasta que se pasa el umbral del vestíbulo encantado y se entra dentro de él.

Cuando llegaron a la barbacana se detuvo el astrólogo y señaló al rey la mágica mano y la llave grabada sobre el portal y sobre el arco.

—Éstos son —le dijo— los amuletos que guardan la entrada de este paraíso. Hasta que aquella mano se baje y coja la llave no habrá poder mortal ni mágico artificio que pueda causar daño al señor de estas montañas.

Aben-Habuz hallábase embobado y absorto de admiración ante aquellos mágicos talismanes, cuando el palafrén de la princesa avanzó algunos pasos y penetró en el vestíbulo hasta el mismo centro de la barbacana.

—He aquí —gritó el astrólogo— la recompensa que me prometiste: la primera bestia con su carga que entrase por la puerta mágica.

Aben-Habuz se sonrió, creyendo que hablaba en broma el viejo astrólogo; pero, cuando comprendió que lo decía formalmente, tembló de indignación su blanca barba.

—¡Hijo de Abu Ajib! —le replicó airado— ¿qué engaño es éste? Bien sabes el significado de mi promesa: la primera bestia con su carga que entre en este portal. Toma la mula más resistente de mis caballerizas, cárgala con los objetos preciosos de mi tesoro, y es tuya; pero no intentes llevarte a esa cautiva, delicias de mi corazón.

—¿Para qué quiero las riquezas? —le contestó el astrólogo con menosprecio—; ¿no tengo el *Libro de la Sabiduría* del sabio Salomón, y por medio de él puedo disponer de los secretos tesoros de la tierra? La princesa me pertenece por derecho; la palabra real está empeñada, y yo reclamo la joven como cosa mía.

La princesa observaba desdeñosamente desde el palafrén, sonriéndose al ver la disputa de aquellos dos vejetes sobre la posesión de su juventud y hermosura. La cólera del monarca pudo más que su discreción, y le dijo:

—¡Miserable hijo del desierto! Tú serás sabio en todas las artes, pero es menester que me reconozcas por tu señor, y no pretendas jugar con tu rey.

—¡Mi señor!... ¡Mi señor!... —añadió sarcásticamente el astrólogo—. ¡El monarca de un montecillo de tierra pretende dictar leyes al que posee los secretos de Salomón! Pásalo bien, Aben-Habuz; gobierna tus estadillos y disfruta en ese paraíso de locos, que yo, entretanto, me reiré a costa tuya en mi filosófico retiro.

Esto diciendo, cogió la brida del palafrén y, golpeando la tierra con su báculo, se hundió con la hermosa princesa en el centro de la barbacana. Cerrose a seguida la tierra, no quedando huella de la abertura por donde habían desaparecido.

Aben-Habuz quedó mudo de asombro durante un gran rato; pero, desaturdiéndose después, ordenó que cavasen mil trabajadores con picos y azadones en el sitio por donde había desaparecido el astrólogo; pero por más que pretendían cavar todo era inútil, el seno de la montaña se resistía a sus esfuerzos, y cuando profundizaban un poco, la tierra se cerraba de nuevo. En vano también buscó la entrada de la cueva que conducía al palacio subterráneo del astrólogo, al pie de la colina, pues nada se encontró. Donde antes había una caverna no se veía ya sino la sólida superficie de una dura roca; al desaparecer Ibrahim Eben Abu Ajib concluyó la virtud de su talismán: el jinete de bronce quedó fijo con la cara vuelta a la colina y señalando con su lanza el sitio por donde el astrólogo desapareció, como si se ocultase allí algún mortal enemigo de Aben-Hamuz.

De vez en cuando se oía débilmente el sonido de un instrumento y los acentos de una voz femenina en el interior de la montaña. Cierto día trajo noticia al rey un campesino de que en la noche anterior había encontrado un agujero en la roca, por el cual se metió hasta llegar a un salón subterráneo, donde vio al astrólogo recostado en un espléndido diván, dormitando a los acordes de la lira argentina de la princesa, que parecía ejercer mágico influjo sobre sus sentidos.

Aben-Habuz buscó el agujero de la roca, pero ya se había cerrado. Intentó por segunda vez desenterrar a su rival, pero todo fue inútil, pues el encantamiento de la mano y la llave era poderosísimo para que los hombres pudiesen contrarrestarlo. En cuanto a la cumbre de la montaña, permaneció en adelante yermo y escabroso el sitio que debió ocupar el palacio y el jardín, y el prometido paraíso quedó oculto a la mirada de los mortales por arte mágica, o fue una fábula del astrólogo. La gente opta crédulamente por esto último, y unos lo llaman «La locura del rey», y otros «El paraíso de los locos».

Para colmo de las desdichas de Aben-Habuz, los enemigos circunvecinos a quienes había provocado y escarnecido a su gusto mientras poseyó el secreto del mágico talismán, al saber que ya no estaba protegido por ninguna influencia mágica, invadieron su territorio por todas partes, y el resto de su vida lo pasó el malaventurado monarca atormentado por alborotos y disturbios.

En fin: Aben-Habuz murió, y lo enterraron ha ya luengos siglos. La Alhambra se construyó después sobre esta célebre colina, realizándose en gran parte los portentos fabulosos del jardín del Irán. La encantada barbacana existe todavía, protegida, sin duda, por la mágica mano y por la llave, formando actualmente la Puerta de la Justicia, que constituye la entrada principal de la fortaleza. Bajo esta puerta —según se dice— permanece todavía el viejo astrólogo en su salón subterráneo, dormitando en su diván, arrullado por los acordes de la lira de plata de la encantadora princesa.

Los centinelas inválidos que hacen la guardia en la puerta suelen oír en las noches de verano el eco de una música, e, influidos por su soporífico poder, se quedan dormidos tranquilamente en sus puestos; y es más: se hace en aquel sitio tan fuertemente irresistible el sueño, que aun aquellos que vigilan de día se quedan dulcemente dormidos en los bancos, siendo, en suma, aquel sitio la fortaleza militar de toda la cristiandad en que más se duerme. Todo lo cual —según cuentan las antiguas leyendas— seguirá ocurriendo de siglo en siglo, y la princesa continuará cautiva en poder del astrólogo, y éste, asimismo, permanecerá en su sueño mágico hasta el día del juicio final, a menos que la histórica mano empuñe la llave y deshaga el encantamiento de esta colina.

La Torre de las Infantas

Cierta tarde, subiendo el estrecho barranco poblado de higueras, granadas y mirtos que divide la jurisdicción de la fortaleza de la Alhambra de la del Generalife, quedé sorprendido ante la poética vista de una torre morisca que se alzaba en el recinto exterior de la Alhambra, encima de las copas de los árboles, y recibía los rojos reflejos del sol poniente. Un solitario ajimez a gran altura permitía ver el panorama del valle, y cuando estaba mirándolo se asomó una joven con la cabeza adornada de flores. Era, sin duda, alguna persona más distinguida que el vulgo que habita en las viejas torres de la fortaleza, y esta súbita y repentina aparición me hizo recordar las descripciones de las cautivas beldades de los cuentos de hadas. Estas caprichosas inspiraciones crecieron a punto cuando me explicó mi cicerone Mateo que aquélla era la Torre de las Infantas, llamada así —según la tradición— por haber sido la morada de las hijas de los reyes moros. Visité después esta torre, que no se enseña generalmente a los extranjeros, aunque es digna de toda atención, pues su interior es semejante a cualquier departamento del Palacio. La elegancia de su salón central, con su fuente de mármol, sus elevados arcos y sus cupulinos primorosamente cincelados, y los arabescos y vaciados en estuco de sus reducidas y bien proporcionadas habitaciones, aunque deterioradas por el tiempo y el abandono, todo concuerda con la historia, que la presenta como la antigua vivienda de la hermosura real.

La viejecita reina Coquina, que vivía debajo de la escalera de la Alhambra y que asistía a las tertulias nocturnas de doña Antonia, contó una fantástica tradición sobre tres moriscas princesas que estuvieron encerradas cierta vez en esta torre por su padre, que era un tiránico rey de Granada y que sólo les permitía pasear a caballo de noche por las montañas, prohibiendo, bajo pena de muerte, que ninguno les saliese al camino.

—Todavía —decía la viejecita— se las ve de vez en cuando durante la luna llena, cabalgando en las montañas por sitios solitarios, en palafrenes ricamente enjaezados y resplandecientes de joyas, pero desaparecen cuando se les dirige la palabra.

Pero, antes de que relate algo acerca de estas princesas, el lector estará ansioso por saber quién era la hermosa habitante de la torre, la de la cabeza adornada de flores que miraba hacia el valle desde el elevado ajimez. Supe que era una recién casada con el digno ayudante mayor de los inválidos, el cual, aunque bien entrado en años, había tenido el valor de compartir su hogar con una joven y vivaracha andaluza. ¡Quiera Dios que el bueno y anciano caballero haya sido feliz en su elección, y que haya encontrado en la Torre de las Infantas un refugio más seguro que lo fue para la hermosura femenina habitadora de ella en tiempo de los moros, si hemos de dar crédito a la siguiente leyenda!

La leyenda de las tres hermosas princesas

En tiempos antiguos reinaba en Granada un príncipe moro llamado Mohamed, al cual sus vasallos le daban el sobrenombre de *El Haygari*, esto es, «El Zurdo». Se dice que le apellidaron de este modo por ser realmente más ágil en el uso de la mano izquierda que de la derecha; otros afirman que se lo aplicaron porque solía hacer «al revés» todo aquello en que ponía mano; o más claro: porque solía echar a perder todos los asuntos en que se entremetía. Lo cierto es que, ya por desgracia o por falta de tacto, estaba continuamente sufriendo mil contrariedades. Tres veces le destronaron, y en una de ellas pudo escapar milagrosamente al África, salvándose de una muerte segura, disfrazado de pescador. Sin embargo, era tan valiente como desatinado, y, aunque zurdo, esgrimía su cimitarra con maravillosa destreza, por lo que consiguió recuperar su trono a fuerza de pelear. Pero en vez de aprender a ser prudente en la adversidad, se hizo obstinado y endureció su brazo izquierdo en sus continuas terquedades. Las calamidades públicas que atrajo sobre sí y sobre su reino pueden conocerse leyendo los anales arábigos de Granada, pues la presente leyenda no trata más que de su vida privada.

Paseando a caballo cierto día Mohamed, con gran séquito de sus cortesanos, por la falda de Sierra Elvira, tropezó con un piquete de caballería que regresaba de hacer una escaramuza en el país de los cristianos. Conducían una larga fila de mulas cargadas con botín y multitud de cautivos de ambos sexos. Entre las cautivas venía una cuya presencia causó honda sensación en el ánimo del sultán; era ésta una hermosa joven, ricamente vestida, que iba llorando sobre un pequeño palafrén, sin que bastaran a consolarla las frases que le dirigía una dueña que la acompañaba.

Prendose el monarca de su hermosura, e interrogado acerca de ella el jefe de la fuerza, supo el rey que era la hija del alcaide de una fortaleza fronteriza que habían sorprendido y saqueado durante la excursión. Mohamed pidió la bella cautiva como la parte que le correspondía de aquel botín, y la llevó a su harén de la Alhambra. Se inventaron en vano mil diversiones para distraerla y aliviarla de su melancolía; por último, el monarca, cada vez más enamorado de ella, resolvió hacerla su sultana. La joven española rechazó en un principio sus proposiciones, pensando en que al fin era moro, enemigo de su país, y, lo que era peor, ¡que estaba bastante entrado en años! Viendo Mohamed que su constancia no le servía gran cosa, determinó atraerse a la dueña que venía prisionera con la joven cristiana. Era aquélla andaluza de nacimiento y no se conoce su nombre cristiano: sólo se sabe que en las leyendas moriscas se la denomina «La discreta Kadiga» —¡y en verdad que era discreta, según resulta de su historia!—. Apenas el rey moro se puso al habla con ella, cuando vio su habilidad para persuadir, y le confió el emprender la conquista de su joven señora. Kadiga comenzó su tarea de este modo:

—¡Idos allá!… —decía a su señora—. ¿A qué viene ese llanto y esa tristeza? ¿No es mejor ser sultana de este hermoso Palacio adornado de jardines y fuentes, que vivir encerrada en la vieja torre fronteriza de vuestro padre? ¿Qué importa que Mohamed sea infiel? Os casáis con él, no con su religión; y si es un poquito viejo, más pronto os quedaréis viuda y dueña de vuestro albedrío; y, puesto que de todas maneras tenéis que estar en su poder, más vale ser princesa que no esclava. Cuando uno cae en manos de un ladrón, mejor es venderle las mercancías a buen precio que no dar lugar a que las arrebate por fuerza.

Los argumentos de la discreta Kadiga hicieron su efecto. La joven española enjugó sus lágrimas y accedió al fin a ser esposa de Mohamed el Zurdo, adoptando, al parecer, la religión de su real esposo, así como la astuta dueña afectó haberse hecho fervorosa partidaria de la religión mahometana; entonces precisamente fue cuando tomó el nombre árabe de Kadiga y se le permitió permanecer como persona de confianza al lado de su señora.

Andando el tiempo, el rey moro fue padre de tres hermosísimas princesas, habidas en un mismo parto; y, aunque él hubiera preferido que nacieran varones, se consoló con la idea de que sus tres preciosas niñas eran bastante hermosas para un hombre de su edad, y por añadidura zurdo.

Siguiendo la costumbre de los califas musulmanes, convocó a sus astrólogos para consultarles sobre tan fausto suceso. Hecho por los sabios el horóscopo de las tres princesas, dijeron al rey, moviendo la cabeza: «Las hijas, ¡oh rey!, fueron siempre propiedad poco segura; pero éstas necesitarán mucho más de tu vigilancia cuando estén en edad de casarse. Al llegar ese tiempo, recógelas bajo tus alas y no las confíes a persona alguna».

Mohamed el Zurdo era tenido entre los cortesanos por un rey sabio, y, a decir verdad, tal se consideraba él mismo. La predicación de los astrólogos no le causó más que una ligera inquietud, y confió en su ingenio para guardar sus hijas y contrariar la fuerza de los hados.

El triple nacimiento fue el último trofeo conyugal del monarca, pues la reina no dio a luz más hijos, y murió pocos años después, dejando confiadas sus tiernas niñas al amor y fidelidad de la discreta Kadiga.

Muchos años tenían que pasar para que las princesas llegasen a la edad del peligro: a la edad de casarse. «Es bueno, con todo, precaverse con tiempo», dijo el astuto monarca; y, en su virtud, resolvió encerrarlas en el castillo real de Salobreña. Era éste un suntuoso palacio incrustado en una inexpugnable fortaleza morisca situada en la cima de una montaña, desde la que se dominaba el mar Mediterráneo, sirviendo de regio retiro, donde los monarcas musulmanes encerraban a los parientes que les estorbaban, permitiéndoles, fuera de la libertad, todo género de comodidades y diversiones, en medio de las cuales pasaban sus días en voluptuosa indolencia.

Allí permanecieron las princesas, separadas del mundo pero rodeadas de comodidades y servidas por esclavos que les adivinaban todos sus deseos. Tenían para su recreo deliciosos jardines llenos de las frutas y flores más raras, con arboledas aromáticas y perfumados baños. Por tres lados daba vistas el castillo a un delicioso valle, hermoso y alegre por su rica y variada vegetación, y limitado por las altas montañas de la Alpujarra; y por el otro lado dominaba el ancho y resplandeciente mar.

En esta deliciosa morada, gozando de un clima plácido y bajo un cielo despejado, las tres princesas crecieron con maravillosa hermosura; y, aunque todas se educaron del mismo modo, daban ya señales prematuras de su diversidad de carácter. Se llamaban Zayda, Zorayda y Zorahayda, y éste era su orden por edades, pues habían tenido tres minutos de intervalo al nacer.

Zayda, la mayor, era de espíritu intrépido, y siempre se ponía al frente de sus hermanas para todo: lo mismo que hizo al nacer. Era curiosa y preguntona, y amiga de profundizar el porqué de todas las cosas.

Zorayda era apasionada de la belleza, por cuya razón, sin duda, se deleitaba mirando su propia imagen en un espejo o en las cristalinas aguas de una fuente, y tenía delirio por las flores, por las joyas, por todos aquellos adornos que realzan la hermosura.

En cuanto a Zorahayda, la menor, era dulce, tímida y extremadamente sensible, derramando siempre ternura, como se podía apreciar a primera vista, por las innumerables flores, pájaros y otros animalitos domésticos que cuidaba con el más entrañable cariño. Sus diversiones eran sencillas, mezcladas con meditaciones y ensueños; se sentaba horas enteras en un ajimez, fija la mirada en las brillantes estrellas de una noche de verano o en el mar rielado por la luna; y entonces la canción de un pescador, débilmente oída desde la playa, o los acordes de una flauta morisca desde alguna barca que cruzaba, eran suficientes para extasiar su ánimo. Sin embargo, bastaba para acobardarla el que se conjurasen los elementos, haciéndola caer desmayada el estampido del trueno.

Así pasaron los años tranquila y dulcemente. La discreta Kadiga, a quien las princesas estaban confiadas, cumplía lealmente su custodia y las servía con perseverante cuidado.

El castillo de Salobreña, como ya se ha dicho, estaba construido en la cúspide de una colina a orillas del Mediterráneo. Una de las murallas exteriores se extendía por la base de una colina hasta llegar a una roca saliente que dominaba al mar, y con una estrecha playa arenosa al pie, bañada por las rizadas olas. La pequeña atalaya que se levantaba sobre esta roca se había convertido en una especie de pabellón, desde cuyos ajimeces, cubiertos con celosías, se podía aspirar la brisa del mar. En aquel sitio pasaban las princesas las calurosas horas del mediodía.

Hallándose en cierta ocasión sentada la curiosa Zayda en una de las ventanas del pabellón, mientras que sus hermanas dormían la siesta recostadas en otomanas, se fijó en una galera que venía costeando a mesurados golpes de remo. Cuando se fue acercando, observó que venía llena de hombres armados. La galera ancló al pie de la torre, y un pelotón de soldados moriscos desembarcó en la estrecha playa conduciendo varios prisioneros cristianos. La curiosa Zayda despertó inmediatamente a sus hermanas, y las tres se pusieron a observar cautelosamente por la espesa celosía de la ventana, que las libertaba de ser vistas. Entre los prisioneros venían tres caballeros españoles ricamente vestidos; estaban en la flor de su juventud y eran de noble presencia; además, la arrogante altivez con que caminaban, aunque cargados de cadenas y rodeados de enemigos, manifestaba la grandeza de sus almas. Las princesas miraban con profundo y anhelante ínterés; y si se tiene en cuenta que vivían encerradas en aquel castillo, rodeadas de siervas y no viendo más hombres que los esclavos negros y los rudos pescadores, ¿cómo ha de extrañarnos que produjera una gran emoción en sus corazones la presencia de aquellos tres apuestos caballeros radiantes de juventud y de varonil belleza?

—¿Habrá en la tierra ser más noble que aquel caballero vestido de carmesí? —dijo Zayda, la mayor de las tres hermanas—. ¡Mirad qué arrogante va, como si todos los que le rodean fuesen sus esclavos!

—¡Fijaos en aquel otro, vestido de azul! —exclamó Zorayda—. ¡Qué hermosura! ¡Qué elegancia! ¡Qué porte!

La gentil Zorahayda nada dijo; pero prefirió en su interior al caballero vestido de verde.

Las princesas siguieron observando hasta que perdieron de vista a los prisioneros; entonces, suspirando tristemente se volvieron, mirándose un momento unas a otras, sentándose, meditabundas y pensativas, en sus otomanas.

La discreta Kadiga las encontró en tal actitud. Contáronle ellas lo que habían visto, y aun el apagado corazón de la dueña se sintió también conmovido.

—¡Pobres jóvenes! —exclamó—. ¡Apostaría que su cautiverio deja presa del más profundo dolor el corazón de algunas damas principales de su país! ¡Ah, hijas mías! No tenéis una idea de la vida que hacen estos caballeros en su patria. ¡Qué justas y torneos! ¡Qué respeto a sus damas! ¡Qué modo de enamorar y de dar serenatas!

La curiosidad de Zayda se acrecentó en extremo, y no se cansaba de preguntar ni de oír de los labios de la dueña la animada pintura de los episodios de sus días juveniles allá en su país. La hermosa Zorayda se reprimía y se miraba disimuladamente en un espejo cuando la conversación recayó sobre los encantos de las damas españolas; en tanto que Zorahayda ahogaba sus suspiros cuando oía contar lo de las serenatas a la luz de la luna.

Todos los días renovaba sus preguntas la curiosa Zayda, y todos los días repetía sus historias la madura dueña, siendo escuchada por su bello auditorio con profundo interés y entrecortados suspiros.

Al fin la astuta vieja cayó en la cuenta del daño que acaso estaba ocasionando: ella se había acostumbrado a tratar a las princesas como niñas, sin considerar que insensiblemente habían ido creciendo y que tenía ya delante de sí tres hermosísimas jóvenes casaderas. «Ya es tiempo —pensó la dueña— de avisar al rey».

Hallábase sentado cierta mañana Mohamed el Zurdo sobre un amplio diván en uno de los frescos salones de la Alhambra cuando llegó un esclavo de la fortaleza de Salobreña con un mensaje de la prudente Kadiga felicitándole en el cumpleaños del natalicio de sus hijas. Al mismo tiempo le presentó el esclavo una delicada cestita adornada de flores, y en la cual, sobre pámpanos y hojas de higuera, venían un melocotón, un albaricoque y un prisco, cuya frescura, color y madurez tentaban el apetito. El monarca, versado en el lenguaje oriental de las flores y las frutas, adivinó al punto el significado de esta emblemática ofrenda.

—Ya ha llegado —dijo— el período crítico señalado por los astrólogos: mis hijas están en la edad de casarse. ¿Qué haré? Están ocultas a las miradas de los hombres y bajo la custodia de la discreta Kadiga: todo marcha bien; pero no están bajo mi vigilancia, como me previnieron los astrólogos; debo, pues, recogerlas bajo mis alas y no confiarlas a nadie.

Así diciendo, ordenó que prepararan una de las torres de la Alhambra para que les sirviese de vivienda y partió a la cabeza de sus guardias hacia la fortaleza de Salobreña, para traerlas él mismo en persona.

Habían transcurrido diez años desde que Mohamed había visto por última vez a sus hijas, y no daba crédito a sus ojos contemplando el maravilloso cambio que se había verificado en ellas en tan breve espacio de tiempo; como que en este intervalo habían traspasado las infantas esa asombrosa línea divisoria de la vida de la mujer que separa a la imperfecta, informe y desimpresionada niña de la exuberante, ruborosa y pensativa adolescente —que es lo mismo que pasar de los áridos y desiertos Llanos de la Mancha a los voluptuosos valles y florecientes montañas de Andalucía.

Zayda era alta y bien formada, de arrogante presencia y ojo perspicaz. Entró majestuosamente e hizo una profunda reverencia a Mohamed, tratándolo más bien como soberano que como padre. Zorayda era de regular estatura, mirada interesante, carácter agradable y sorprendente hermosura, realzada con la perfección de su tocado. Se acercó a su padre sonriendo, besándole la mano, y le saludó con varias estancias de cierto poeta árabe popular, de lo cual quedó contentísimo el monarca. Zorahayda era reservada y tímida, menos esbelta, en verdad, que sus hermanas; pero poseía esa hermosura tierna y suplicante que busca cariño y protección. No tenía condiciones de mando como su hermana la mayor, ni deslumbraba como la segunda, sino que había nacido para alimentar en su pecho el cariño de un amante, para dejarlo anidar en él, y vivir con ello feliz. Se acercó a su padre con paso tímido y casi vacilante, en ademán de tomar su mano para besarla, pero al mirar el rostro de Mohamed resplandeciendo con la sonrisa paternal, dio rienda suelta a su natural ternura y se arrojó a su cuello amorosamente.

Mohamed el Zurdo contempló a sus hijas con cierta mezcla de orgullo y perplejidad, y mientras se complacía en sus encantos recordaba la predicación de los astrólogos.

—¡Tres hijas! ¡Tres hijas! —murmuró repetidas veces—. ¡Y las tres casaderas! ¡He aquí una fruta tentadora del jardín de las Hespérides que necesitan un dragón para guardarlas!

Preparó su regreso a Granada, enviando a la descubierta heraldos y ordenando que nadie transitase por el camino por donde tenía que pasar y que todas las puertas y ventanas estuviesen cerradas al aproximarse las princesas. Prevenido todo, se puso en marcha escoltado por un escuadrón de caballería de soldados negros y de horrible aspecto, vestidos con una brillante armadura.

Las princesas cabalgaban junto al rey, tapadas con tupidos velos, en hermosos palafrenes blancos, con arreos de terciopelo bordados en oro que arrastraban hasta el suelo; los bocados y estribos eran asimismo de oro, y las bridas de seda, recamadas de perlas y piedras preciosas. Los palafrenes estaban cubiertos de campanillas de plata, que producían una música muy agradable cuando iban andando. Pero ¡ay del desgraciado mortal que estuviese en el camino cuando se oyese el sonido de estas campanillas! Los guardias tenían orden de darle muerte sin piedad.

Ya se aproximaba la cabalgata a Granada cuando se vio en uno de los bancos de la ribera del Genil un pequeño cuerpo de soldados, que conducían un convoy de prisioneros. Y era demasiado tarde para que se apartaran aquellos hombres del camino; por lo cual se echaron los soldados al suelo con los rostros mirando la tierra, y ordenaron a los cautivos que hicieran lo mismo. Entre los prisioneros se hallaban aquellos tres apuestos caballeros que las princesas habían visto desde el pabellón. Ya porque no hubieran comprendido la orden, ya porque fueran demasiado altivos para obedecerla, lo cierto es que permanecieron en pie, contemplando la cabalgata que se aproximaba.

Encendiose el monarca de ira viendo que no se cumplían sus mandatos, y desenvainando su cimitarra y adelantándose hacia ellos, iba a esgrimirla con su brazo zurdo, golpe que hubiera sido fatal por lo menos para uno de los prisioneros, cuando las princesas le rodearon e imploraron piedad para los prisioneros; y hasta la tímida Zorahayda olvidó su reserva y tornose elocuente en su favor. Mohamed se detuvo con la cimitarra levantada, cuando el capitán de guardia le dijo arrojándose a sus pies:

—No ejecute vuestra majestad una acción que escandalizaría a todo el reino. Éstos son tres bravos y nobles caballeros españoles, que han caído prisioneros en el campo de batalla, batiéndose como leones; son de alto linaje y pueden ser rescatados a buen precio.

—¡Basta! —dijo el rey—. Les perdonaré la vida, pero castigaré su audacia; que los lleven a las Torres Bermejas y que los entreguen a los trabajos más duros y penosos.

Mohamed estaba cometiendo uno de sus acostumbrados desatinos *zurdos*, pues con el tumulto y agitación de esta borrascosa escena dio lugar a que se levantaran los velos las tres princesas, dejando a la vista su radiante hermosura; y con prolongar el rey la conferencia, proporcionó ocasión para que la belleza produjera sus estragos. En aquellos tiempos la gente se enamoraba más repentinamente que ahora, como demuestran antiguas historias; por consiguiente, no debe chocarnos que los corazones de los tres caballeros quedasen completamente cautivados, sobre todo cuando la gratitud se unía a la admiración. Es, sin embargo, bastante singular, aunque no menos cierto, que cada uno de ellos se enamoró precisamente de la joven que respectivamente le correspondía. En cuanto a las princesas, se admiraron más que nunca del noble porte de los cautivos, regocijándose interiormente de cuanto habían oído acerca de su valor y noble linaje.

La regia cabalgata prosiguió su marcha; las tres princesas caminaban pensativas en sus soberbios palafrenes, y de vez en cuando dirigían una mirada furtiva hacia atrás, para ver a los cristianos cautivos, mientras éstos eran conducidos a la prisión que se les había destinado en las Torres Bermejas.

La residencia preparada para las infantas era de lo más escrupuloso y delicado que podía imaginar la fantasía: una torre apartada del palacio principal de la Alhambra, aunque comunicaba con él por la muralla que rodeaba la cumbre de la colina. Por un lado daba vistas al interior de la fortaleza, y al pie tenía un pequeño jardín poblado de las flores más exóticas. Por otro lado dominaba a una honda y abovedada cañada que separaba los terrenos de la Alhambra de los del Generalife. El interior de esta torre estaba dividido en pequeños y lindos departamentos, lujosamente decorados en elegante estilo árabe, y rodeando a un vasto salón cuyo techo se elevaba casi hasta lo alto de la torre. Las paredes y artesonados hallábanse adornados con calados y arabescos que deslumbraban con sus doradas y brillantes pinturas. En el centro del pavimento de mármol había una fuente de alabastro rodeada de flores y hierbas aromáticas, y de la cual brotaba un surtidor de agua que refrescaba todo el edificio, produciendo un sonido arrullador. Alrededor del salón se veían suspendidas algunas jaulas formadas con alambres de oro y plata, y encerrados en ellas pajarillos de preciosísimo plumaje, que despedían gorjeos y trinos armoniosos.

Las princesas se habían mostrado de genio alegre en el castillo de Salobreña, por lo cual el rey esperaba verlas entusiasmadas en la Alhambra. Pero, con gran sorpresa suya, empezaron a languidecer y a tornarse melancólicas, no manifestándose nunca satisfechas en nada. No les deleitaba la fragancia de las flores; el canto de los ruiseñores les turbaba el sueño por la noche; y, por último, no podían soportar con paciencia el continuo murmullo de la fuente de alabastro desde la mañana hasta la noche, y desde la noche hasta la mañana.

El rey, que era de carácter vidrioso y tiránico por temperamento, se irritaba por esto los primeros días; pero reflexionó después que sus hijas habían entrado ya en la edad en que el alma de la mujer se ensancha y se aumentan sus deseos. «Ya no son niñas —se dijo—; ya son mujeres formadas, y necesitan objetos que les llamen la atención». Llamó, por lo tanto, a las modistas, los joyeros y los artistas en oro y plata del Zacatín de Granada, y abrumó a las princesas con vestidos de seda, de tisú y brocados, chales de Cachemira, collares de perlas y diamantes, anillos, brazaletes y con toda clase de objetos preciosos.

A pesar de todo esto, nada dio resultado; las princesas siguieron pálidas y tristes en medio de tanto lujo y suntuosidad, y parecían tres capullos marchitos agotándose en un mismo tallo. El rey no sabía qué hacerse, y como tenía gran confianza en su propia manera de pensar, jamás pedía a nadie consejo. «Los antojos y caprichos de tres doncellas casaderas son en verdad cosa harto suficiente —decía a sí mismo— para poner en un aprieto al hombre más avisado». Así, pues, por primera vez en su vida, pidió que le iluminaran con un consejo. La persona a quien se dirigió, demandándosele, fue la experimentada dueña.

—Kadiga —dijo el rey—, creo que eres una de las mujeres más discretas del mundo entero, y también que me eres fiel; por lo cual te he tenido siempre al lado de mis hijas. Los padres no deben ser reservados con aquellos en quienes depositan su confianza; deseo, por lo tanto, que averigües la secreta enfermedad que se ha apoderado de las princesas y que descubras los medios de devolverles la salud y la alegría.

Kadiga, en términos explícitos, le prometió obediencia. Ella conocía mejor que las infantas mismas la enfermedad de que adolecían; y encerrándose con ellas, procuró ganar su confianza.

—Mis queridas niñas: ¿qué razón hay para que os mostréis tristes y apesadumbradas en un sitio tan delicioso como éste, y donde tenéis todo cuanto el alma pueda desear?

Las princesas miraron melancólicamente en torno del salón y lanzaron un suspiro.

—¿Qué más queréis? ¿Por ventura quisierais que os trajera el admirable loro que habla todas las lenguas y que hace las delicias de Granada?

—¡No! ¡No! —exclamó la princesa Zayda—. Ése es un pájaro horrible y vocinglero que charla sin tener idea de lo que dice; es menester no tener sentido común para soportar tal tabardillo.

—¿Os hago traer un mono del Peñón de Gibraltar para que os divierta con sus gestos?

—¡Un mono! ¡Ah!... —exclamó Zorayda—. ¡La detestable imitación del hombre! Aborrezco a ese asqueroso animal.

—Entonces haré venir al famoso cantor negro Casem, del harén real de Marruecos. Dicen que tiene una voz tan delicada como la de una mujer.

—Me aterroriza el mirar los esclavos negros —dijo la dulce Zorahayda—; además he perdido la afición a la música.

—¡Ay, hija mía! No dirías eso —dijo la anciana maliciosamente— si hubieras oído la música que yo oí anoche a los tres caballeros españoles que tropezamos en nuestro viaje. Pero ¡noramala de mí!, ¿por qué os ponéis, niñas, tan ruborizadas y en tal estado de turbación?

—¡No es nada, no es nada, buena madre! Seguid, os lo rogamos.

—Pues bien; cuando pasé ayer noche por las Torres Bermejas, vi a los tres caballeros descansando del rudo trabajo del día. ¡Uno de ellos estaba tocando la guitarra tan gallardamente... mientras los otros cantaban, alternando, con tal estilo, que los mismos guardias parecían estatuas u hombres encantados! ¡Allah me perdone, pero al oír las canciones de mi país natal, me sentí conmovida! Y luego, ¡ver tres jóvenes tan nobles y gentiles cargados de cadenas y en la esclavitud!

Al llegar aquí no pudo contener la buena anciana las lágrimas que le venían a los ojos.

—¿Y no pudierais, madre, procurarnos el que viésemos a esos nobles caballeros? —preguntó Zayda.

—Yo creo —añadió Zorayda— que un poco de música nos reanimaría extraordinariamente.

La tímida Zorahayda no dijo nada, pero echó los brazos al cuello de Kadiga.

—¡Infeliz de mí! —exclamó la discreta anciana—. ¿Qué estáis diciendo, hijas mías? Vuestro padre nos quitaría la vida a todas si luego lo supiese. Además, aunque estos caballeros son bien educados y nobles, ¿qué importa? Al fin son enemigos de nuestra fe, y no debéis pensar en ellos más que para aborrecerlos.

Hay una admirable intrepidez en los deseos de la mujer, especialmente cuando está en la edad de casarse, que le hace no acobardarse ante los peligros ni las negativas. Las princesas rodearon a la dueña rogándole y suplicándole, y asegurándole por último que su obstinada negativa les desgarraría el corazón.

¿Qué hacer ella? Aunque era, en verdad, la mujer más discreta del mundo entero y la servidora más fiel del rey, con todo, ¿tendría valor para destrozar el corazón de aquellas tres hermosas criaturas por el simple toque de una guitarra? Además, aunque estaba tanto tiempo entre moros y había cambiado de religión, haciendo lo propio que su antigua señora, como fiel servidora suya, al fin era española de nacimiento y tenía el cristianismo en el fondo de su corazón; por lo cual se propuso buscar el modo de dar gusto a las princesas.

Los cautivos cristianos, presos en las Torres Bermejas, estaban a cargo de un barbudo renegado de anchas espaldas, llamado Hussein Baba, que tenía fama de ser algo aficionado a que le «untasen el bolsillo», fue a verlo privadamente, y, deslizándole en la mano una moneda, de oro de bastante peso, le dijo:

—Hussein Baba: mis señoritas, las tres princesas que están encerradas en la torre, aburridas y faltas de distracción, quieren oír los primores musicales de los tres caballeros españoles y tener una prueba de su rara habilidad. Estoy segura de que sois bondadoso y no me negaréis un capricho tan inocente.

—¡Cómo! ¿Para que luego pongan mi cabeza a hacer muecas sobre la puerta de mi torre? ¡Ah! No lo dudéis ésa sería la recompensa que me daría el rey si llegara después a enterarse.

—No debéis temer que ocurra tal cosa, pues podemos arreglar el asunto de modo que complazcamos a las princesas sin que su padre se entere de nada. Bien conocéis la honda cañada que pasa precisamente por el pie de la torre; poned a los tres cristianos para que trabajen allí, y en los intermedios del trabajo dejadlos cantar y tocar como si fuera para su propio recreo. De esta manera podrán oírlos las princesas desde los ajimeces de la torre, y estad seguro de que se os pagará bien vuestra condescendencia.

La buena anciana concluyó su conferencia, apretando la ruda mano del renegado y dejándole en ella otra moneda de oro.

Su elocuencia fue irresistible: al día siguiente los tres cautivos caballeros fueron llevados a trabajar en el valle, junto a la misma Torre de las Infantas; y durante las horas calurosas del mediodía, mientras que sus compañeros de trabajo dormían la siesta a la sombra, y los centinelas, amodorrados, daban cabezadas en sus puestos, se sentaron nuestros caballeros sobre la hierba al pie del baluarte y comenzaron a cantar trovas españolas al melodioso son de sus guitarras.

Aunque el valle era profundo y alta la torre, sus voces se elevaban claras y dulcísimas en medio del silencio de aquellas soñolientas horas del estío. Las princesas escuchaban desde el ajimez, y como su aya les había enseñado la lengua castellana, se deleitaban en extremo oyendo las tiernas endechas de sus gallardos trovadores. La juiciosa Kadiga, por el contrario, afectaba estar dada a los mismos diablos.

—¡Allah nos saque con bien! —exclamó—. ¡Ya están esos señores cantando trovas amorosas dirigidas a vosotras! ¿Habrase visto audacia tal? ¡Voy a ver ahora mismo al capataz de los esclavos, para que los apaleen sin compasión!

—¡Cómo! ¿Apalear a tan galantes caballeros porque cantan con tan singular habilidad y dulzura?

Las hermosas princesas se horrorizaban ante semejante cruel idea. La honesta indignación de la buena dueña, al cabo mujer y de condición y genio apacible, se calmó fácilmente. Por otro lado, parecía que la música había producido un efecto benéfico en sus señoritas, pues sus mejillas se iban sonrosando poco a poco y sus lindos ojos volvían a despedir fúlgida luz radiante. No hizo, por lo tanto, más observaciones sobre las amorosas estrofas de los caballeros.

Cuando concluyeron éstos de cantar las princesas quedaron silenciosas por un breve momento; pero a seguida Zorayda cogió su laúd, y con voz débil y emocionada, entonó un ligero aire africano, cuya letra decía así:

En su lecho de verdor
crece la rosa escondida
escuchando complacida
los trinos del ruiseñor.

Desde entonces los caballeros eran traídos casi todos los días a los trabajos de la cañada. El considerado Hussein Baba se fue haciendo cada vez más indulgente, y cada día manifestaba mayor propensión a quedarse dormido en su puesto. Así, pues, se estableció una misteriosa correspondencia entre los caballeros y las enamoradas princesas por medio de romanzas y canciones, ajustadas a los sentimientos de unos y otras en cuanto era posible.

Aunque tímidamente, las princesas llegaron a asomarse al ajimez, burlando la vigilancia de los guardias, y a conversar con sus enamorados caballeros por medio de flores, cuyo simbólico lenguaje era conocido de entre ambas partes, aumentando las mismas dificultades de sus correspondencias el deleite inefable de sus amores, el fuego encendido de sus corazones; pues sabido es que el amor se complace en luchar con la resistencia, y que crece con más vigor en el terreno que parece más árido y estéril.

El cambio operado en los rostros, en las miradas y en el carácter de las princesas con esta secreta correspondencia sorprendió y satisfizo al zurdo monarca; pero nadie se mostraba de ello tan ufano como la discreta Kadiga, pues lo consideraba todo debido a su exquisito tacto.

Mas he aquí que esta telegráfica correspondencia se interrumpió durante unos días, pues no volvieron a aparecer los caballeros cristianos en el valle. En vano las tres hermosas prisioneras miraban desde lo alto de la torre; en vano asomaban sus gargantas de nieve por el ajimez; en vano cantaban como ruiseñores presos en sus jaulas: sus galantes caballeros no se veían ni contestaban a sus cantos desde la alameda. La discreta Kadiga salió para enterarse de lo que sucedía, y volvió muy en breve con el rostro descompuesto por la turbación.

—¡Ay, niñas mías! —gritó—. ¡Ya preveía yo en lo que vendría a parar todo esto; pero así lo quisisteis vosotras! Ya podéis colgar vuestros laúdes en los sauces, pues los caballeros españoles han sido rescatados por sus familias, y estarán a estas horas en Granada disponiéndose para regresar a su patria.

Las enamoradas infantas se desconsolaron con tan contraria noticia. La bella Zayda se indignó por la descortesía que habían usado con ellas marchándose sin dirigirles siquiera una palabra de despedida. Zorayda se oprimía las manos de desesperación y lloraba, mirándose al espejo; y no bien enjugaba sus lágrimas, cuando se deshacía en nuevo amargo llanto. La gentil Zorahayda se apoyaba en el ajimez gimiendo silenciosamente y regando gota a gota con sus lágrimas las flores de la ladera en donde habían estado sentados tantas y tantas veces los desleales caballeros.

La buena Kadiga hizo cuanto pudo por mitigarles su dolor.

—Consolaos, mis queridas niñas —les decía—; esto os parecerá nada cuando tengáis mi experiencia de las cosas del mundo. Cuando lleguéis a mi edad ya sabréis perfectamente lo que son los hombres.

Juraría que esos caballeros tienen amores con algunas de las beldades españolas de Córdoba o Sevilla, y pronto les estarán dando serenatas bajo sus ventanas y se olvidarán, ¡ay!, para siempre de sus bellas amantes moriscas de la Alhambra. Sosegaos, por lo tanto, niñas mías, y desechadlos de vuestros corazones.

Empero, estas juiciosas reflexiones de la discreta Kadiga sólo servían para acrecentar la desesperación de las hermosas princesas, las cuales permanecieron inconsolables durante los primeros días. En la mañana del tercero la buena aya entró en sus departamentos mostrándose trémula de indignación.

—¡Quién hubiera creído capaz de tamaña insolencia a ningún ser humano! —exclamó tan pronto como pudo hallar palabras para expresarse—. Pero me lo tengo muy bien merecido, por haber contribuido a hacer traición a vuestro bondadoso padre. ¡No me habléis jamás, en la vida, de tales caballeros cristianos!

—Pero ¿qué ha sucedido, mi buena Kadiga? —exclamaron las tres princesas con anhelante ansiedad.

—¿Que qué ha sucedido? ¡Pues que han hecho traición, o, lo que es lo mismo, que me han propuesto hacer una traición!... ¡A mí, a la más fiel de todos los vasallos! ¡A mí, la más digna de confianza de cuantas ayas hay en el mundo! Sí, hijas mías; los caballeros españoles se han atrevido a proponerme que os persuada para que huyáis con ellos a Córdoba, donde os harán sus esposas.

Al llegar aquí, la taimada vieja se cubrió el rostro con sus manos y afectó dar rienda suelta a un violento acceso de pena y de indignación. Las tres hermosas princesas tan pronto se ponían rojas como pálidas, temblaban dirigiendo sus ojos al suelo y se miraban de reojo una a otra sin pronunciar palabra, en tanto que la dueña se sentaba agitándose con un movimiento violento, y prorrumpiendo de cuando en cuando en estas exclamaciones:

—¡Que haya yo vivido para ser de tal modo ultrajada! ¡Yo!... ¡la más fiel servidora de mi señor!

Al fin, la mayor de las princesas, que era la que poseía más valor y la que siempre se colocaba a la cabeza de sus hermanas, se aproximó a su querida aya y le dijo, poniéndole la mano sobre el hombro:

—Y bien, madre; y si nosotras quisiéramos huir con los caballeros cristianos, ¿sería eso posible?

La buena de la dueña se contuvo por un momento; pero después, mirando a la princesa, le respondió:

—¡Posible!... ¡Ya lo creo que es posible! ¿Pues no han sobornado ya los caballeros al renegado capitán de la guardia, Hussein Baba, y concertado con él el plan de evasión? Pero ¡pensar en engañar a vuestro padre, que ha depositado en mí toda su confianza!

Y aquí la buena mujer volvía de nuevo a sus aspavientos, a agitarse trémula, a retorcerse las manos…

—Pero nuestro padre nunca ha puesto su confianza en nosotras —replicó la mayor de las princesas—; por el contrario, se ha fiado más bien de llaves y cerrojos, tratándonos como unas miserables cautivas.

—Eso sí es verdad —dijo a su vez la dueña, haciendo otro paréntesis en sus lamentaciones—; ciertamente que os ha tratado de un modo indigno, encerrándoos aquí para que se marchite vuestra hermosura en esta vieja torre, como rosas que se deshojan en un búcaro. Sin embargo, hijas, ¡abandonar vuestro país natal!

—¿Pues acaso la tierra adonde huiríamos no es la patria de nuestra madre, y donde viviríamos en libertad? ¿Y no sería preferible tener cada una un marido joven y cariñoso en vez de un padre viejo y severo?

—¡Calla, pues es verdad también todo eso! Y hay que confesar que vuestro padre es bastante tirano; pero entonces —volviendo a sus remilgos— ¿me vais a dejar aquí abandonada, para que sea yo la víctima de su venganza?

—No, por cierto, mi buena Kadiga, ¿pues no podéis huir también con nosotras?

—Ciertamente que sí, niña mía; y para decir toda la verdad, cuando conversó sobre esto conmigo Hussein Baba, me prometió cuidar de mí si quería acompañaros en vuestra fuga; pero de todos modos, ¡pensadlo muy bien, hijas mías! ¿Habéis de tener valor para renunciar a la religión de vuestro padre?

—La religión de Cristo fue la primera profesada por nuestra madre —dijo la princesa mayor—; yo estoy dispuesta a convertirme y segura de que mis hermanas imitarán mi ejemplo.

—¡Tienes razón, hija mía! —exclamó la amorosa dueña rebosando alegría—. Ésa fue la religión primitiva de vuestra madre, y se lamentó amargamente en su lecho de muerte de haber abjurado de ella. Yo le prometí entonces cuidar de vuestras almas, y ahora me lleno de júbilo viéndoos en camino de salvación. Sí, hijas del alma; yo también nací cristiana, y he seguido siéndolo dentro de mi corazón y estoy resuelta a volver a mi antigua fe. He hablado sobre todo esto con Hussein Baba, español de nacimiento y originario de un pueblo no muy distante del mío natal, y se halla el pobre también ansioso de volver a su patria y de reconciliarse con la Iglesia; habiéndole prometido los caballeros que si él y yo estábamos dispuestos a ser marido y mujer cuando volvamos al país que nos vio nacer, ellos cuidarán de protegernos.

En una palabra: resultó que la discretísima y astuta dueña había celebrado una entrevista con los caballeros y el renegado, y que habían dejado concertado todo el plan de la huida. La princesa mayor consintió inmediatamente en ello, y su ejemplo, como de ordinario, trazó la línea de conducta de sus hermanas; sin embargo, la menor se mostraba vacilante, pues era de alma tan bella como tímida, y su tierno corazón luchaba entre el cariño filial y su pasión juvenil. La hermana mayor ganó la victoria, como siempre, y entre lágrimas y ahogados suspiros se comenzó a preparar al punto la evasión.

La escabrosa colina sobre la cual estaba edificada la Alhambra se halla desde tiempos antiguos minada con pasadizos subterráneos cortados en la roca y que conducen desde la fortaleza a varios sitios de la ciudad y a distantes portillos en las riberas del Darro y del Genil, construidos en épocas diferentes por los reyes moros, como medios de escapar en las repentinas insurrecciones, o para salir secretamente a particulares aventuras. Muchos de estos subterráneos se encuentran hoy completamente ignorados, y otros en parte cegados con escombros y en parte tapiados, sirviéndonos de monumentos de las celosas precauciones y estratagemas guerreras del Gobierno musulmán. Por uno de estos pasadizos concertó Hussein Baba sacar a las infantas hasta una salida más allá de las murallas de la ciudad, donde los caballeros se hallarían preparados con ligeros corceles para huir rápidamente con ellas hasta la frontera.

Llegó la noche designada; la Torre donde moraban las princesas fue cerrada como de costumbre, y la Alhambra yacía en el más profundo silencio. A eso de la medianoche la discreta Kadiga escuchó desde el ajimez al renegado Hussein Baba, que ya estaba debajo y daba la señal. La dueña amarró el cabo de una escalera al ajimez y dejó caer ésta al jardín, bajándose luego por ella. Las dos infantas mayores la siguieron con el corazón palpitante; pero cuando llegó su turno a la princesa menor, Zorahayda, titubeó y tembló. Aventuró varias veces el apoyar su delicado y menudo pie en la escala y otras tantas lo retiró, agitándose tanto más su pobre corazón cuanto más vacilaba. Lanzó luego una mirada adictiva a la habitación tapizada de seda; en ella vivía, es verdad, como el pájaro aprisionado en su jaula, pero al fin allí se encontraba segura. ¿Quién podría adivinar los peligros que la rodearían cuando se viera lanzada en el piélago del mundo? Pero luego se le presentó la imagen de su galán amante cristiano, y puso de nuevo su piececito sobre la escalera; por último se acordó otra vez de su padre y lo volvió a retirar. Es imposible describir la lucha que se daba en el turbado corazón de aquella pobre niña, tan enamorada y tierna como tímida e ignorante de las cosas de esta vida.

En vano le rogaban sus hermanas, regañaba la dueña y blasfemaba el renegado debajo del ajimez; la gentil princesa mora continuaba dudosa y titubeaba en el momento crítico de la fuga, tentada por las dulzuras de la falta, pero aterrada por los peligros.

A cada momento era mayor el riesgo de ser descubiertos. Se oyeron pasos lejanos.

—¡Las patrullas vienen haciendo la ronda! —gritó el renegado—. Si nos detenemos un momento más, estamos perdidos. ¡Princesa: descended inmediatamente, o, si no, os abandonamos!

La infeliz Zorahayda se sintió presa de una agitación febril, y desatando la escala de cuerda con desesperada resolución, la dejó caer desde el ajimez.

—¡Todo se ha concluido! —exclamó—. ¡No me es posible ya la fuga! ¡Allah os guíe y os bendiga, amadas hermanas mías!

Las dos infantas mayores se horrorizaron al pensar que la iban a dejar sola, y ya hubieran preferido quedarse; pero la patrulla se acercaba, el renegado estaba furioso, y se vieron llevadas atropelladamente hasta el pasadizo subterráneo. Anduvieron a tientas por un horrible laberinto cortado en el seno de la montaña, logrando llegar sin ser descubiertas a una puerta de hierro que daba fuera del recinto. Los caballeros españoles estaban aguardándolas disfrazados de soldados moriscos de la guardia que mandaba el renegado.

El amante de Zorahayda se desesperó cuando supo que aquélla había rehusado abandonar la torre; pero no se podía perder tiempo en inútiles lamentos. Las dos princesas fueron colocadas a la grupa con sus amantes, y la discreta Kadiga montó detrás del renegado, partiendo todos aprisa en dirección del Paso de Lope, que conduce por entre montañas a Córdoba.

No se hallaban aún muy lejos cuando oyeron el ruido de tambores y trompetas en los adarves de la Alhambra.

—¡Nuestra fuga se ha descubierto! —dijo el renegado.

—Tenemos ligeros corceles, la noche es oscura y podemos burlar la persecución —replicaron los caballeros.

Espolearon sus caballos y escaparon a través de la Vega, llegando al pie de Sierra Elvira, que se levanta como un promontorio en medio de la llanura. El renegado se detuvo y escuchó.

—Hasta ahora —dijo— nadie viene en nuestro seguimiento; creo que podremos escapar a las montañas.

Al decir eso brilló una luz intensa en la torre que servía para señales en la Alhambra.

—¡Maldición! —gritó el renegado—. Ésa es la señal de ¡alerta!, a todos los guardias de los pasos. ¡Adelante! ¡Adelante! ¡Espoleemos con furor, pues no hay tiempo que perder!

Corrían y corrían vertiginosamente, y el choque de las herraduras de sus caballos se repetía de roca en roca, conforme iban atravesando el camino que costeaba la pedregosa Sierra Elvira; pero al propio tiempo que galopaban vieron que la luz de la Alhambra era contestada en todas direcciones desde las atalayas de las montañas.

—¡Adelante! ¡Adelante! —gritaba el renegado en medio de sus increpaciones y juramentos—. ¡Al puente, al puente, antes que la alarma haya cundido hasta allí!

Doblaron el promontorio de la montaña y llegaron a la vista del famoso Puente de Pinos, que atraviesa una impetuosa corriente, teñida en mil combates famosos con sangre de moros y cristianos. Para mayor tribulación, en la torre del puente se veían numerosas luces y brillar en ellas las armaduras de los soldados. El renegado se alzó sobre los estribos y miró a su alrededor por un momento; después, haciendo una señal a los caballeros, se salió del camino, costeando el río hasta cierta distancia, y se metió dentro de sus aguas. Los caballeros previnieron a las atribuladas princesas que se sujetaran bien a ellos. Sentíanse, en verdad, arrastrados a alguna distancia por la rápida corriente, cuyas rugientes olas bramaban a su alrededor; pero las hermosas princesas se afianzaban bien a los caballeros cristianos, e iban sin exhalar una queja. Por último, llegaron salvos a la orilla opuesta, y fueron guiados por el renegado a través de escabrosos y desusados pasos y ásperos barrancos por el interior de las montañas, evitando el pasar por los caminos de costumbre. En una palabra: lograron llegar a la antigua ciudad de Córdoba, donde fue celebrada la vuelta de ellos a su país y al seno de sus amigos con grandes fiestas, pues nuestros caballeros pertenecían a las familias más distinguidas. Las hermosas princesas fueron recibidas en el seno de la Iglesia y, después de haber abrazado la santa fe cristiana, se hicieron esposas y vivieron felicísimas.

En nuestra prisa por ayudar a las princesas a atravesar el río y cruzar las montañas nos hemos olvidado decir qué fue de la discreta Kadiga. Pues se agarró lo mismo que un gato a Hussein Baba durante la carrera a través de la Vega, chillando a cada salto y haciendo vomitar sapos y culebras al barbudo renegado; pero cuando éste se dispuso a meter su corcel en el río, su terror no conoció límites.

—No me aprietes con tanta fuerza —le decía Hussein Baba—; agárrate a mi cinturón y nada temas.

Ella se había asido, en efecto, con ambas manos al cinturón de cuero del robusto renegado…; pero cuando se detuvieron los caballeros a tomar alientos en lo alto de la montaña, notaron que había desaparecido la dueña.

—¿Qué ha sido de Kadiga? —gritaron las princesas alarmadas.

—¡Sólo Allah lo sabe! —contestó el renegado—. Mi cinturón se desató en medio del río, y Kadiga fue arrastrada con él por la corriente. ¡Cúmplase la voluntad de Allah! Y en verdad que lo siento, porque era un cinturón bordado de gran precio.

No había tiempo que perder para dolerse de aquella desgracia; con todo, lloraron amargamente las princesas la pérdida de su discreta consejera. Aquella excelente anciana, sin embargo, no perdió en la corriente más que la mitad de sus siete vidas, pues un pescador que se hallaba sacando casualmente sus redes a alguna distancia río abajo, la sacó a tierra, quedando asombrado de su milagrosa pesca. Lo que fue después de la discreta Kadiga no lo cuenta la tradición, pero sí se sabe que ella acreditó su discreción no poniéndose jamás al alcance de Mohamed el Zurdo.

Tampoco se sabe casi nada acerca de la conducta de aquel sagaz monarca cuando descubrió la evasión de sus hijas, y la mala pasada que le jugó «la más fiel de sus servidoras». Había sido la única vez en que había pedido consejo; no se sabe que jamás volviera a caer en semejante debilidad. Sin embargo, tuvo buen cuidado de guardar a la hija que le quedaba, a la infeliz que no había tenido ánimos para escaparse. Se cree también, como cosa muy cierta, que la princesa se arrepintió interiormente de haberse quedado dentro de la torre, y cuentan que de vez en cuando se la veía apoyada en el adarve, mirando tristemente las montañas en dirección a Córdoba, y que otras veces se oían los acordes de su laúd acompañándose sentidas canciones, en las cuales se lamentaba de la pérdida de sus hermanas y de su amante, condoliéndose al mismo tiempo de su solitaria existencia. Murió joven y, según el rumor popular, fue sepultada en una bóveda debajo de la torre, dando lugar su fin prematuro a más de una leyenda tradicional.

Visitadores de la Alhambra

Tres meses iban transcurridos desde que fijé mi residencia en la Alhambra; durante ese tiempo el transcurso de la estación produjo los cambios naturales. En los días primaverales en que llegué a la bella Granada todo respiraba la frescura de mayo: el follaje de los árboles mostrábase todavía tierno y transparente; el granado no había aún abierto sus brillantes flores de escarlata; los jardines de Genil y Darro lucían su flora exuberante; la ciudad entera se presentaba rodeada de una rica pradera de rosas, entre las cuales cantaban día y noche innumerables ruiseñores.

Mas la llegada del abrasador estío marchitó la rosa e hizo enmudecer al ruiseñor, y la lejana campiña fue tornándose poco a poco árida y mustia; conservábase, no obstante, alrededor de la ciudad un perpetuo verdor, así como también en los hondos y estrechos valles que están al pie de las montañas coronadas de nieve.

La Alhambra encierra retiros apropiados para el calor, según los diversos grados de temperatura de esta época del año, siendo los más adecuados para este objeto las habitaciones casi subterráneas de los Baños, hermosos aposentos en que se ven las tristes huellas del tiempo, pero que conservan notablemente su antiguo carácter oriental. Tienen los Baños su entrada por un pequeño patio, engalanado en otros tiempos de hermosas flores y formando un salón de regulares dimensiones, aunque de ligera y graciosa arquitectura, coronado por una pequeña galería sostenida con columnas de mármol y graciosos arcos moriscos. El surtidor de una fuente de alabastro colocada en el centro del pavimento refrescaba la estancia; a ambos costados de la misma se encuentran dos magníficas alcobas con elevados suelos a manera de lechos, en los cuales, después del baño o las abluciones y reclinados en blandos cojines, se entregaban los musulmanes al voluptuoso descanso, deleitándose con la fragancia del perfumado ambiente y con las notas melodiosas de la música que resonaba en la galería. Más allá de este salón se encuentran otras habitaciones interiores todavía más independientes y retiradas, y donde no penetra sino una tenue claridad por las pequeñas aberturas de los calados que se ven en sus abovedados techos. Éste fue el sanctasanctórum del sexo femenino, donde las beldades del harén se entregaban a los deleites del baño. Reina, como hemos dicho, en este aposento cierta luz misteriosa, y en él se conservan aún los Baños medio destruidos, pero con las señales de su antigua elegancia. El perpetuo silencio y la oscuridad de este sitio lo han hecho el retiro favorito de los murciélagos, por lo cual se ocultan en sus oscuros ángulos y rincones durante el día; y, si alguien de sus nidos los espanta, revolotean lúgubremente alrededor de las sombrías cámaras, aumentando en un grado indescriptible su tinte de abandono y tristeza.

En este fresco y elegante, aunque destruido retiro, que tiene la templanza y tranquilidad de una gruta, acostumbraba yo últimamente pasarme las calurosas horas del día, saliendo de allí después del ocaso para bañarme, o, mejor dicho, para echarme a nadar, cuando entraba la noche, en el gran estanque del patio principal. De este modo procuraba contrarrestar la blanda y enervadora influencia de aquel ardiente clima.

Cierto día se vieron desvanecidos mis ensueños de absoluta soberanía con las detonaciones de armas de fuego, que repercutieron entre las torres como si la fortaleza hubiera sido tomada por sorpresa.

Salime fuera precipitadamente, y me encontré con un caballero de avanzada edad, rodeado de criados, que se había instalado en el Salón de Embajadores. Era un antiguo conde, que había subido desde su palacio de Granada para pasar una temporada en la Alhambra y respirar aires más puros; el cual, dado su carácter de inveterado cazador, trataba de despertarse el apetito disparando a las golondrinas desde los balcones. Ésta su diversión era bastante inocente, pues a pesar de la ligereza de sus criados para cargarle las armas, lo que le facilitaba poder sostener un fuego bastante nutrido, no pudimos hacerle responsable de la muerte de una sola golondrina; es más: parecía que los pajarillos se regocijaban con este entretenimiento y que se burlaban de su poca habilidad, girando en círculos junto a los balcones y cantando cuando pasaban por delante de él.

La llegada de este honorable título cambió en parte el estado de las cosas; pero al par me sirvió de motivo para muy gratas reflexiones. Compartimos tácitamente el imperio entre los dos, tal como lo hicieron los últimos reyes de Granada, con la diferencia de que nos mantuvimos en la más estrecha alianza. Él reinaba despóticamente en el Patio de los Leones y sus salones contiguos, mientras que yo sostenía la pacífica posesión de toda la parte de los Baños y el pequeño Jardín de Lindaraja, comiendo juntos bajo las arcadas del patio, cuyas fuentes refrescaban la atmósfera, y cuyos espumosos arroyuelos corrían por las atarjeas del marmóreo pavimento.

Durante la noche se formaba en torno de aquel caballero una tertulia familiar a la que asistía la condesa, que subía de la ciudad acompañada de su hija predilecta, joven de dieciséis abriles.

Concurrían además los empleados del conde, su capellán, su abogado, su secretario, su mayordomo y otros dependientes y administradores de sus extensas posesiones, es decir, una especie de corte doméstica, en la que todos procuraban contribuir a la distracción del conde, sin sacrificar su propio placer ni rebajar su dignidad personal. Efectivamente, y digan lo que quieran del orgullo español, lo cierto es que no se manifiesta en la vida social íntima, pues no hay ningún pueblo donde se vean relaciones más cordiales entre los parientes ni trato más franco y comunicativo entre los superiores y deudos; resta, pues, desde este punto de vista, en la vida de las provincias de España, parte de la celebrada sencillez de los tiempos primitivos.

El personaje más interesante de aquella reunión de familia era, en verdad, la hija del conde, la encantadora e infantil Carmencita. Sus formas no habían llegado todavía a la época del desarrollo, pero presentaban ya la delicada simetría y flexible gracia característica del país; sus ojos azules, su blanco cutis y su rubia cabellera —poco comunes en Andalucía— le prestaban cierta dulzura y gentileza, que contrastaban con la vivacidad ordinaria de las jóvenes españolas, haciendo perfecta armonía con el candor e inocencia de sus sencillos modales. Tenía, sin embargo, la innata aptitud, y desembarazo de sus encantadores paisanos, pues cantaba, bailaba y tocaba la guitarra y otros instrumentos con gracia sorprendente.

Pocos días después de la residencia del conde en el Palacio de la Alhambra celebró con una fiesta doméstica el día de su santo, reuniendo a todos los miembros de su familia y de su casa, y hasta algunos antiguos deudos que vinieron desde lejanas posesiones a ofrecerle sus respetos y a participar del regocijo común. Estas costumbres patriarcales, que caracterizaron a la nobleza española en los días de su mayor pujanza, han decaído con el aminoramiento de sus fortunas; pero algunos, como el conde, conservan todavía sus hereditarios bienes de familia, guardando, en parte, el antiguo sistema, aunque teniendo sus heredades abandonadas y casi devoradas por generaciones de haraganes y administradores. Con arreglo al sistema de la antigua pompa y magnificencia española, en que se mezclaban igualmente el orgullo de raza y la generosidad, un servidor inválido nunca era despedido, sino que se le seguía manteniendo en su cargo hasta el fin de sus días; es más: sus hijos y los hijos de sus hijos, y hasta sus parientes colaterales, iban agregándose poco a poco a la familia. De aquí el que los grandes, palacios de la nobleza española tuviesen tal aspecto de vana ostentación por la magnitud de sus dimensiones, comparada con la escasez y mediocridad de su mobiliario; esta ruinosa prodigalidad en los áureos tiempos de la grandeza española era imperiosamente obligada a causa de los referidos usos patriarcales de los señores, por lo que vinieron a ser en realidad los tales palacios vastos asilos de generaciones parasitarias que engordaban a expensas de los nobles españoles. El digno anciano señor conde, cuyas fincas estaban diseminadas en varios puntos del reino, me aseguró que algunas de ellas no producían lo suficiente para mantener las hordas de dependientes que se cobijaban allí, y que hasta se consideraban con justos títulos para ser mantenidos de balde, sólo porque sus antepasados venían viviendo así de generación en generación.

La fiesta doméstica dada por el conde interrumpió la tranquilidad habitual de la Alhambra, y en sus salones, poco antes silenciosos, resonaron música y algazara. Veíanse grupos de huéspedes solazándose por las galerías y jardines, y oficiosos sirvientes andando de prisa por los patios llevando viandas desde la ruinosa cocina, repleta en aquel día de cocineros y marmitones e iluminada por soberbias fogatas.

La fiesta —pues una comida española de convidados es verdaderamente una fiesta— tuvo lugar en el bello departamento morisco llamado la Sala de las Dos Hermanas; mostrábase la mesa con abundancia y reinaba una jovial concordia en ella, pues aunque los españoles son generalmente sobrios, también es gente alegre cuando celebran un banquete. Por mi parte, encontré cierta novedad participando de un festín en los salones de la Alhambra, y preparado por el representante de uno de sus más renombrados conquistadores; pues el venerable señor conde, aunque de carácter poco belicoso, descendía por línea recta del Gran Capitán don Gonzalo de Córdoba, cuya espada guardaba él cuidadosamente en el archivo de su palacio de Granada.

Terminado el banquete pasaron los convidados al Salón de Embajadores, donde cada uno puso su parte para el regocijo general, luciendo sus habilidades, cantando, improvisando, narrando cuentos maravillosos o bailando a los acordes de este irresistible talismán de la alegría en España: la guitarra.

Pero la vida y el encanto principal de aquella reunión fue la habilidosa Carmencita: representó dos o tres escenas de comedias españolas, mostrando un talento dramático extraordinario; imitó a los más afamados cantantes italianos con singular y feliz parecido y con hermosa voz; imitó también la jerga, bailes y coplas de los gitanos y de los campesinos de los alrededores de Granada, haciendo todo esto con sorprendente facilidad, limpieza, donaire y espontaneidad, fascinando, en una palabra, al auditorio.

Mas el gran atractivo que tenían sus representaciones resultaba de ejecutarlas sin pretensiones de ninguna clase y dones de su propio talento; y en verdad que sólo acostumbraba a manifestarlos alguna vez que otra como una niña que era y para sólo divertir a su familia. Su espíritu de observación y su discernimiento eran notablemente precoces, pues, pasando su vida en el seno de la familia, no pudo ver sino casualmente y de paso los diversos rasgos y caracteres que imitaba *in promptu* en momentos de regocijo doméstico como el que estamos citando. Agradaba el ver el cariño y admiración que le tributaban todos los de la casa; nunca se la llamaba, ni aun por los mismos criados, con otro nombre que el de «la Niña», tratamiento que encierra infinita ternura en el lenguaje español.

Nunca pensaré en la Alhambra sin recordar a la amable Carmencita jugando feliz e inocente en sus salones de mármol, bailando al ruido de las moriscas castañuelas o mezclando las argentinas modulaciones de su voz con el murmullo de las fuentes.

Con motivo de esta fiesta se contaron varias curiosas leyendas y amenas tradiciones, algunas de las cuales ya no conservo en la memoria; pero, con todo, transcribiré al lector varias de las que más vivamente me sorprendieron.

Leyenda del Príncipe Ahmed al Kamel
o el Peregrino del amor

Había en otros tiempos un rey moro de Granada que sólo tenía un hijo, llamado Ahmed, a quien los cortesanos le pusieron el nombre de *Al Kamel* o «El Perfecto», por las inequívocas señales de superioridad que notaron en él desde su tierna infancia. Los astrólogos hicieron acerca de él felices pronósticos, anunciando en su favor toda clase de dones suficientes para que fuese un príncipe dichoso y un afortunado soberano. Una sola nube oscurecía su destino, aunque era de color de rosa: «¡Que sería muy dado a los amores y que correría grandes peligros por esta irresistible pasión; pero que, si podía evadir los lazos del amor hasta llegar a la edad madura, quedarían conjurados todos los peligros y su vida sería una sucesión no interrumpida de felicidades!».

Para hacer frente a los peligros augurados determinó el rey recluir al príncipe donde no pudiera ver nunca rostro de mujer alguna ni llegar a sus oídos la palabra amor. Con este objeto hizo construir un bello palacio en la colina que dominaba la Alhambra, rodeado de deliciosos jardines, pero cercado de elevadas murallas —el mismo palacio que se conoce actualmente con el nombre de el Generalife—. En este palacio encerró el monarca al joven príncipe, confiándolo a la vigilancia e instrucción de Eben Bonabben, filósofo árabe tan sabio como severo, que había pasado la mayor parte de su vida en Egipto dedicado al estudio de los jeroglíficos y examinando los sepulcros y las Pirámides; por lo cual encontraba más encanto en una momia egipcia que en la belleza más tierna y seductora. Se encomendó a este sabio que instruyese al príncipe en toda clase de conocimientos, pero debía ignorar completamente lo que era amor.

—Emplead todas las precauciones necesarias para que se cumpla mi voluntad —le dijo el rey—; pero tened presente, ¡oh Eben Bonabben!, que, si mi hijo llega a saber algo de esa ciencia prohibida, os costará bastante caro y vuestra cabeza será responsable.

Una amarga sonrisa se dibujó en el rostro del sabio Bonabben al oír esta amenaza, y respondió al califa:

—Esté vuestra majestad tranquilo por lo que toca a su hijo como yo lo estoy por mi cabeza; ¿seré yo acaso capaz de dar lecciones de esa vehemente pasión?

Creció el príncipe bajo la vigilancia del filósofo, recluido en el palacio y sus jardines. Tenía para su servicio unos esclavos negros; horrorosos mudos que no sabían ni pizca en materias de amores, y, si algo sabían, no tenían don de palabra para comunicarlo. Su educación intelectual estaba encomendada al cuidado especial de Eben Bonabben, el cual procuraba iniciarlo en las ciencias abstractas del Egipto; pero el príncipe progresaba poco, dando muestras evidentes de que no gustaba de la filosofía.

Era, en verdad, el joven príncipe extremadamente dócil para seguir las indicaciones que le hacían los demás, guiándose siempre del último que le aconsejaba. Ahogaba su aburrimiento y escuchaba con paciencia las largas y profundas lecciones de Eben Bonabben, con las cuales, aprendiendo algo de cada cosa, llegó a poseer dichosamente a los veinte años una asombrosa sabiduría, pero en ignorancia completa de lo que era el amor.

Por este tiempo se efectuó un cambio en la manera de ser de nuestro príncipe. Abandonó enteramente los estudios, y se aficionó a pasear por los jardines y a meditar al lado de las fuentes. Había aprendido, entre otras varias cosas, un poco de música, con la cual se deleitaba la mayor parte del día, así como también gustaba de la poesía. El filósofo Eben Bonabben se alarmó, y trató de contrariar estas aficiones explicándole un severo curso de álgebra; pero en el regio mozo no despertaba el más leve interés esta árida ciencia. «¡No la puedo soportar! —decía—; ¡la aborrezco! ¡Necesito algo que me hable al corazón!».

El sabio Eben Bonabben movió su venerable cabeza al oír estas palabras. «¿Ya hemos dado al traste con toda la filosofía? —dijo en su interior—. ¡El príncipe ha descubierto ya que tiene corazón!». Desde entonces vigiló con ansiedad a su pupilo, y veía que la latente ternura de su naturaleza estaba en actividad y que sólo necesitaba un objeto. Vagaba Ahmed por los jardines del Generalife con cierta exaltación de sentimientos, cuya causa él desconocía. Unas veces se sentaba y se abismaba en deliciosos ensueños; otras pulsaba su laúd, arrancándole las más sentimentales melodías, y después lo arrojaba con despecho y comenzaba a suspirar y a prorrumpir en extrañas exclamaciones.

Poco a poco se fue manifestando su propensión al amor hasta con los objetos inanimados; tenía flores favoritas a las que acariciaba con tierna constancia; más tarde mostraba su cariñosa predilección por ciertos árboles, depositando su amorosa ternura en uno de forma graciosa y delicado ramaje, en cuya corteza grabó su nombre y sobre cuyas ramas colgaba guirnaldas, cantando canciones en su alabanza acompañadas de los acentos de su laúd.

Eben Bonabben se alarmó ante el estado de excitación de su pupilo, a quien veía en camino de aprender la vedada ciencia, pues la más pequeña cosa podría revelarle el fatal secreto. Temblando por la salvación del príncipe y por la seguridad de su cabeza, se apresuró a apartarlo de los encantos del jardín y lo encerró en la torre más alta del Generalife. Contenía ésta lindos departamentos que dominaban un horizonte sin límites, si bien se hallaban, por lo elevado, fuera de aquella atmósfera de voluptuosidad y a distancia de aquellos risueños bosquecillos tan peligrosos para los sentimientos del impresionable Ahmed.

¿Qué hacer para acostumbrarlo a esta soledad y para que no se consumiera en tan largas horas de fastidio? Ya había agotado toda clase de conocimientos amenos, y en cuanto al álgebra, no había que hablarle de ella ni remotamente. Por fortuna, Eben Bonabben aprendió, cuando vivió en Egipto, el lenguaje de los pájaros con un rabino judío que lo había recibido a su vez en línea recta del sabio Salomón, cuyo conocimiento aprendió éste de la reina de Saba. No bien le indicó ese estudio, cuando los ojos del príncipe se animaron repentinamente, aplicándose a esta ciencia con tal avidez que muy pronto se hizo en ella tan docto como su maestro.

La torre del Generalife no fue ya en adelante sitio solitario, pues tenía a mano compañeros con quienes conversar.

La primera amistad que hizo fue con un cuervo que había fijado su nido en lo alto de las almenas, desde cuya altura se lanzaba en busca de presa. Con todo, el príncipe encontró poco que alabar en su contertulio, pues no era ni más ni menos que un pirata del aire, necio y fanfarrón, que sólo hablaba de rapiña, carnicería y de acciones feroces.

Trabó después amistad con un búho, pájaro de aspecto filosófico, cabeza voluminosa y ojos inmóviles, que se pasaba todo el día graznando y dando cabezadas en un agujero de la pared, saliendo solamente a merodear por la noche. Mostraba altas pretensiones de sabio, hablaba su poquito de astrología y de la luna, conociendo algo de las artes mágicas; pero su principal afición era la metafísica, encontrando el príncipe más insoportable aún sus disquisiciones que las del mismo sabio Eben Bonabben.

Encontró después un murciélago que pasaba todo el día agarrado con las patas en un tenebroso rincón de la bóveda, y que sólo salía —como si dijéramos— con chinelas y gorro de dormir en cuanto anochecía. No tenía más que conocimientos a medias de todas las cosas, burlándose de lo que ignoraba y de lo que apenas conocía, aparentando no hallar placer en nada.

Había también una golondrina, de la cual quedó prendado el príncipe al poco tiempo. Era muy habladora, pero aturdida, bulliciosa, y siempre andaba volando y permanecía raras veces el tiempo suficiente para trabar conversación. Comprendió al fin que era muy superficial, que nada profundizaba y que pretendía conocer todo, sin saber absolutamente lo más mínimo.

Tales eran los plumíferos amigos con quienes el príncipe tenía ocasión de ejercitar el nuevo lenguaje que había aprendido, pues la torre era demasiado elevada para que otros pájaros, pudieran frecuentarla. Pronto se cansó de sus nuevas amistades, cuyos coloquios hablaban tan poco a la cabeza y nada al corazón; con lo cual poco a poco se fue tornando a su soledad. Pasó el invierno y volvió la primavera con sus galas y su verdor, y con ella el tiempo feliz en que llegaron los pájaros para hacer sus nidos y empollar sus huevos. De repente empezó a oírse en los bosques y jardines del Generalife un concierto general de dulce melodía, que llegó hasta los oídos del príncipe, encerrado aún en su solitaria torre. Por todas partes se oía el mismo tema universal, ¡amor!, ¡amor!, ¡amor!, cantado y contestado de mil poéticas maneras y con mil diversas armonías y modulaciones. Escuchaba el príncipe silencioso y perplejo, y decía pensativo: «¿Qué será ese amor de que el mundo parece invadido y del cual yo no sé una palabra?». Trató de informarse de su amigo el cuervo, pero la grosera ave le contestó con desdén: «Debéis dirigiros a los pájaros vulgares y pacíficos de la tierra, que han nacido para ser presa de nosotros los príncipes del aire. Mi ocupación es la guerra y mis delicias el pelear, y, como guerrero, nada sé de eso que llaman amor».

El príncipe se apartó de él disgustado y buscó al búho, que estaba en su retiro. «Ésta es un ave —pensó— de costumbres tranquilas, y me dará la solución del enigma». Preguntó, por lo tanto, al búho qué era ese amor que unísonamente cantaban todos los pájaros del bosque. No bien escuchó la pregunta el búho cuando, ofendido y con rostro serio, le contestó: «Yo paso mis noches ocupado en estudiar, madurando de día en mi celda todo lo que he aprendido. Por lo que toca a esos pájaros de que me habláis, ni los oigo ni los entiendo. Gracias a Allah, no sé cantar; soy filósofo y no me ocupo de lo que se refiere al amor».

Entonces el príncipe se fijó en lo alto de la bóveda, donde se hallaba agarrado con las patas su amigo el murciélago, y le hizo la misma pregunta. El murciélago frunció el hocico con aire de menosprecio, y le dijo refunfuñando: «¿A qué turbáis mi sueño de la mañana para hacerme una pregunta tan necia? Yo no salgo hasta que oscurece, cuando todos los pájaros duermen ya, y nunca me meto en sus negocios. No soy ni ave ni animal terrestre, de lo que doy infinitas gracias a los cielos; he descubierto los defectos de unos y otros, y aborrezco desde el primero hasta el último. Para concluir: soy misántropo, y nada sé de eso que llaman amor».

Como último recurso se dirigió el príncipe a la golondrina, deteniéndola cuando se hallaba revoloteando y describiendo círculos en lo alto de la torre. La golondrina, como de costumbre, estaba muy de prisa y no tenía tiempo para contestarle: «Bajo palabra de honor —le dijo—, tengo tantos negocios que evacuar y tantas ocupaciones a que atender, que me faltan todos los días mil visitas que pagar y cien mil negocios de importancia que examinar, no quedándome un momento libre para semejante bagatela. En una palabra: soy un ave de mundo, y no entiendo lo que es el amor». Y así diciendo, voló la golondrina hacia el valle, perdiéndose de vista en un momento.

Quedó el príncipe desazonado y perplejo, pero estimulada cada vez más su curiosidad por la misma dificultad que tenía de poder satisfacerla. Hallándose de tal suerte, acertó a entrar su guardián en la torre. El príncipe le salió al encuentro con ansiedad, y le dijo:

—¡Oh Eben Bonabben! Vos me habéis enseñado la mayor parte de la sabiduría de la tierra, pero hay una cosa acerca de la cual estoy en completa ignorancia, y quisiera que me la explicaseis.

—Mi príncipe y señor no tiene más que preguntar, pues todo lo que encierra la limitada inteligencia de este su siervo está a su disposición.

—Decidme, pues, profundísimo sabio: ¿qué es eso que llaman el amor?

Quedose Eben Bonabben como si hubiese caído un rayo a sus pies. Tembló, se puso lívido y le parecía que la cabeza se le escapaba ya de los hombros.

—¿Qué cosa ha podido sugeriros semejante pregunta, mi querido príncipe? ¿Dónde habéis aprendido esa vana palabra?

El príncipe le condujo a la ventana de la torre.

—Escuchad, caro maestro —le dijo.

El sabio se volvió todo oídos. Los ruiseñores de la selva cantaban a sus amantes que posaban en los rosales; de los floridos arbolillos y del espeso ramaje salía un himno melodioso sobre este solo tema: ¡amor!, ¡amor!, ¡amor!

—¡*Allah Akbar*! —exclamó el filósofo Bonabben—. ¿Quién pretenderá ocultar este secreto al corazón del hombre, cuando hasta los mismos pájaros conspiran por revelarlo?

Entonces, volviéndose a Ahmed, le dijo:

—Noble príncipe: cerrad vuestros oídos a esos cantos seductores, y no abráis la inteligencia a esos conocimientos peligrosos. Sabed que ese decantado amor es la causa de la mitad de los males que afligen a la desdichada humanidad, el origen de las amarguras y discordias entre amigos y hermanos; él engendra traiciones, asesinatos y guerras asoladoras; trae consigo cuidados y tristezas; va acompañado de días de inquietud y noches de insomnio, marchita el alma y amarga la alegría de los pocos años, y lleva consigo las penas y pesares de una vejez prematura. ¡Allah os conserve, príncipe querido, en completa ignorancia de esa pasión que se llama amor!

Retirose el sabio Eben Bonabben aturdido, dejando al príncipe abismado en la más profunda perplejidad. En vano intentaba éste apartar tal idea de su imaginación, pues, persistía aquélla, sobreponiéndose a todos sus pensamientos, atormentándole y deshaciéndole en vanas conjeturas. «Seguramente —se decía a sí mismo al escuchar los armoniosos gorjeos de los pajarillos— no hay tristeza en estos trinos, sino que, por el contrario, todo es ternura y regocijo. Si el amor es la causa de tantas calamidades y odios, ¿por qué estos pájaros no están abatidos en la soledad o despedazándose los unos a los otros, y no que están revoloteando alegremente por entre los árboles y regocijándose juntos entre las flores?».

Hallábase cierta mañana recostado el príncipe en su lecho, meditando sobre tan inexorable materia, abierta la ventana de su cuarto para aspirar la suave brisa de la mañana, que se elevaba saturada con la fragancia de las flores de los naranjos del valle del Darro, dejándose oír débilmente los trinos de los ruiseñores, que seguían cantando sobre el mismo tema. Embebido y suspirando se hallaba nuestro regio cautivo cuando he aquí que oye un revoloteo por el aire; era un hermoso palomo que, perseguido por un gavilán, se entró por la ventana y cayó rendido de cansancio al suelo, en tanto que su perseguidor, no pudiendo hacerlo presa, se fue volando por las montañas.

Levantó el príncipe al ave fatigada, la acarició y la abrigó en su seno. Luego que la hubo tranquilizado con sus halagos, le metió en una jaula de oro, ofreciéndole con sus propias manos hermoso trigo blanco y agua cristalina. El pobre palomo, sin embargo, no quería comer y permanecía melancólico y triste, exhalando lastimeros quejidos.

—¿Qué te pasa? —le dijo Ahmed—. ¿No tienes todo lo que puedes desear?

—¡Ay, no! —le replicó el palomo—. ¡Me veo separado de mi amada compañera, y en la hermosa época de la primavera, época del amor!

—¡Del amor!… —replicó Ahmed—. Ave querida: ¿podrás explicarme tú lo que es el amor?

—¡Perfectamente, príncipe mío! El amor es el tormento de uno, la felicidad de dos y la lucha y enemistad de tres; es un encanto que atrae mutuamente a dos seres y los une por irresistibles simpatías, haciéndolos felices cuando están juntos, pero desgraciados cuando están separados. ¿Acaso no existe un ser con quien tú te encuentres ligado por este vínculo del amor?

—Sí, yo amo a mi anciano maestro Eben Bonabben más que a todos los demás seres; pero suele parecerme con frecuencia fastidioso, y me creo más feliz muchas veces sin su compañía.

—No es ésa la simpatía de que yo hablé. Yo me refiero al amor, el gran misterio y principio de la vida; al sueño exaltado de la juventud; a la sombría delicia de la edad madura. Mira a tu alrededor, ¡oh príncipe!, y verás cómo en esta deliciosa estación toda la Naturaleza está respirando ese tierno amor. Cada ser tiene su compañero: el pájaro más insignificante canta a su pareja; hasta el mismo escarabajo corteja a su amante en el polvo, y aquellas mariposas que ves revoloteando por encima de la torre y jugando en el aire, todos son felices con su amor. ¡Ay, príncipe mío! ¿Has malgastado los preciosos días de tu juventud sin saber nada de lo que es el amor? ¿No hay ningún gentil ser del otro sexo, una hermosa princesa, una enamorada dama, que haya cautivado tu corazón, que haya agitado tu pecho con un suave conjunto de agradables penas y de tiernos deseos?

—Ya empiezo a comprender —dijo el príncipe suspirando—; yo he experimentado esa inquietud no pocas veces, pero sin saber la causa; mas ¿dónde encontraría ese objeto, tal como tú me lo pintas, en esta espantosa soledad?

Prolongose algún rato más este coloquio, con lo que la primera lección del amor que recibió el inexperto monarca fue del todo completa.

—¡Ay! —dijo—. ¡Si el amor es tal delicia y su interrupción tal amargura, no permita Allah que yo perturbe el regocijo de los que aman!

Y, abriendo la jaula, sacó al palomo y, después de haberlo besado, lo puso en la ventana diciéndole:

—Vuela, ave feliz, y regocíjate con tu amada compañera en los días de tu juventud primaveral. ¿Para qué te he de tener prisionera en esta solitaria torre, donde nunca podrá penetrar el amor?

El palomo batió sus alas en señal de alegría, describió un círculo en el aire y voló después rápidamente hacia las floridas alamedas del Darro.

Siguiole el príncipe con la vista, quedando después abismado en amargas reflexiones. El canto de los pájaros, que antes le deleitaba, ya le hacía más amarga su soledad. *¡Amor!, ¡amor!, ¡amor!* ¡Ah, pobre joven! ¡Entonces conoció lo que significaban estos trinos!

Cuando vio al filósofo Eben Bonabben, sus ojos echaban chispas.

—¿Por qué me habéis tenido en esta abyecta ignorancia? —le dijo duramente—. ¿Por qué me habéis ocultado el gran misterio y principio de la vida, cuando lo sabe el más insignificante de los seres? Observad cómo la Naturaleza entera se entrega a estos sueños de delicias, y cómo todas las criaturas se regocijan con su compañera. ¡Éste, éste es el amor que yo quería conocer! ¿Por qué se me prohíbe gozar de él? ¿Por qué se han deslizado los días de mi juventud sin saber nada acerca de tales delicias?

El sabio Bonabben comprendió que era inútil toda reserva, pues el príncipe conocía ya la peligrosa ciencia prohibida. Por lo tanto, le reveló las predicciones de los astrólogos y las precauciones que se habían tomado en su educación para conjurar la desgracia pronosticada.

—Y ahora, príncipe mío —añadió—, mi vida está en vuestras manos. En cuanto descubra vuestro severo padre que habéis aprendido al fin lo que es el amor, como estáis bajo mi tutela, sabed que mi cabeza tendrá que responder de vuestra ciencia.

El príncipe era tan razonable, a pesar de su corta edad, que escuchó las reflexiones de su tutor sin oponer a ellas la más leve palabra. Además, como profesaba verdadero cariño a Eben Bonabben y no conocía todavía el amor más que teóricamente, consintió en sepultar en el fondo de su pecho lo que había aprendido, antes que dar lugar a que peligrase la cabeza del filósofo.

Su discreción, sin embargo, tuvo que sufrir bien pronto una prueba más fuerte. Pocas mañanas después hallábase meditando en los adarves de la torre cuando vio que venía cerniéndose por los aires el palomo a quien había dado libertad, y que se le posaba confiadamente en sus hombros.

El príncipe lo acarició contra su pecho y le dirigió estas palabras:

—Ave dichosa, que puedes volar con la rapidez con que la luz de la mañana se extiende hasta las más lejanas regiones de la tierra: ¿dónde has estado desde que nos vimos por última vez?

—En una tierra muy lejana, príncipe querido, de la cual te traigo felices nuevas en premio de mi libertad. En mi acompasado vuelo, extendiéndome por llanuras y montañas, y conforme iba cortando el aire, divisé debajo de mí un jardín amenísimo, rico en toda clase de flores y frutos. Junto a una verde pradera se precipitaba una límpida y hermosa corriente, y en el centro del jardín se elevaba un majestuoso palacio. Poseme sobre un árbol para descansar de mi fatigoso vuelo, y vi junto al césped de la ribera y por debajo de mí una lindísima princesa en la flor de su juventud y de su belleza, rodeada de sus doncellas y sirvientes tan jóvenes como ella, que venían ciñendo su frente con guirnaldas y coronas de flores, cuando, ¡ay!, no había flor silvestre ni de jardín que pudiera compararse con su belleza. Oculta en aquel retiro pasaba los días de su vida, pues el jardín se hallaba rodeado de elevadas murallas, no permitiéndosele la entrada en él a ningún humano mortal. Cuando vi a aquella hermosa doncella tan joven, tan pura, tan inocente de las cosas del mundo, dije para mí: «He aquí el ser creado por el cielo para inspirar amor a mi príncipe bienhechor».

Este relato del ave cariñosa fue una chispa de fuego que inflamó el corazón del contristado príncipe: como que todo el amor latente hasta entonces en su alma encontraba súbitamente su anhelado objeto. Se sintió, pues, el noble príncipe vehementemente enamorado de la princesa, y al punto la escribió una carta redactada en lenguaje apasionadísimo, respirando el más ardiente amor y quejándose de la infausta prisión que le impedía ir en busca de ella para postrarse rendido a sus pies. Añadió también varias poesías de ternísima y conmovedora elocuencia, pues era poeta por naturaleza, y aún más entonces, inspirado por el amor. Puso la dirección de su billete en esta forma:

A la bella desconocida
del príncipe cautivo, Ahmed.

Y, por último, después de perfumarla con almizcle y rosas, se la entregó al palomo.

—Parte, fidelísimo mensajero —le dijo—. Vuela por montañas y valles, ríos y llanuras; no descanses en rama ni te poses sobre la tierra hasta que hayas entregado esta carta a la señora de mis pensamientos.

El palomo se elevó por los aires y, tomando vuelo, partió como una flecha en línea recta. El príncipe lo siguió con la vista hasta que no se vio más que un punto negro sobre las nubes, desapareciendo poco a poco tras las montañas.

Día tras día esperaba el príncipe el regreso del mensajero de amor, mas todo en vano. Comenzó ya a acusarle de ingratitud, cuando cierta tarde, a la caída del sol, entró volando repentinamente el ave fidelísima en su habitación y expiró, cayendo a sus pies. La flecha de algún cruel cazador había atravesado su pecho. Con todo, había luchado con agonías de la muerte hasta dejar cumplida su misión. Inclinose el príncipe, ahogado de pena, sobre aquel venerable mártir de la fidelidad, cuando notó que tenía una cadena de perlas alrededor de su cuello, y pendiente de ella y junto a las alas una miniatura esmaltada que representaba el retrato de una hermosísima princesa en la flor de su juventud. Era, sin duda, la desconocida beldad del jardín; pero ¿quién era y dónde residía? ¿Había recibido el billete y enviaba este retrato en señal de amorosa correspondencia? Desgraciadamente, la muerte del fiel palomo mensajero dejaba envuelto este lance en el más profundo misterio.

El príncipe miraba absorto el precioso retrato, hasta que sus ojos se arrasaron en lágrimas; lo llevaba a sus labios y lo estrechaba contra su pecho, mirándolo sin cesar con melancólica ternura. «¡Hermosa imagen! No eres, ¡ay!, más que una imagen, y, sin embargo, tus tiernos ojos parece que se fijan en mí; tus labios de rosa semejan querer infundirme valor. ¡Vanas ilusiones!... ¿No han mirado nunca del mismo modo a otro rival más afortunado que yo? ¿Dónde podré yo encontrar en este mundo el original? ¿Quién sabe cuántos reinos y montañas nos separarán y cuántas desgracias nos amenazarán? ¡Acaso en este mismo momento se verá rodeada de solícitos amantes mientras que yo, triste prisionero en esta torre, paso y pasaré mis días adorando una fantástica pintura...!».

El príncipe Ahmed se decidió a tomar una resolución. «Huiré de este palacio —dijo— que me sirve de odiosa prisión, y, peregrino de amor, buscaré a esa desconocida princesa por todo el mundo». El escaparse de la torre durante el día, cuando todo el mundo se hallaba despierto, era bastante difícil; pero por la noche el palacio no estaba muy guardado, pues nadie sospechaba en el príncipe un atrevimiento de esta clase, cuando siempre se había mostrado contento en su cautividad. ¿Y cómo guiarse para huir entre las tinieblas nocturnas, no conociendo el país? Se acordó entonces del búho, que, como salía a volar de noche, debía conocer todos los vericuetos y pasos ocultos. Fue, pues, a buscarle en su agujero, y le interrogó acerca de su conocimiento sobre el país. Al oír esto, le respondió dándose importancia: «Habéis de saber, ¡oh príncipe!, que nosotros los búhos somos una familia tan antigua como numerosa; hemos decaído algo, pero poseemos todavía ruinosos castillos y palacios en toda España; no hay torre en la montaña, fortaleza en el llano, ni antigua ciudadela en la población, que no sirva de abrigo a algún hermano, tío o primo nuestro. Habiendo hecho un viaje para visitar mis numerosos parientes, recorrí todos los rincones y escondrijos, enterándome de camino de los sitios secretos del país». Regocijose el príncipe de haber hallado al búho tan profundamente versado en topografía, y le informó, por último, en confianza, de su tierna pasión y de su proyectada fuga, rogándole al mismo tiempo que le sirviese de consejero.

—¡Andad noramala! —le respondió el búho, mostrándose enojado—. ¿Soy yo ave que deba ocuparme en amores?... ¿Yo, que he consagrado mi vida a la meditación y a los astros?

—No os ofendáis, dignísimo búho —le dijo el príncipe—; dejad por un poco tiempo de meditar en las estrellas y ayudadme en mi fuga, y os daré todo cuanto podáis apetecer.

—Yo tengo todo cuanto necesito —le replicó el búho— unos cuantos ratones son suficientes para mi frugal sustento, y este agujero me basta para mis estudios; ¿qué más puede desear un filósofo?

—Acordaos, ¡oh sapientísimo búho!, que mientras pasáis la vida vegetando en vuestra celda y observando la luna, todo vuestro talento está perdido para el mundo. Algún día seré soberano, y entonces os colocaré en un puesto de honor y dignidad.

El búho, aunque filósofo abstraído de las necesidades ordinarias de la vida, no estaba libre de ambición, por lo que consintió, al fin, en huir con el príncipe, sirviéndole de mentor y guía en su peregrinación.

Como los amantes ponen por obra prontamente sus planes de amor, el príncipe reunió sus alhajas y las escondió entre sus vestidos, destinándolas para los gastos del viaje, y aquella misma noche se descolgó con su ceñidor por el ajimez de la torre, escalando las murallas exteriores del Generalife, y salvó las montañas antes del amanecer, guiado por el búho.

Deliberó después con su mentor acerca de la ruta más conveniente que debían tomar.

—Si valiese mi parecer —le dijo el búho—, yo os recomendaría que marchásemos a Sevilla, pues habéis de saber que fui allí a visitar, hace ya de esto muchos años, a un búho tío mío, que gozaba de gran dignidad y poderío, el cual habitaba en un ángulo arruinado del Alcázar en aquella ciudad. En mis salidas nocturnas a la población observé con frecuencia una luz que brillaba en una solitaria torre. Poseme entonces sobre el adarve y vi que procedía de la lámpara de un mago árabe a quien vi rodeado de sus libros mágicos, sosteniendo en el hombro a un viejo cuervo, su favorito, que había traído consigo del Egipto. Tengo relaciones con ese cuervo y a él le debo gran parte de la ciencia que poseo. El mago murió mucho después; pero el cuervo habita todavía en la torre, pues sabido es que esas aves gozan de larga vida. Yo os aconsejo, ¡oh príncipe!, que busquemos al cuervo, porque es un gran zahorí y hechicero y conoce perfectamente la magia negra, por la que son tan renombrados todos los cuervos, especialmente los de Egipto.

Quedó el príncipe maravillado de la sabiduría que encerraba este consejo, y tomó, por lo tanto, la dirección hacia Sevilla. Caminaba solamente de noche, para complacer a su compañero, descansando de día en alguna tenebrosa caverna o desmantelada torre, pues el búho conocía todos los escondrijos y guaridas, y tenía verdadera pasión de anticuario por las ruinas.

Al fin, cierta mañana, al romper el día, llegaron a Sevilla, donde el búho, que aborrecía el resplandor y el ruido de las calles, hizo alto fuera de las puertas de la ciudad, sentando sus reales en el hueco de un árbol.

Pasó el príncipe la puerta, y encontró al poco tiempo la torre mágica, que sobresale por encima de las casas de la ciudad del mismo modo que la palmera se eleva sobre las hierbas del desierto; era, en resumen, la misma torre que existe actualmente conocida con el nombre de La Giralda, famosa torre morisca de Sevilla.

El príncipe subió por una gran escalera de caracol a lo alto de la torre, donde encontró el cabalístico cuervo, ave misteriosa con la cabeza encanecida y casi desplumada, y con una nube en un ojo que le hacía parecer un espectro; mirando con el ojo que le quedaba un diagrama trabado sobre el pavimento.

Llegose el príncipe a él con el respeto y reverencia que inspiraban su venerable aspecto y sobrenatural sabiduría, y le dijo:

—Perdonad, ¡oh ancianísimo y sabio cuervo mágico!, si interrumpo por un momento vuestros estudios, admiración del mundo entero. Aquí tenéis delante a un peregrino de amor, que desea pediros consejo para alcanzar el objeto de su pasión.

—Decidme claramente —le dijo el cuervo dirigiéndole una mirada significativa— si es que queréis consultar mi ciencia de zahorí; si es eso, mostradme vuestra mano y dejadme descifrar las misteriosas líneas de la fortuna.

—Dispensad —le dijo el príncipe—. No vengo para conocer los decretos del destino, ocultos por Allah a la vista de los mortales, sino que, peregrino de amor, deseo solamente conocer la clave para encontrar el objeto de mi peregrinación.

—¿Conque se os presentan inconvenientes para encontrar el objeto de vuestra pasión en la seductora Andalucía? —le dijo el viejo cuervo mirándole con el único ojo que le quedaba—. Pero ¿cómo diantres os halláis perplejo en Sevilla donde bailan la zambra mil beldades de ojos negros bajo las capas de los naranjos?

Sonrojose el príncipe oyendo hablar tan libremente al cínico cuervo, y le dijo con gravedad:

—Creedme, amigo mío; yo no persigo empresa tan inútil e innoble como me insinúa. Las beldades de ojos negros de Andalucía que bailan bajo los naranjos del Guadalquivir no tienen que ver nada con mi aventura; yo busco a una doncella purísima, al original de este retrato. Así, pues, os ruego, ¡oh poderosísimo cuervo!, que me digáis si está al alcance de vuestra ciencia, de vuestra inteligencia o de vuestro arte el decirme dónde podré encontrarla.

El viejo cuervo se sintió corrido ante la severa gravedad del príncipe.

—¿Qué he de saber yo —le dijo con sequedad— de juventudes ni de bellezas? Yo solamente visito a los viejos y a los decrépitos, no a los vigorosos y jóvenes. Yo soy el precursor del destino, y mi misión es cantar los presagios de la muerte desde lo alto de las chimeneas, batiendo mis alas junto a las ventanas de los que están enfermos. Podéis ir, por lo tanto, a otra parte en busca de esas noticias relativas a vuestra bella desconocida.

—¿Y dónde ir a buscarla sino entre los hijos de la sabiduría, versados en el Libro del Destino? Sabed que soy un augusto príncipe influido por las estrellas, y que me encuentro destinado a llevar a cabo una empresa misteriosa de la cual depende la suerte de vastos imperios.

Cuando el cuervo vio que era un asunto de importancia en el cual influían las estrellas, cambió de tono y ademanes y escuchó con profundo interés la historia del príncipe. Luego que éste concluyó su relato, le dijo:

—Por lo que toca a esa princesa, no puedo daros noticias, pues yo no acostumbro a volar por los jardines ni por las cámaras frecuentadas por las damas; pero dirigid vuestros pasos a Córdoba, buscad la palmera del gran Abderramán, que está en el patio de la mezquita principal, y al pie de ella encontraréis un gran viajero que ha visitado todas las cortes y países y que ha sido favorito de reinas y princesas. Éste os facilitará cuantas noticias queráis acerca del objeto de vuestros desvelos.

—Mil gracias por dato tan precioso —contestó el príncipe—. ¡Pasadlo bien, venerabilísimo hechicero!

—Adiós, peregrino de amor —le dijo el cuervo con sequedad; y volvió a entregarse de nuevo al estudio de su diagrama.

Salió el príncipe de Sevilla, buscó a su compañero de viaje, el búho, que aún dormitaba en el árbol, y ambos se dirigieron hacia Córdoba.

Fueron aproximándose poco a poco a esta ciudad, cruzando los jardines y los bosques de naranjos y limoneros que dominaba el hermoso valle del Guadalquivir. Cuando llegaron a las puertas de Córdoba volose el búho a un oscuro agujero que había en la muralla, y el príncipe prosiguió su camino en busca de la palmera plantada en los antiguos tiempos por la mano del gran Abderramán, la cual se alzaba esbelta en medio del patio de la mezquita, por encima de los naranjos y cipreses. Algunos derviches y alfaquíes se hallaban sentados en grupos bajo las galerías del patio, y multitud de fieles hacía sus abluciones en la fuente que se encontraba antes de entrar en la mezquita.

Al pie de la palmera había un numeroso concurso escuchando las palabras de uno que parecía hablar con extraordinaria animación. «Ese debe ser —pensó el príncipe— el gran viajero que me ha de dar noticias de mi desconocida princesa». Incorporose a la multitud, y quedose sobremanera sorprendido cuando vio que aquel a quien todos escuchaban era un papagayo de brillante plumaje verde, mirada insolente y penacho característico, el cual parecía mostrarse muy pagado de sí mismo.

—¿Cómo es —dijo el príncipe a uno de sus circunstantes— que tantas personas de buen sentido se complazcan en la charla inconexa de ese volátil parlanchín?

—Bien se conoce que no sabéis de quién estáis hablando —le respondió el interrogado—. Ese papagayo es descendiente de aquel otro famoso de Persia, tan renombrado por su habilidad para contar cuentos; tiene toda la sabiduría del Oriente en la punta de la lengua, y recita versos tan de prisa y corriendo como se habla. Ha visitado varias cortes extranjeras, en las que ha sido considerado como un oráculo de erudición, teniendo principalmente gran partido entre el bello sexo que admira mucho a los papagayos que saben recitar poesías.

—¡Basta! —dijo el príncipe—. Quisiera hablar reservadamente con este distinguido viajero.

Pidiole, pues, una entrevista a solas, y en ella le expuso el objeto de su peregrinación. No bien hubo concluido de hablar, cuando se echó a reír a carcajadas el papagayo, hasta el punto que parecía iba a reventar de risa.

—Dispensad mi alegría —le dijo—, pero la sola palabra «amor» me hace soltar la carcajada.

El príncipe quedó estupefacto por aquella risa extemporánea, y le dijo:

—Pues qué, ¿no es el amor el gran misterio de la Naturaleza, el principio secreto de la vida, el vinculo universal de la simpatía?…

—¡Un comino! —le interrumpió el papagayo—. Decidme: ¿dónde diablos habéis aprendido toda esa jerga sentimental? Creedme: ya se pasó la moda del amor, y no se oye hablar nunca de él entre personas de talento ni entre gente de buen tono.

El príncipe suspiró, acordándose de la diferencia de tal lenguaje al delicado de su amigo el palomo. «Como este papagayo —discurría en su interior— ha pasado la vida en la corte, quiere aparecer persona de talento y elevado caballero, afectando que no sabe nada de eso que se llama amor». Queriendo, pues, evitar el que aquél siguiera ridiculizando la pasión que devoraba su alma, le dirigió inmediatamente la pregunta objeto de su visita.

—Decidme, incomparable papagayo: vos que habéis sido recibido en los departamentos secretos de las beldades, ¿habéis tropezado alguna vez, en el curso de vuestros viajes, con el original de este retrato?

El papagayo tomó la miniatura con una de sus garras, movió la cabeza y la examinó atentamente con ambos ojos, exclamando por fin:

—Palabra de honor que es una cara muy bonita, muy bonita, muy bonita; pero he visto tantas caras bonitas durante mis viajes, que apenas puede uno… Pero no, esperad; voy a mirarla de nuevo; ésta es, con seguridad, la princesa Aldegunda. ¿Cómo había de desconocer a una de mis mejores amigas?

—¡La princesa Aldegunda! —repitió el príncipe—. ¿Y dónde la podré encontrar?

—¡Poquito a poco, poquito a poco! —dijo el papagayo—. Más fácil es encontrarla que ganarla. Es la hija única del rey cristiano de Toledo, y está oculta al mundo hasta que cumpla diecisiete años, a causa de ciertas predicciones que hicieron los entrometidos y taimados astrólogos. No podréis verla, pues está apartada de la vista de los mortales, y os juro, bajo palabra de papagayo que ha visto el mundo, que no he tratado en mi vida otra princesa más discreta que ésta.

—Oíd dos palabras en confianza, mi querido papagayo: yo soy el heredero de un reino, y día llegará que me siente en un trono. He visto también que sois *pájaro de cuenta* y que conocéis la aguja de marear; ayudadme, pues, a alcanzar a esta princesa, y os prometo un cargo distinguido.

—¡Con todo mi corazón! —respondió el papagayo—. Pero deseo, si es posible, que sea una renta, pues nosotros los sabios tenemos horror al trabajo.

Arreglose pronto todo, y se pusieron en camino desde Córdoba por la misma puerta por donde había entrado el príncipe; éste llamó al búho, que estaba en el agujero de la muralla, y lo presentó a su nuevo compañero de viaje como un sabio colega, partiendo todos reunidos.

Viajaban más despacio de lo que deseaba la impaciencia del príncipe, pues el papagayo estaba acostumbrado a la vida aristocrática y no gustaba de madrugar. El búho, por el contrario, quería dormir al mediodía, perdiendo todos mucho tiempo a causa de sus prolongadas siestas. Hacíase también pesado con su afición a las antigüedades, pues se empeñaba en detenerse a visitar las ruinas que encontraban, contando largas tradiciones y legendarias historias en cada torre o castillo antiquísimo del país. El príncipe se creyó que el papagayo y el búho se harían grandes amigos por ser dos pájaros ilustrados; pero se equivocó solemnemente, pues mientras que el uno era bromista, el otro era filósofo, lo que hacía que estuviesen siempre en un perpetuo altercado. El papagayo recitaba versos, criticaba poesías y hablaba elocuentemente sobre algunos puntos de erudición, mientras que el búho consideraba todo como una fruslería, no deleitándose más que en las cuestiones metafísicas. Entonces se ponía el papagayo a cantar diferentes canciones y a ensartar dicharachos, embromando así a su grave camarada y riéndose desaforadamente de sus propias burlas; cuyo proceder tomaba el búho por un ataque a su dignidad, por lo que ponía mala cara, gruñía y se exaltaba, no volviendo a hablar en todo lo que le quedaba de día.

No se cuidaba el príncipe de la desunión que había entre sus compañeros, pues estaba abstraído con los ensueños de su fantasía y con la contemplación del retrato de la hermosa princesa. Así atravesaron los áridos pasos de Sierra Morena y los calurosos llanos de la Mancha y de Castilla, siguiendo las riberas del dorado Tajo, cuyo curso atraviesa media España y Portugal. Al fin divisaron una ciudad fortificada con murallas construidas en un pedregoso promontorio, cuyos pies bañaban las olas del impetuoso Tajo.

—¡Ved —exclamó el búho— la antigua y renombrada ciudad de Toledo, famosa por sus antigüedades! Mirad aquellas cúpulas y torres veneradas ostentando su imponente grandeza, y donde casi todos mis antecesores se entregaban a sus meditaciones.

—¡Quita allá! —gritó el papagayo interrumpiendo su solemne entusiasmo de anticuario—. ¿Qué tenemos que ver nosotros con las antigüedades, con las leyendas ni con vuestros antecesores? Lo que nos importa en este momento es mirar la mansión de la juventud y de la belleza. Contemplad, ¡oh príncipe!, la morada de la princesa que buscáis.

Dirigió su vista el príncipe hacia donde le indicaba el papagayo, y vio un suntuoso palacio edificado entre los árboles de un amenísimo jardín, en una deliciosa pradera a orillas del Tajo. Era aquél, en verdad, el mismo lugar que le describió el palomo al informarle en dónde se hallaba el original del retrato. Quedose fijo mirándolo, mientras su corazón latía emocionado. «¡Quizá en este mismo momento —pensó— la hermosa princesa estará solazándose bajo aquellos frondosos árboles, o paseándose mesuradamente por los elevados terrados, o acaso descansando dentro de aquella espléndida morada»! Observando con más detenimiento, percibió que las murallas del jardín eran de gran altura, lo que hacía imposible un escalamiento, y que varias patrullas de hombres armados andaban rondando por fuera de ella.

Volvíase el príncipe al papagayo y le dijo:

—¡Oh vos, la más perfecta de todas las aves! Ya que tenéis el don de hablar como los hombres, dirigíos a aquel jardín, buscad al ídolo de mi alma y decidle que el príncipe Ahmed, peregrino de amor, guiado por las estrellas ha llegado en su busca a las floridas riberas del Tajo.

Orgulloso el papagayo con su embajada, voló al jardín remontándose por encima de sus altos muros, y, después de cernerse por algún tiempo sobre sus vergeles y alamedas, posose en el balcón de un pabelloncito que daba al río. Desde allí, mirando al edificio, descubrió a la princesa reclinada en un cojín y fijos los ojos en un papel, deslizándose dulcemente lágrima tras lágrima por sus níveas mejillas.

Después de haber puesto en orden el papagayo el plumaje de sus alas, de arreglarse su brillante vestido verde y levantar su penacho, púsose al lado de la princesa con aire muy galano, diciéndole lleno de ternura:

—Enjugad vuestras lágrimas, ¡oh vos, la más hermosa de todas las princesas!, pues vengo a traer la alegría a vuestro corazón.

Sorprendiose la princesa al oír estas palabras, pero como no viese delante de sí a nadie más que a un pájaro vestido de verde saludándola y haciéndole reverencias, dijo:

—¡Ay! ¿Qué alegría puedes tú traerme si no eres más que un papagayo?

Enojose el papagayo con esta respuesta, y le contestó:

—Papagayo y todo, he consolado a muchas hermosas damas en mis buenos tiempos; pero dejemos eso a un lado. Sabed que ahora vengo embajador de un personaje real: Ahmed, príncipe de Granada, ha venido en busca vuestra, y está acampado en este mismo momento en las floridas márgenes del Tajo.

Al oír estas palabras brillaron los ojos de la hermosa princesa con más fulgor que los diamantes de su corona.

—¡Oh amabilísimo papagayo! —gritó enajenada de alegría—. Felices son, en verdad, las nuevas que me traes, pues ya me encontraba abatida y enferma de muerte, dudando de la constancia de Ahmed. Vuela a él y dile que tengo grabadas en mi corazón las apasionadas frases de su carta, y que sus poesías han servido de pábulo a mi alma. Dile también que se disponga a demostrarme su amor con la fuerza de las armas, pues mañana, decimoséptimo aniversario de mi nacimiento, prepara el rey mi padre un gran torneo en el que lucharán bizarramente varios príncipes, siendo mi mano el premio del vencedor.

Remontose de nuevo el pájaro y, cruzando por las alamedas, voló hacia donde el príncipe esperaba su regreso. La alegría de Ahmed por haber encontrado el original de su retrato, de haber hallado a su adorada fiel y amantísima, sólo pueden concebirla los dichosos mortales que tienen la fortuna de soñar imposibles y convertirlos en realidades. Sin embargo, faltaba algo todavía para que su regocijo fuera completo: el próximo torneo. Efectivamente, lucían en las riberas del Tajo las brillantes armaduras y oíanse resonar las trompetas de los varios caballeros y gente de armas que en arrogantes somatenes se dirigían a Toledo para asistir a la ceremonia. La misma estrella que había presidido en el destino del príncipe había también ejercitado su predominio en el de la princesa; por lo cual se la tuvo oculta del mundo hasta que tuvo diecisiete primaveras, con el fin de preservarla de la tierna pasión del amor. La fama de su hermosura, sin embargo, fue en aumento por su misma reclusión; varios príncipes poderosos la solicitaron en matrimonio, y su padre, que era un rey de extraordinaria prudencia, confió la elección a la destreza de las armas, evitando así el crearse enemigos si se mostraba parcial con alguno. Entre los candidatos rivales había algunos que se habían hecho célebres por su esfuerzo y valor. ¡Qué situación aquélla para el infortunado Ahmed, que ni se encontraba armado ni estaba acostumbrado a los ejercicios de la caballería! «¿Habrá príncipe más desgraciado que yo? —decía—. ¡Y para esto he vivido recluido bajo la vigilancia de un filósofo!... ¿De qué me sirven el álgebra y la filosofía en materias de amor? ¡Ay, Eben Bonabben!, ¿por qué no te has cuidado en instruirme en el manejo de las armas»? Esto decía, cuando el búho rompió el silencio, empezando su discurso con una piadosa exclamación, pues era devoto musulmán.

—¡*Allah Akbar*! ¡Dios es grande! —exclamó—. ¡En sus manos están todos los secretos y Él solo rige los destinos de los príncipes! Sabed, ¡oh Ahmed!, que este país está lleno de misterios que permanecen ignorados para todos, menos para los que, como yo, se dedican al estudio de las ciencias ocultas. Sabed también que en las vecinas montañas existe una gruta, dentro de la cual hay una mesa de hierro y sobre ésta una armadura mágica, encontrándose también allí mismo un encantado corcel: todo lo cual viene permaneciendo ignorado durante multitud de generaciones.

Mirole el príncipe maravillado, mientras que el búho, parpadeando sus grandes y redondos ojos y encrespando sus plumas a manera de cuernos, prosiguió:

—Hace ya muchos años acompañé a mi padre por estos sitios, cuando iba visitando sus Estados. Nos alojamos en esa cueva, y a esto se debe el que yo conozca el misterio. Es tradición en nuestra familia, que le oí contar a mi abuelo cuando yo era pequeño, que esta armadura perteneció a cierto nigromante moro que se refugió en esta caverna cuando Toledo cayó en poder de los cristianos, y que el tal musulmán murió allí dejando su caballo y sus armas bajo místico encantamiento, y que no se podrá hacer uso de ellos más que por sectarios del Profeta y sólo desde la salida del sol hasta el mediodía. El que los use en este intervalo vencerá indefectiblemente a todos sus rivales.

—¡Basta! —exclamó el príncipe—. Busquemos al momento esa gruta.

Guiado por su misterioso mentor, encontró el príncipe la caverna en una de las sinuosidades de los áridos picos que se elevan junto a Toledo; nadie, a no ser el ojo perspicaz de un búho o el de algún anticuario, hubiera podido dar con la entrada. Una lámpara sepulcral de inagotable aceite lanzaba sus melancólicos reflejos en el interior de la caverna, y en el centro de ésta se alzaba una mesa de hierro, sobre la cual se encontraba la armadura mágica, y con ella una lanza, y próximo a éstas un corcel árabe enjaezado como para entrar en batalla, pero inmóvil cual una estatua. La armadura estaba tan brillante y limpia como en sus primitivos tiempos, y el bravo alazán tan bien cuidado como si estuviese todavía pastando. Acariciole Ahmed pasándole la mano por el cuello, y principió a piafar, exhalando tal relincho de gozo que hizo estremecer las paredes de la caverna. Así provisto de caballo y armas, determinose el príncipe a tomar parte en la lucha del próximo torneo.

Al fin llegó el día crítico; el palenque para el combate estaba preparado en la Vega, debajo de las fuertes murallas de Toledo, a cuyo alrededor se habían levantado tablados y galerías para los espectadores, cubiertos de ricos tapices y protegidos contra el sol por toldos de seda. Todas las beldades del país se hallaban reunidas en estas galerías, y al pie de ellas cabalgaban empenachados caballeros, rodeados de pajes y escuderos, entre los cuales se distinguían los príncipes que iban a tomar parte en el torneo. Todas las bellezas quedaron eclipsadas cuando apareció la princesa Aldegunda en el pabellón real, dejándose ver por primera vez de la admirada concurrencia. Un general murmullo de sorpresa se levantó al contemplar tan peregrina hermosura, y los príncipes, que aspiraban a su mano atraídos solamente por la fama de sus encantos, se sintieron mucho más enardecidos para el combate.

La princesa, no obstante, presentaba un aspecto melancólico; el color de sus mejillas se cambiaba a cada momento, y sus ojos se dirigían con incesante y ansiosa expresión al engalanado grupo de caballeros. Ya los clarines iban a dar la señal del encuentro, cuando el heraldo anunció la llegada de un caballero, y Ahmed se presentó en la palestra. Un yelmo de acero cuajado de brillantes sobresalía por encima de su turbante; su coraza estaba recamada de oro; su cimitarra y su daga eran de las fábricas de Fez, ostentando piedras preciosas, y llevaba al brazo un escudo redondo, empuñando en su diestra la lanza de mágica virtud. La cubierta de su caballo árabe, ricamente bordada, llegaba hasta el suelo, y el impaciente corcel piafaba y relinchaba de alegría al ver de nuevo el brillo de las armas. La arrogante y graciosa figura del príncipe sorprendió a todo el mundo, y cuando le anunciaron con el sobrenombre de «el Peregrino de Amor», se sintió un rumor y una agitación general entre las hermosas damas de las galerías.

Cuando Ahmed quiso inscribirse en las listas del torneo encontrose con que estaban cerradas para él, pues, según le dijeron, nadie más que los príncipes podían ser admitidos a tomar parte en él. Declaró entonces su nombre y su linaje; pero esto vino a empeorar su situación, pues siendo musulmán no podía aspirar a la mano de la princesa cristiana, objeto de este torneo.

Los príncipes competidores le rodearon con aire arrogante y amenazador, y hasta uno de ellos, de insolentes maneras y cuerpo herculeo, pretendió burlarse de su sobrenombre de «Peregrino de Amor». Encendiose súbitamente de ira nuestro príncipe, y desafió a su rival a que midiese sus armas con él. Tomaron distancia, dieron media vuelta y cargaron el uno sobre el otro; pero no hizo más que tocar la lanza mágica al hercúleo bufón cuando fue botado inmediatamente de la silla. Hubiérase contentado el príncipe con esto, mas ¡ay!, tenía que habérselas con un caballo y una armadura endiabladas, pues una vez entrado ya en lucha no habría fuerza humana capaz de sujetarlos. El caballo árabe empezó a derribar caballeros en lo más recio de la pelea; la lanza echaba por tierra todo lo que se ponía delante; el gentil príncipe era llevado involuntariamente por el campo, que quedó sembrado de grandes y pequeños, mientras él se dolía interiormente de sus involuntarias proezas. Bramaba y rabiaba el rey al ver el atropello cometido en las personas de sus vasallos y huéspedes, y mandó salir al momento a sus guardias; pero éstos quedaron desmontados en un decir amén. El monarca mismo arrojó su vestidura real, y embrazando escudo y lanza salió al campo, creyendo infundir miedo al extranjero ante la majestad real; pero ¡ay!, la majestad real no lo pasó mejor que los demás, pues el caballo y la lanza no respetaban categorías ni dignidades, creciendo de punto el espanto de Ahmed cuando se sintió impelido, lanza en ristre, contra el mismo rey, que en un instante empezó a dar volteretas en el aire mientras su corona rodaba por el polvo.

En este mismo momento el sol tocó al meridiano; el encanto mágico cesó en su poder, por lo cual el corcel árabe se lanzó por el llano, saltó la barrera, se arrojó al Tajo, atravesando a nado su impetuosa corriente, llevando al príncipe casi sin alientos y aterrorizado a la caverna, y, tomando otra vez su posición primitiva, quedó inmóvil como una estatua junto a la mesa de hierro. Desmontose el príncipe con alegría y despojose de la armadura, dejándola de nuevo en su sitio para que cumpliese los decretos del destino. Sentose después en la caverna, meditando por algún tiempo en el desesperado estado a que el caballo y la diabólica armadura le habían reducido. ¿Cómo había de atreverse en lo sucesivo a presentarse en Toledo después de haber ocasionado tal baldón a sus caballeros y tal ultraje a su rey? ¿Qué pensaría también la princesa sobre un acto tan salvaje como grosero? Sumido en este mar de confusiones, se resolvió a enviar a sus alígeros compañeros a que recogiesen noticias. El papagayo voló por todos los sitios públicos y calles más frecuentadas de la ciudad, y pronto volvió con gran provisión de chismes. Contó que todo Toledo estaba consternado; que la princesa había sido llevada al palacio desmayada; que el torneo había concluido en revuelta confusión; que todo el mundo hablaba de la repentina aparición, prodigiosas hazañas y extraña desaparición de un caballero musulmán. Unos decían que era un nigromántico moro; otros, que un demonio en forma humana, y otros relataban tradiciones de guerreros encantados ocultos en las cavernas de las montañas, y pensaban que sería alguno de éstos que habría hecho una salida intempestiva desde su guarida. Todos, empero, convenían en que ningún mortal podía haber llevado a cabo tantas maravillas, ni haber derribado por tierra a tan perfectos y bizarros caballeros cristianos.

El búho salió también por la noche, y, cerniéndose por encima de la ciudad, fue posándose en los tejados y chimeneas. Después se dirigió hacia el palacio real, que ocupaba la parte más elevada de Toledo, revoloteando por sus terrados y adarves, escuchando por todas las hendiduras y mirando con sus grandes ojos saltones a todas las ventanas donde había luz, asustando en su expedición nocturna a dos o tres damas de honor; y hasta que la aurora principió a despuntar tras la montaña no regresó a contar al príncipe lo que había visto.

—Estando observando —le dijo— hacia una de las torres más elevadas del palacio, vi al través de una ventana a una hermosa princesa reclinada en su lecho y rodeada de médicos y sirvientes, la cual se negaba a tomar lo que los circunstantes la recetaban. Cuando aquéllos se retiraron, sacó una carta de su señor, la leyó y la besó tiernamente, entregándose después a amargas lamentaciones; visto lo cual, a pesar de ser tan filósofo, no pude por menos de conmoverme.

Entristecióse el delicado corazón de Ahmed al oír tales noticias.

—¡Cuán verdaderas eran vuestras palabras, oh sabio Eben Bonabben! —exclamó—. Cuidados, penas y noches de insomnio son el patrimonio de los amantes. ¡Allah preserve a la princesa de la funesta influencia de eso que llaman amor!

Noticias recibidas posteriormente de Toledo corroboraron las comunicadas por el búho. La ciudad, en efecto, era presa de la más viva inquietud y alarma, y la princesa, entretanto, había sido llevada a la torre más alta del palacio y se custodiaban con gran vigilancia todas las avenidas. Se apoderó de la bella Aldegunda una melancolía devoradora cuya causa nadie pudo explicar, rehusando el tomar alimento y desatendiendo las frases de consuelo que le dirigían. Los médicos más hábiles ensayaron todos los recursos de la ciencia, mas todo en vano, llegándose a creer que la habían hechizado; por lo que el rey publicó una proclama declarando que el que acertase a curarla recibiría la joya más preciada de su tesoro real.

No bien hubo oído el búho, que estaba en un rincón durmiendo, lo de la proclama, cuando movió sus redondos ojos, tomando un aspecto más misterioso que nunca.

—¡*Allah Akbar*! —exclamó—. ¡Dichoso el mortal que lleve a cabo la curación, si sabe lo que le conviene escoger entre todos los objetos del tesoro real!

—¿Qué queréis decir con eso, reverendísimo búho? —dijo Ahmed.

—Prestad atención, ¡oh príncipe!, a lo que os voy a relatar: Habéis de saber que nosotros los búhos somos una corporación muy ilustrada y que nos dedicamos a investigar las cosas oscuras e ignoradas. Durante mi última excursión nocturna por las torres y chapiteles de Toledo descubrí una academia de búhos anticuarios que celebraba sus sesiones en una gran torre abovedada, donde está depositado el real tesoro. Estaba disertando sobre las formas, inscripciones y signos de las vasijas de oro y plata hacinadas en la tesorería, y acerca de los usos de los diferentes pueblos y edades; pero lo que despertaba un interés preferente eran ciertas antigüedades y talismanes que existían allí desde el tiempo del rey godo Don Rodrigo. Entre estos últimos se encontraba un cofre de sándalo cerrado con barras de acero a la usanza oriental, con caracteres misteriosos conocidos solamente por algunas personas doctas. De ese cofre y de sus inscripciones se había ocupado la Academia durante varias sesiones, dando motivo a largas y acaloradas discusiones. Al hacer yo mi visita, un búho muy anciano, recientemente llegado de Egipto, se hallaba sentado sobre su tapa descifrando sus inscripciones, resultando de su lectura que aquel cofrecillo contenía la alfombra de seda del trono del sabio Salomón, la cual, sin duda, había sido traída a Toledo por los judíos que se refugiaron en ella después de la destrucción de Jerusalén.

Cuando el búho terminó su discurso sobre antigüedades quedó el príncipe abstraído por algún tiempo en profundas meditaciones, exclamando al fin:

—He oído hablar al sabio Eben Bonabben de las ocultas propiedades de ese talismán que desapareció con la ruina de Jerusalén, y que se ha creído perdido para la humanidad. Sin duda alguna, sigue siendo un secreto misterioso para los cristianos de Toledo; si yo pudiese apoderarme de él, era segura mi felicidad.

Al día siguiente despojóse el príncipe de sus vestiduras y disfrazóse con el humilde traje de un árabe del desierto, tiñéndose el cuerpo de un color moreno; tanto, que nadie podría reconocer en él al arrogante guerrero que había causado tanta admiración y espanto en el torneo. Báculo en mano, zurrón al hombro y una pequeña flauta pastoril, encaminóse hacia

Toledo, presentándose en la puerta del palacio real y haciéndose anunciar como aspirante al premio ofrecido por la curación de la princesa. Pretendieron los guardias arrojarle a palos, y le decían:

—¿Qué pretende hacer un árabe miserable en un asunto en que los más sabios del país han perdido las esperanzas?

Apercibiose el rey del alboroto, y dio orden de que condujesen al árabe a su presencia.

—¡Poderosísimo rey! —dijo Ahmed—. Tenéis ante vuestra presencia a un árabe beduino que ha pasado la mayor parte de su vida en las soledades del desierto, las cuales, como es sabido, son las guaridas de los demonios y espíritus malignos que nos atormentan a los pobres pastores en las solitarias veladas, apoderándose de nuestros rebaños y llegando a enfurecer algunas veces hasta a los sufridos camellos. Contra estos maleficios tenemos un antídoto: la música; existiendo ciertas legendarias melodías que se vienen heredando de padres a hijos y generación en generación, las que cantamos y tocamos para ahuyentar estos malévolos espíritus. Yo pertenezco a una familia inspirada y tengo esta virtud en su mayor grado. Si por casualidad vuestra hija estuviese poseída de alguna influencia maligna de esta clase, respondo con mi cabeza de que ella quedará libre completamente.

El rey, que era hombre de buen entendimiento y que sabía que los árabes conocían maravillosos secretos, recobró la esperanza al oír el confiado lenguaje del príncipe, por lo cual le condujo inmediatamente a la elevada torre guardada por varias puertas, y en cuya habitación superior estaba el departamento de la princesa. Las ventanas daban a un terrado con balaustradas que dejaban ver el panorama de Toledo y los campos circunvecinos. Estaban aquéllas entornadas, hallándose la princesa postrada en cama en el interior, presa de una pena devoradora y rehusando toda clase de remedios.

Sentose el príncipe en el terrado y tocó en su flauta pastoril varios aires árabes que había aprendido de sus servidores en el Generalife de Granada. La princesa permaneció insensible, y los médicos que había presentes empezaron a mover la cabeza y a sonreír con aire de incredulidad y desprecio, hasta que el príncipe dejó a un lado la flauta y se puso a cantar los versos amorosos de la carta en la que le había declarado su pasión.

La princesa reconoció la canción, y una súbita alegría se apoderó de su alma; levantó la cabeza y púsose a escuchar, al mismo tiempo que las lágrimas le afluían a los ojos y se deslizaban por sus mejillas, palpitando su seno dulcemente emocionado. Hubiera querido preguntar quién era el cantor y que le hubiesen llevado a su presencia; pero la natural timidez de la doncella le hizo permanecer en silencio. Adivinó el rey sus deseos y ordenó que condujesen a Ahmed a su habitación. Los amantes obraron con discreción, limitándose a cambiarse furtivas miradas, aunque aquéllas expresaban más que todas las conversaciones. Nunca triunfó el poder de la música de un modo más completo; reapareció el color sonrosado en las mejillas de la princesa, volvió la frescura a sus labios de carmín, y la mirada viva y penetrante a sus lánguidos ojos.

Mirábanse con asombro los médicos que se hallaban presentes, y el mismo rey contemplaba al árabe cantor con gran admiración mezclada de respeto.

—¡Maravilloso joven! —exclamó—. Tú serás en adelante el primer médico de mi corte, y no tomaré ya otras medicinas que tu dulce melodía. Por lo pronto, recibe tu premio, la joya más preciada de mi tesoro.

—¡Oh rey! —respondió Ahmed—. Nada me importa el oro ni la plata ni las piedras preciosas. Una antigualla tienes en tu tesorería procedente de los moros que antes vivían en Toledo, y que consiste en un cofre de sándalo que contiene una alfombra de seda; dame, pues, ese cofre, y con eso sólo me contento.

Quedaron sorprendidos todos los que se hallaban presentes ante la moderación del árabe, y mucho más cuando llevaron el cofre de sándalo y sacaron la alfombra, que era de hermosa seda verde, cubierta de caracteres hebreos y caldaicos. Los médicos de la corte se miraban mutuamente, encogiéndose de hombros y mofándose de la simpleza de este nuevo practicante que se contentaba con tan mezquinos honorarios.

—Esta alfombra —dijo el príncipe— cubrió en otros tiempos el trono del sabio Salomón, siendo digna, por lo tanto, de ser colocada a los pies de la hermosura.

Y esto diciendo, la extendió en el terrado, debajo de una otomana que habían llevado para la princesa, y sentándose él después a sus pies.

—¿Quién —exclamó— podrá oponerse a lo que hay escrito en el libro del destino? He aquí cumplidas las predicciones de los astrólogos. Sabed, ¡oh rey!, que vuestra hija y yo nos hemos amado en secreto durante mucho tiempo. ¡Ved, pues, en mí, al Peregrino de Amor!

No bien hubieron brotado estas palabras de sus labios, cuando la alfombra se elevó por los aires, llevándose al príncipe y a la princesa. El rey y los médicos se quedaron pasmados, contemplándolos fijamente hasta que ya no se vio más que un pequeño punto negro destacándose sobre el fondo blanco de una nube, y desapareciendo, por último, en la bóveda azul del firmamento.

Enfurecido el rey, hizo venir a su tesorero y le dijo:

—¿Cómo has permitido que un infiel se apoderase de ese talismán?

—¡Ay, señor! Nosotros no conocíamos sus propiedades, ni pudimos jamás descifrar la inscripción del cofre. Si es, efectivamente, la alfombra del trono del sabio Salomón, tiene poder mágico para transportar por el aire al que la posea.

El rey reunió un poderoso ejército y se dirigió hacia Granada en persecución de los fugitivos. Después de una caminata larga y penosa acampó en la Vega, enviando en seguida un heraldo a pedir la restitución de su hija.

El rey de Granada en persona le salió a su encuentro con toda su corte, y reconocieron en él al cantor árabe —pues Ahmed había subido al trono a la muerte de su padre, habiendo hecho su sultana a la hermosa Aldegunda.

El rey cristiano se aplacó fácilmente cuando supo que su hija continuaba fiel a sus creencias, no porque fuese muy devoto, sino porque la religión fue siempre un punto de orgullo y etiqueta entre los príncipes. En vez de sangrientas batallas hubo muchas fiestas y regocijos, y, concluidos éstos, volviose el rey muy contento a Toledo, continuando reinando los jóvenes esposos tan feliz como acertadamente en la Alhambra.

Debo añadir que el búho y el papagayo siguieron al príncipe a marchas descansadas hasta Granada, viajando el primero de noche y deteniéndose en las distintas posesiones hereditarias de su familia, mientras que el otro fue asistiendo a las reuniones más distinguidas de las ciudades y villas que se hallaban en el tránsito.

Ahmed, agradecido, remuneró los servicios que le habían prestado durante su peregrinación, nombrando al búho su primer ministro y al papagayo su maestro de ceremonias. Es ocioso, pues, el decir que jamás hubo reino tan sabiamente administrado ni corte más exacta en las reglas de la etiqueta.

Leyenda del legado del moro

Hay en el interior de la fortaleza de la Alhambra, y frente al Palacio Real, una explanada grande y extensa, llamada Plaza de los Aljibes. Toma su nombre de los grandes depósitos de agua subterráneos que existen en ella desde el tiempo de los moros. En un extremo de la plaza se ve un pozo árabe, cortado también en el corazón de la roca, de una gran profundidad —que comunica con los Aljibes— y cuya agua es fresca como la nieve y tan limpia y transparente como el cristal. Los pozos abiertos por los moros gozan de gran fama, pues es bien sabido qué esfuerzos empleaban hasta dar con los nacimientos y manantiales más puros y agradables. Este pozo de que nos estamos ocupando es célebre en Granada, principalmente porque los aguadores que de él se surten —unos con grandes garrafas a las espaldas, y otros con jumentos llevándoles los cántaros— están subiendo y bajando por las pendientes y frondosas alamedas de la Alhambra desde por la mañana muy temprano hasta las horas bien avanzadas de la noche.

Las fuentes y los pozos —desde los remotos tiempos de las Sagradas Escrituras— han sido muy notables, por constituir los sitios de concurrencia y conversación en los países cálidos. Ahora bien, el pozo de nuestra Alhambra es asimismo una especie de tertulia perpetua, que dura todo el santo día, formada por los inválidos, las viejas y todos los vagos y curiosos de la fortaleza, que se sientan sobre los bancos de piedra, bajo un toldo que se extiende sobre el brocal para resguardar del sol al cobrador. Allí se charla acerca de los sucesos de la fortaleza, se pregunta a los aguadores que van llegando por las noticias que corren en la capital, y se hacen largos comentarios sobre todo cuanto se ve y todo cuanto se oye. No hay hora del día en que no se oiga cuchichear a las comadres y holgazanas domésticas, que van allí con cántaros en la cabeza o en la mano, ansiosas de enterarse del último tema de conversación de la cháchara sempiterna de aquella buena gente.

Entre los aguadores que concurrían a este pozo había uno robusto, ancho de espaldas y corto y zambo de piernas, llamado Pedro Gil, conocido más bien por «Peregil», por contracción y abreviatura. Siendo aguador, tenía que ser gallego, pues la Naturaleza parece haber formado razas, así de hombres como de animales, para cada una de las diferentes ocupaciones; en Francia todos los limpiabotas son saboyanos; los porteros de las casas, suizos; y cuando se usaban tontillos y pelo empolvado en Inglaterra, nadie más que los irlandeses se cargaban con una silla de manos. Lo mismo sucede en España: los aguadores y mozos de cordel son todos robustos gallegos; nadie dice «Tráeme un mozo de cordel», sino «Anda y tráeme un gallego».

Volviendo a nuestra historia, «Peregil», el gallego había empezado su oficio con una sola garrafa grande, que llevaba a la espalda; poco a poco fue prosperando, y pudo comprar una ayuda, consistente en un animal, el más útil para su profesión; un pollino fuerte y de pelo largo. A cada costado de su orejudo cirineo, y en las correspondientes aguaderas, llevaba colocados sus cántaros, cubiertos con hojas de higuera para protegerlos del sol. No había en toda Granada otro aguador más trabajador ni más alegre que «Peregil»; en las calles resonaba su hermosa voz vibrante, cuando iba detrás de su pollino, pregonando con el usual grito de verano que se oye en todos los pueblos de España: «¿Quién quiere agua? ¡Agua más fría que la nieve!». Cuando servía a un parroquiano el limpio vaso, le dirigía siempre alguna frasecilla que le hiciese sonreír; y si tal vez atendía a alguna hermosa dama o remilgada señorita, le endilgaba una picaresca mirada o algún gracioso requiebro, con lo que el hombre se hacía irresistible. De tal manera, «Peregil», el gallego, era tenido en toda Granada por el más cortés, jovial y feliz de los mortales. Pero ¡ay!, en este mundo el que canta y bromea más suele ser a veces el que devora más pesares; así, bajo toda su aparente alegría, el honrado «Peregil» sufría mil penas y quebrantos. Tenía el infeliz una extensa familia, una numerosa prole harapienta, a la que era preciso dar el sustento, y la cual se le agolpaba hambrienta cuando volvía de noche a su tugurio, exhalando gritos, cual nido de pollos de golondrinas, pidiéndole a voces de comer. Su esposa y compañera le servía de todo, menos de alivio; guapa lugareña, antes de casarse se había hecho notable por su habilidad en bailar el bolero y en tocar las castañuelas, aficiones primitivas que todavía conservaba, pues o bien gastaba en fruslerías el jornal que con tanto trabajo y afán ganaba el pobre «Peregil», o bien se apoderaba del pollino para irse de jolgorio al campo los domingos, los días de los santos y los innumerables días feriados, que en España son casi más numerosos que los días de trabajo. Mujer desidiosa y abandonada, gustaba de estarse tendida a la larga; pero, sobre todo, era una bachillera incansable, que abandonaba su casa, sus hijos y sus quehaceres domésticos por irse, en chanclas, de visiteos a las casas de sus habladoras vecinas.

Pero Aquel que regula el viento para la esquilada oveja acomoda también el yugo del matrimonio a la sumisa cerviz. «Peregil» sobrellevaba pacientemente los despilfarros de su esposa y de sus hijos con tanta humildad como su pollino llevaba los cántaros del agua; y, aunque algunas veces se quedaba pensativo y caviloso, nunca se atrevió a poner en duda las virtudes caseras de su descuidada esposa.

Amaba a sus hijos del mismo modo que el búho ama a sus polluelos, viendo en ellos multiplicada y perpetuada su propia imagen, pues eran fornidos, de pequeña estatura y cortos y zambos de piernas, como él. El mayor placer del honrado «Peregil», cuando podía darse el gusto de celebrar un día de fiesta, por tener ahorrados unos cuantos maravedises, cifrábase en coger a toda su prole, y unos en brazos, otros agarrados a su chaqueta y andando por su pie, llevarlos a disfrutar en saltar y brincar por las huertas de la Vega, mientras que su mujer se quedaba de baile con sus amigotas en las Angosturas del Darro.

Era una hora bastante avanzada de cierta noche de verano, y ya casi todos los aguadores descansaban de su tarea. El día había sido extraordinariamente caluroso, y se presentaba una de esas deliciosas noches que tientan a los habitantes de los climas meridionales a desquitarse del calor enervante del día, quedándose al aire libre para gozar de la frescura de la atmósfera hasta cerca de la medianoche. Aún había por las calles consumidores de agua, por lo que «Peregil», como considerado y amantísimo padre de sus hijos, se dijo pensando en sus retoños: «Daré un viaje más a los Aljibes para ganarles el puchero del domingo a los chiquillos». Y así diciendo, emprendió con paso firme la pendiente alameda de la Alhambra, cantando por el camino y descargando de vez en cuando un varazo mayúsculo en los lomos de su borrico, como por vía de compás a su canturía o de refresco para el animal, pues en España les sirve de forraje el garrotazo limpio a las bestias de carga.

Cuando llegó al pozo lo encontró enteramente desierto, excepción hecha de un solitario extranjero vestido a la guisa morisca, que se veía sentado en uno de los bancos de piedra a la luz de la luna. «Peregil» se detuvo de pronto, y lo miró con extrañeza mezclada de terror; pero el moro le hizo señas para que se le acercase.

—Estoy muy débil y enfermo —le dijo—; ayúdame a volver a la ciudad y te daré el doble de lo que puedas ganar con tus cántaros de agua.

El sensible corazón del pobre aguador se conmovió con la súplica del extranjero y le respondió:

—No quiera Dios que yo reciba recompensa alguna por hacer un acto obligado de humanidad.

Ayudó, por lo tanto, al moro a montar en su burro, y partió con él a paso lento para Granada; pero el pobre musulmán iba tan extenuado, que fue necesario irle sosteniendo sobre el animal para que no diese en tierra con su cuerpo.

Cuando llegaron a la ciudad, preguntole el aguador adónde había que llevarlo.

—¡Ay! —dijo el moro con voz apagada—. No tengo casa ni hogar, pues soy extranjero en este país. Permíteme que pase esta noche en tu casa y te recompensaré espléndidamente.

De esta suerte viose el bueno de «Peregil», cuando menos lo pensaba, con el compromiso de un huésped infiel; pero el hombre era demasiado bueno y compasivo para negar una noche de hospitalidad a una pobre criatura que se hallaba en situación tan deplorable; por consiguiente, condujo al árabe a su morada. Los chiquillos, que le habían salido a su encuentro, gritándole, como de costumbre, al oír los pasos del pollino, huyeron asustados cuando vieron al extranjero del turbante, y se fueron a cobijar detrás de su madre, la cual se abalanzó enfurecida, como una gallina delante de sus polluelos cuando se le acerca un perro.

—¿Qué camarada es el infiel ese con que te nos vienes a la casa a estas horas, para atraernos las miradas de la Inquisición? —dijo gritando la mujer.

—¡No te incomodes, mujer! —le respondió el gallego—. Es un pobre extranjero enfermo, sin amigos y sin hogar. ¿Habrás tú de querer arrojarle, para que perezca en medio de esas calles?

La mujer hubiera seguido oponiéndose, pues, aunque habitante de una mala choza, era celosa guardadora del crédito de su casa; el pobre aguador, sin embargo, se puso serio por primera vez en su vida y se negó a acceder a los deseos de su esposa. Ayudó, por lo tanto, al pobre musulmán a apearse del burro, y le extendió una estera y una zalea en el sitio más fresco de la casa, única cama que podía ofrecerle en su pobreza.

Al poco tiempo se vio acometido el moro de convulsiones que desafiaban todo el arte médico del sencillo aguador. Los ojos del pobre paciente expresaban su gratitud. En un intervalo de sus accesos llamó al aguador a su lado y, hablándole en voz baja, le dijo:

—Conozco que mi fin está muy cercano. Si muero, te dejo esta caja en recompensa de tu caridad.

Y, así diciendo, entreabrió su albornoz y dejó ver una cajita de madera de sándalo pendiente de su cuerpo.

—Dios haga, amigo mío —replicó el honrado gallego—, que viváis muchos años, para disfrutar de vuestro tesoro o lo que quiera que sea.

El moro movió la cabeza, puso su mano sobre la caja y quiso decir algo acerca de ésta, pero sus convulsiones se repitieron con mayor violencia, y a poco expiró.

La mujer del aguador se puso como loca.

—Esto nos sucede —le decía— por tus bobadas, por meterte siempre donde no puedes salir para servir a los demás. ¿Qué va a ser de nosotros cuando encuentren este cadáver en nuestra casa? Nos mandarán a presidio por asesinos; y, si escapamos con el pellejo, nos arruinarán los escribanos y alguaciles.

El pobre «Peregil» se hallaba también atribulado, y casi empezó a arrepentirse de haber ejecutado aquella buena obra. Al fin le iluminó una idea salvadora.

—Todavía no es de día —dijo—; puedo sacar el cuerpo del muerto fuera de la ciudad y sepultarlo bajo la arena en la ribera del Genil. Nadie vio entrar al moro en nuestra casa, y nadie sabrá nada de su muerte.

Dicho y hecho. Ayudole su mujer, y envolvieron el cadáver del infortunado musulmán en la estera donde había expirado; pusiéronle después atravesado en el burro, y salió con él en dirección a la ribera del río.

Quiso la mala suerte que viviese frente del aguador un barbero llamado Pedrillo Pedrugo, el mayor charlatán, averiguador de vidas ajenas y el hombre más perverso del mundo; con su cara de comadreja y sus patas de araña, era un tío en extremo astuto, solapado y malicioso; ni el mismo famoso *Barbero de Sevilla* le iba en zaga en esto de enterarse de los negocios de todo el mundo —de los que, por cierto, el hombre guardaba gran secreto—, pues en él caían como agua en cedazo. Decían las gentes que dormía con un ojo abierto y con el oído alerta; por lo cual, aun durmiendo, veía y oía y se enteraba de todo cuanto pasaba. Lo cierto es que el tal Pedrillo era la crónica escandalosa de Granada, y que tenía más parroquianos que todos los de su gremio.

Este entrometido rapabarbas oyó llegar a «Peregil» a una hora sospechosa de la noche, y luego hirieron sus oídos las exclamaciones de la mujer y de los hijos del aguador. Asomose inmediatamente por un ventanillo que le servía de observatorio, y vio a su vecino que ayudaba a entrar en su casa a un hombre vestido de moro. Era esto tan extraño y peregrino, que Pedrillo Pedrugo no pudo pegar un ojo en toda la noche, asomándose al ventanillo cada cinco minutos y observando la luz que brillaba por las rendijas de la puerta de su vecino, hasta que le vio salir, antes de romper el día, con su pollino muy cargado.

El curioso barbero, deshecho de impaciencia, se vistió en un abrir y cerrar de ojos, y, saliendo cautelosamente, siguió al aguador a larga distancia, hasta que le vio haciendo un hoyo en la arena ribera del Genil y enterrar después un bulto que parecía un cadáver.

Diose prisa el barbero en regresar a su casa, y empezó a dar vueltas y revueltas por la tienda, colocándolo y haciendolo todo mal y de mala manera, hasta tanto que vio salir el sol. Entonces tomó una bacía debajo del brazo y se dirigió a casa del alcalde, que era su cliente cotidiano.

El alcalde se acababa de levantar en aquel momento. Pedrillo Pedrugo le hizo sentar en una silla, púsole el paño para afeitar, colocole la bacía con agua caliente en el cuello, y empezó a ablandarle la barba con los dedos.

—¡Qué cosas pasan tan grandes! —dijo Pedrugo, oficiando a la vez de barbero y de charlatán—. ¡Qué cosas! ¡Qué cosas! ¡Un robo, un asesinato y un entierro en una misma noche!

—¿Eh? ¡Cómo! ¿Qué estás diciendo? —exclamó el alcalde.

—Digo —continuó el barbero, pasando a la vez el jabón por las narices y la boca de la autoridad (pues los barberos españoles se desdeñan de usar brocha)— digo que «Peregil» el gallego ha robado y asesinado a un moro y le ha enterrado en esta misma maldita noche.

—¿Y cómo sabes tú todo eso? —le preguntó el alcalde.

—¡Oiga usted con calma, señor, y se enterará de todo! —decía Pedrillo agarrándole por la nariz mientras le pasaba la navaja por sus mejillas.

Y ce por be contó al alcalde todo cuanto había visto, haciendo dos cosas a la par: afeitar, lavar y enjugar el rostro del alcalde con la sucia toalla, al mismo tiempo que robaba, asesinaba y enterraba al musulmán.

Es el caso que el tal alcalde era el déspota más insufrible y el más codicioso e insaciable avariento que se conocía en Granada. Con todo, no se puede negar que tenía en bastante estima la justicia, pues el hombre la vendía a peso de oro. Presumió, pues, que el caso en cuestión era un robo con asesinato, y que debía ser de bastante consideración lo robado. ¿Cómo se arreglaría para ponerlo todo en las legítimas manos de la ley? Atrapar sencillamente al delincuente no era sino dar carne a la horca; pero atrapar el botín sería enriquecer al juez, y eso es lo que él consideraba el fin principal de la justicia.

Y así discurriendo, mandó llamar al alguacil de su mayor confianza, el cual era una buena pieza: un tipo de rostro enjuto y famélico, vestido a la antigua española, según correspondía a su cargo, con un sombrero ancho de castor con alas vueltas hacia arriba por ambos lados, con cuello almidonado, capilla negra colgando de los hombros y traje raído también negro, que dibujaba su raquítica contextura de alambre, y con su vara en la mano, como distintivo e insignia temible de su autoridad. Tal era el sabueso de antigua raza española a quien el alcalde puso sobre la pista del infortunado aguador, y tal fue su diligencia y su olfato, que al punto estaba ya pisando los talones del pobre «Peregil», quien aún no había acabado de llegar a su casa, y, cogiéndole, le llevó en compañía del borrico ante la presencia del magistrado popular.

Dirigió el alcalde una mirada terrible al pobre gallego y le dijo con voz amenazadora, que le hizo caer, trémulo, de rodillas.

—¡Oye, infame! No intentes negar tu delito, pues lo sé todo. La horca es el castigo que te espera por el crimen que has cometido; pero yo, que soy compasivo, estoy dispuesto a escuchar lo que sea razonable. El hombre que ha sido asesinado en tu casa era moro, un infiel enemigo de nuestra fe, y sin duda tú le mataste en un rapto de celo religioso; por lo tanto, quiero ser indulgente contigo, pero entrégame lo que le has robado y le echaremos tierra al asunto.

El pobre aguador ponía por testigo de su inocencia a todos los santos de la corte celestial; mas ¡ay!, ninguno venía en su ayuda, y, aunque se le hubiera presentado, el alcalde no hubiera dado crédito ni al santoral entero. El gallego contó toda la historia del moribundo moro con la justificadora sencillez de la verdad, mas todo fue en vano.

—¿Pretenderás seguir sosteniendo —le dijo el juez— que el tal moro no tenía ni dinero ni alhaja, cuando ellas fueron las que tentaron tu codicia?

—Es tan cierto como que soy inocente, señor —replicó el aguador—, que no tenía más que una cajita de sándalo, que me legó en premio de mi servicio.

—¡Una caja de sándalo!, ¡una caja de sándalo! —exclamaba el alcalde, y le brillaban las pupilas ante la esperanza de que sería una preciosa joya—. ¿Dónde está esa caja? ¿Dónde la has escondido?

—Con perdón de usía, está en una de las aguaderas de mi burro, y enteramente al servicio de su señoría —contestó el aguador.

No bien acabó de pronunciar estas palabras, cuando el astuto alguacil salió a escape y volvió en un santiamén con la misteriosa caja de sándalo. Abriola el alcalde con mano trémula, y se aproximaron todos para ver los tesoros que esperaban que contuviese, cuando, ¡oh desencanto!, no había en el interior de ella más que un rollo de pergamino escrito con caracteres arábigos y un cabo de bujía de cera amarilla.

Cuando no se va ganando nada con que un prisionero aparezca convicto y confeso, la justicia, aun en España, se inclina siempre a ser imparcial. Así, pues, cuando el alcalde se rehízo del chasco que había llevado y vio que no había en realidad botín alguno de que echar mano, escuchó ya desapasionadamente las explicaciones que le daba el aguador, corroboradas además con el testimonio de su mujer. Convencido, por consiguiente, de su inocencia, lo absolvió de la pena de arresto permitiéndole llevarse la dichosa herencia del moro, o sea la famosa caja de sándalo y su contenido, en justo premio de su humanidad, si bien le embargó el borrico para pago de costas.

Y he aquí otra vez a nuestro infortunado gallego reducido a tener que llevar el agua a cuestas, caminando fatigosamente hacia los Aljibes de la Alhambra con la garrafa a la espalda.

Cierta vez que subía la cuesta arriba con todo el calor del mediodía del estío le abandonó su acostumbrado buen humor. «¡Perro alcalde! —iba diciendo—. ¡Robar a un pobre los medios de subsistencia!, privarme del único apoyo que tenía en el mundo…». Y dándose al recuerdo de su amado compañero de penas y fatigas, dejaba ver toda la sensibilidad de su alma. «¡Ay, borriquito de mis entrañas! —exclamaba, dejando la garrafa sobre una piedra y limpiándose con la manga el sudor que corría por su frente—. ¡Borriquito de mi corazón! ¡Bien seguro estoy, pobre animal, que estarás echando de menos los cántaros del agua!».

Para alivio de sus penas, no hacía también sino martirizarle su mujer cuando venía a la casa, dirigiéndole continuas reconvenciones y quejas, aprovechándose de la ventaja que le daba el haberle advertido para que no llevase a cabo el noble acto de hospitalidad que les había acarreado tantos y tantos sinsabores, y como perra intencionada, aprovechaba cuantas coyunturas se le ofrecían para echarle en cara la superioridad de su previsión. Si sus hijos no tenían qué comer o si necesitaban alguna prenda nueva, les decía la taimada con sarcástica ironía:

—Id a vuestro padre, que a bien que ha quedado por heredero del Rey Chico de la Alhambra: decidle que os dé del tesoro de la caja del moro.

¿Hubo nunca mortal más castigado que el pobre «Peregil» por haber llevado a cabo una buena acción? El infortunado aguador estaba herido física y moralmente, mas, sin embargo, llevaba con paciencia los crueles sarcasmos de su mujer. Por último, cierta noche, después de un día muy caluroso y de gran trabajo, empezó aquélla a atormentarle, según costumbre, y concluyó el pobre aguador por perder la paciencia; y, no atreviéndose a contestarla, como sus ojos se fijaran de pronto en la caja de sándalo que se hallaba en el vasar con la tapa a medio abrir, cual si se estuviese mofando de él, la cogió y, tirándola al suelo con furia, exclamó:

—¡Maldito sea el día que te vi por primera vez, y en que di en mi casa hospitalidad a tu amo!

Pero he aquí que, al chocar la caja en el suelo, abriose la tapa por completo y salió rodando el pergamino. «Peregil» se quedó contemplando silencioso un rato el misterioso rollo y por último, coordinando sus ideas, dijo para sí: «¡Quién sabe! ¡Tal vez este escrito sea cosa de importancia, según el gran esmero con que el moro parecía conservarlo!». Recogió, pues, el pergamino, se lo guardó en el pecho, y a la mañana siguiente, cuando iba voceando el agua por las calles, se paró en la tienda de un moro de Tánger que vendía quincalla y perfumes en el Zacatín, y le rogó que le descifrase su contenido.

Leyó el moro con atención el pergamino, y, acariciándose la barba, le dijo con cierta sonrisa:

—Este manuscrito es una fórmula de desencantamiento para recobrar un tesoro escondido que se halla bajo el influjo de un hechizo, y por cierto que tiene tal virtud que los cerrojos y barras más fuertes y hasta la misma roca viva se abrirán ante él.

—¡Bah, bah! —exclamó el gallego—. ¿Qué me importa a mí eso? Yo no soy encantador, ni entiendo una palabra de tesoros ocultos.

Y, diciendo esto, se echó la garrafa a la espalda, dejó el rollo en manos del moro y se fue a recorrer sus calles de costumbre.

Mas aquella noche se fue a sentar un rato, al oscurecer, junto a los Aljibes de la Alhambra, y encontró allí un coro de charlatanes reunidos, según era costumbre a aquellas horas de la noche; y he aquí que recayó la conversación en los cuentos y las tradiciones maravillosas. Como todos eran más pobres que las ratas, se complacían en el consabido tema popular de las riquezas encantadas y sepultadas por los moros en varios sitios de la Alhambra, y todos a una afirmaban estar en la creencia de que había grandes tesoros escondidos en la Torre de los Siete Suelos.

Estos cuentos produjeron honda impresión en la mente del honrado «Peregil», arraigándose más y más cuando volvió a pasar por las oscuras alamedas de la Alhambra. «¡Qué tal que hubiera un tesoro escondido debajo de esa Torre, y que pudiera yo sacarlo con la ayuda del pergamino que le dejó al moro!». Y, embobado con esta adorada ilusión, faltó poco para que se le cayese la garrafa.

Durante toda la noche no hizo más que dar vuelcos en la cama sin poder pegar un ojo, y a la mañana siguiente, muy temprano, se fue a la tienda del moro y le contó lo que se le había ocurrido.

—Usted sabe el idioma árabe: supongamos que nos vamos juntos a la Torre y probamos el efecto del encanto; si sale mal, nada hemos perdido; pero si sale bien, partiremos entre los dos el tesoro que descubramos —le dijo el aguador.

—¡Poco a poco! —replicó el moro—. Este escrito no es suficiente, sino que ha de ser leído a medianoche y a la luz de una bujía compuesta y preparada de una manera especial, cuyos ingredientes no puedo proporcionar. Sin esa bujía el pergamino no sirve de nada.

—¡No siga usted hablando! —gritó el gallego—. Yo tengo esa bujía; voy a traerla al instante.

Y diciendo esto corrió a su casa y volvió al momento con el cabo de la bujía que había encontrado en la caja de sándalo.

Tomola, pues, el moro y lo olió.

—Aquí hay raros y costosos perfumes —dijo— combinados con esta cera amarilla. Ésta es precisamente la mágica bujía que se especifica en el pergamino. Mientras esté alumbrando se abrirán los muros más fuertes y las cavernas más secretas, pero quedará encantado con el tesoro.

Convinieron entonces los dos en probar el desencanto aquella misma noche. A hora bastante avanzada de la misma, cuando ya nadie había despierto más que las lechuzas y los murciélagos, subieron a la colina de la Alhambra y se aproximaron a aquella imponente y solitaria Torre rodeada de árboles, todavía más imponente por las mil fantásticas historias que sobre ella se contaban. Merced a la luz de una linterna atravesaron las zarzas y los bloques desprendidos del edificio, hasta llegar a la entrada de una bóveda situada debajo de la Torre. Bajaron llenos de temor y temblando de miedo una escalera cortada en la roca, la cual conducía a un cuarto húmedo y oscuro, donde había otra escalera que conducía a otra bóveda todavía más profunda. Bajaron luego hasta tres graderías más, que correspondían a otras tantas habitaciones, las cuales se hallaban colocadas unas debajo de otras. El pavimento de la cuarta era bastante sólido; pero, según la tradición, quedaban otras tres bóvedas más: empero no se podía penetrar a mayor profundidad, por hallarse los otros suelos cerrados por arte de encantamiento. El aire de la cuarta bóveda era frío, con cierto pronunciado olor a humedad, y en ella apenas penetraba ya la luz. Se detuvieron allí un momento para tomar alientos, hasta que oyeron débilmente el toque de las doce en la campana de la Vela, y a seguida encendieron el cabo de bujía amarilla, que esparció un grato olor de mirra, incienso y estoraque.

El moro principió a leer de prisa el pergamino. No bien había concluido, cuando se oyó un pavoroso ruido subterráneo: la tierra tembló y abriose el pavimento, descubriendo una escalera de piedra. Muertos de miedo, descendieron por ella, y divisaron a la luz de la linterna otra bóveda abigarrada con inscripciones arábigas, y en cuyo centro se veía un cofre colosal asegurado por siete barrotes de acero, y a cada lado del cofre mirábase un gran moro encantado, armado de punta en blanco, pero inmóvil como una estatua y petrificado allí por arte mágica. Delante del cofre veíanse varios jarrones repletos de oro, plata y piedras preciosas. En el más grande de ellos metieron los brazos hasta el codo, sacando puñados de grandes y hermosas monedas morunas, brazaletes y adornos del mismo metal, con algún que otro collar de perlas orientales que se enredaban entre los dedos. Pero con esto temblaban y respiraban temerosamente mientras que se llenaban los bolsillos de ricas preciosidades, mirando con espanto aquellos dos encantados morazos que se hallaban allí extáticos, horribles, sin movimiento y con los ojos inmóviles y amenazadores. Al fin se apoderó de ellos un pánico repentino, y corrieron escalera arriba, tropezando el uno con el otro en el departamento superior, dejando caer el cabo de bujía, que se apagó al momento, cerrándose el pavimento con horrible estruendo.

Llenos de terror, no pararon hasta que se encontraron fuera de la Torre y vieron las estrellas brillar entre el ramaje de los árboles. Entonces, sentándose sobre el musgo, se repartieron el botín, determinando el darse por contentos por entonces con aquel simple floreo del jarrón, resolviendo volver más adelante, durante otra noche, para desocuparlos hasta el fondo. Para asegurarse de su mutua fe se dividieron los talismanes entre los dos, quedándose uno con el pergamino y el otro con la bujía; hecho lo cual partieron colina abajo con el corazón ligero y los bolsillos pesados en dirección a Granada.

Cuando iban por el pie de la colina, el precavido moro se acercó al oído del sencillo aguador para darle un consejo.

—Amigo «Peregil» —le dijo—, este asunto debe quedar en el mayor secreto recaudo. ¡Si se enterara el alcalde del negocio, estamos perdidos!

—Es cierto —contestó el gallego—; todo eso es muy cierto.

—Amigo «Peregil» —le dijo el moro—, usted es una persona discreta y no dudo que sabrá guardar un secreto; pero tiene usted mujer.

—Mi mujer no sabrá una palabra de todo esto —replicó el aguador con gran decisión.

—Está bien —contestó el moro—. Fío en su discreción y en su promesa.

Positivamente nunca se había dado palabra con más resolución ni de mejor buena fe; pero ¡ay!, ¿qué marido es el que puede ocultar un secreto a su esposa? Ninguno, pero mucho menos «Peregil» el aguador, que era un marido de blandísima condición. Cuando volvió a su casa encontró a su mujer sollozando en un rincón.

—¡Está muy bien! —le dijo al entrar—. ¡Gracias a Dios que has venido, después de haber estado toda la noche danzando por ahí! ¡Vaya! Y lo extraño es que no te hayas venido a casa con otro huésped como el anterior.

Y gritaba y lloraba la mujer, y se destrozaba las manos, y, desgarrándose el pecho, exclamaba:

—¡Cuán desgraciada soy! ¿Qué va a ser de mí? ¡Mi casa robada y saqueada por escribanos y alguaciles, y este marido hecho un maltrabaja, sin pensar en ganar el sustento de su familia y andándose de noche y de día por ahí como esos perros de moros infieles! ¡Ay, hijos míos! ¡Ay, hijos de mi alma! ¿Qué va a ser de nosotros? ¡Tendremos que irnos por esas calles a pedir limosna!

Conmoviose de tal manera el honrado «Peregil» con las lamentaciones de su esposa, que no pudo contener las lágrimas. Su corazón estaba reventando como su bolsillo, y no podía sujetarlo. Metió, pues, la mano en él, sacó tres o cuatro hermosas monedas de oro y se las echó a su contristada esposa en la falda. La pobre mujer desencajó los ojos de asombro, no pudiendo comprender de dónde venía aquella lluvia de oro; pero antes que volviera de su sorpresa, sacó el gallego una cadena de oro y se la presentó, saltando de gozo y abriendo una boca colosal.

—¡La santísima Virgen nos saque con bien! —dijo la esposa—. ¿Qué has hecho, di, qué has hecho, «Peregil»? ¡No hay duda: tú has cometido algún robo, algún asesinato!

Asaltola aquella horrible idea a la pobre mujer y al punto la creyó convertida en espantosa realidad. Ya se imaginaba ver la prisión y la horca a cierta distancia, y un gallego zambo de piernas colgado de ella; hasta que, vencida por el horroroso cuadro forjado en su delirante fantasía, se vio acometida de violentos ataques de histerismo.

¿Qué recurso quedaba al pobre hombre? No tuvo más remedio que tranquilizar a su mujer y desvanecer los fantasmas de su imaginación contándole la historia de su buena suerte. Esto, por supuesto, no lo hizo sin que antes prestara aquélla solemnísima promesa de guardar el más absoluto secreto, jurando no decir a nadie la más mínima palabra.

Sería imposible pintar la alegría que se apoderó de la mujer. Echó los brazos al cuello de su marido, faltando poco para que lo ahogara con sus caricias.

—Vamos, mujer —le decía el aguador con honrada exaltación—; ¿qué te parece ahora la herencia del moro? De aquí en adelante no me reconvengas ya cuando socorra en sus necesidades a algún semejante.

El bueno del gallego se acostó en su zalea y durmió a pierna suelta como si estuviese en un mullido colchón de plumas; no así su esposa, pues se entretuvo en vaciar todo el contenido de sus bolsillos sobre la estera, y se pasó la noche entera contando y recontando las morunas monedas de oro y probándose los collares y pendientes, y figurándose cuán elegante estaría el día que pudiera libremente disfrutar de toda aquella riqueza.

A la mañana siguiente tomó el honrado gallego una de aquellas magníficas monedas de oro, y se fue a venderla a la tienda de un joyero de Zacatín, diciendo que la había encontrado entre las ruinas de la Alhambra.

Vio, en efecto, el joyero que tenía una inscripción arábiga y que era de oro purísimo, por lo cual le ofreció la tercera parte de su valor, con lo que quedó el aguador muy contento. A seguida, el buen «Peregil» compró vestidos nuevos para sus pequeñuelos y aun algunos juguetes, no olvidándose de emplear en sabrosas provisiones para una espléndida comida, y regresó después a su casa. Una vez allí, puso a todos sus muchachos a bailar a su alrededor, en tanto que él hacía cabriolas en medio, considerándose el padre más dichoso del mundo.

La mujer del aguador guardó el secreto con sorprendente puntualidad: durante día y medio no hacía sino ir de acá para allá con cierto aire misterioso e infatuado, pero, en fin, no dijo una palabra, a pesar de haber andado en compañía de sus locuaces convecinas. Pero, en cambio, no podía prescindir de darse cierta importancia, disertando sobre el mal estado de sus vestidos y refiriendo que se había mandado hacer una basquiña nueva guarnecida de galón dorado y de abalorios, juntamente con una mantilla nueva de encaje. Dio también a entender que su marido tenía propósitos de abandonar el oficio de aguador, por convenir así a su salud; y, por último, indicó que quizá todos se irían a pasar el verano al campo, para que los chiquillos respirasen los aires puros de la montaña, pues no se podía vivir en la ciudad en tan calurosa estación.

Mirábanse las vecinas unas a otras, creyendo que la pobre mujer había perdido el seso; y sus arrogancias, maneras y fatuas pretensiones eran ya el motivo de las burlas de todas y la diversión de sus amigas en cuanto aquélla volvía la espalda.

Pero si la mujer del aguador obraba con prudencia fuera de la casa, bien se desquitaba dentro poniéndose al cuello una sarta de ricas perlas orientales, brazaletes moriscos en sus brazos y una diadema de brillantes en la cabeza, paseándose ufana por su cuarto vestida de harapos y parándose de vez en cuando para mirarse en un espejo roto. Aún más: en un impulso de indiscreta vanidad, no pudo resistir el deseo de asomarse a la ventana para saborear el efecto que producirían sus adornos entre los transeúntes.

Por desgracia suya, el entrometido barbero Pedrillo Padrugo se hallaba en aquel mismo momento sentado sin hacer nada en su tienda en el lado opuesto de la calle, cuando hirió su vigilante ojo el brillo de los diamantes. Púsose al instante en su ventanillo y reconoció a la andrajosa mujer del aguador adornada con todo el esplendor de una recién desposada de Oriente. No bien hizo un minucioso inventario de todos sus adornos, partió con la velocidad del rayo a casa del alcalde. En un momento el hambriento alguacil se puso otra vez al acecho, y antes de concluir el día fue conducido de nuevo el infortunado «Peregil» ante la presencia de la autoridad.

—¿Cómo es esto, miserable? —gritó el alcalde enfurecido—. ¿Me dijiste que el infiel que murió en tu casa no había dejado más que una caja vacía, y ahora salimos con que tu andrajosa mujer se pavonea en tu casa adornándose con perlas y diamantes? ¡Ah, tunante! ¡Prepárate a darme los despojos de tu miserable víctima, o irás a patalear a la horca, que ya está cansada de esperarte!

El aterrorizado aguador cayó de hinojos y contó de pleno la maravillosa manera como había ganado su riqueza. El alcalde, el alguacil y el barbero delator escucharon con ávida codicia el cuento maravilloso del tesoro encantado, fue despachado inmediatamente el alguacil para traerse al moro que había asistido al maravilloso conjuro. Vino, en efecto, el musulmán, y quedó casi muerto de miedo al verse entre las garras de los arpías de la ley. Cuando miró al aguador de pie con aire tímido y abatido continente, lo comprendió todo.

—¡Bruto, animal! —le dijo al pasar por su lado—; ¿no le advertí que no dijera nada a su mujer?

La descripción que hizo el moro coincidió perfectamente con la de su colega; pero el alcalde fingió no creer nada, y empezó a amenazarles con la cárcel y una rigurosa investigación.

—¡Despacito, señor alcalde! —dijo el musulmán recobrando su aplomo y sangre fría—. No desperdicie usted los favores de la fortuna por quererlo todo. Nadie sabe una palabra acerca de este asunto más que nosotros; guardemos, pues, el secreto mutuamente. Aún queda en el subterráneo un inmenso tesoro con que todos podemos enriquecernos; prometa usted dividirlo equitativamente, y todo se descubrirá; pero, si usted rechaza esta proposición, el subterráneo seguirá cerrado para siempre.

El alcalde consultó aparte con el alguacil. Este viejo sabueso, experto en el oficio, le dijo:

—Prometa usted todo lo que quiera, hasta que se apodere del tesoro y, una vez en sus manos, si él y su cómplice se atreven a murmurar, les amenaza usted con la hoguera por infieles y hechiceros.

El alcalde aprobó el consejo; y, pasándose la mano por la frente, se volvió al moro y le dijo:

—Esa es una historia bastante extraña que puede ser verdad, pero quiero ser testigo ocular de ella. Esta misma noche, por lo tanto, va usted a repetir el conjuro en mi presencia;

si existe realmente tal tesoro, lo partiremos amigablemente entre nosotros y no hablaremos más del asunto; pero, si me han engañado ustedes, no esperen misericordia. Mientras tanto permanecerán custodiados.

Accedieron gustosos a estas condiciones el moro y el aguador, satisfechos de que el resultado probaría la verdad de sus palabras.

A eso de la medianoche salió secretamente el alcalde acompañado del alguacil y del curioso barbero, todos perfectamente armados. Condujeron al moro y al aguador como prisionero, yendo provistos del vigoroso pollino del último, para transportar el codiciado tesoro. Llegados a la Torre sin haber sido descubiertos por nadie, ataron el borrico a una higuera y descendieron hasta el cuarto suelo de aquélla.

Sacaron el pergamino y encendieron el cabo de bujía, procediendo el moro a leer la fórmula del desencantamiento, y la tierra tembló como la primera vez, abriéndose el pavimento con un ruido atronador, dejando descubierta la estrecha gradería. El alcalde, el alguacil y el barbero se aterrorizaron y no se atrevieron a bajar por ella; pero el moro y el aguador entraron en la bóveda de más abajo, y allí se encontraron a los dos musulmanes sentados como antes, inmóviles y en silencio. Cogieron los dos jarrones grandes llenos de monedas de oro y de piedras preciosas, los cuales fueron subidos por el aguador uno a uno sobre sus hombros; y por cierto que, a pesar de ser fuerte y estar acostumbrado a las cargas pesadas, se bamboleaba el hombre; pero cuando estuvieron colocados los jarrones a cada lado del borrico, manifestó que aquélla era la sola carga que podía llevar el animal.

—Bastante tenemos por ahora —dijo el moro—; hemos sacado toda cuanta riqueza podemos acarrear sin que nos vean, y la suficiente para hacernos tan poderosos como pudiéramos desear.

—¿Pues queda todavía más tesoro? —preguntó el alcalde.

—Queda lo de más valía —dijo el moro—; un cofre monstruoso guarnecido con fajas de acero y lleno de perlas y piedras preciosas.

—Pues vamos a subir ese cofre en un instante —gritó el codicioso alcalde.

—Yo no bajo más —dijo el moro tenazmente—; esto es muy bastante para una persona razonable; más todavía me parece superfluo.

—Y yo —añadió el aguador— no sacaré más carga para partir por el espinazo a mi pobre burro.

Viendo que eran inútiles las órdenes, amenazas y súplicas, volviose el alcalde a dos acompañantes y les dijo:

—Ayudadme a subir el cofre y partiremos entre nosotros su contenido.

Y, diciendo esto, bajó la escalera, siguiéndole con gran repugnancia el alguacil y el barbero.

No bien vio el moro que habían bajado a todo lo hondo, apagó el cabo de bujía, y se cerró el pavimento con el pavoroso estruendo consiguiente, quedándose sepultados en su seno los tres soberbios personajes.

Diose prisa el moro a subir las escaleras, y no paró hasta encontrarse al aire libre, siguiéndole el aguador con la ligereza que le permitieron sus cortas piernas.

—¿Qué ha hecho usted? —gritó «Peregil» tan pronto como pudo tomar alientos—. El alcalde y los otros dos han quedado sepultados en la bóveda.

—¡Cúmplase la voluntad de Allah! —dijo el moro con religiosidad.

—¿Y no los vais a dejar que salgan? —dijo el gallego.

—¡No lo permita Allah! —replicó el moro pasándose la mano por la barba—. Está escrito en el libro del destino que permanecerán encantados hasta que algún futuro aventurero deshaga el hechizo. ¡Hágase la voluntad de Dios! Y esto diciendo, arrojó el cabo de bujía en los oscuros bosquecillos de la cañada.

Ya no había remedio; por lo cual el moro y el aguador se dirigieron a la ciudad con el burro ricamente cargado, no pudiendo por menos el honrado «Peregil» de abrazar y besar a su orejudo compañero de oficio, por tal modo librado de las garras de la ley; y en verdad que no se sabía lo que causaba más placer al sencillo aguador: si haber sacado el tesoro o haber recobrado su pollino.

Los dos socios afortunados dividieron amigable y equitativamente el tesoro, excepción hecha de que el moro, que gustaba más de las joyas, procuró poner en su parte casi todas las perlas, piedras preciosas y demás adornos, dando en su lugar al aguador magníficas piezas de oro macizo cinco o seis veces mayores, con lo que el último quedó muy contento. Tuvieron gran cuidado de que no les sucediera ningún otro percance, sino que se marcharon a disfrutar en paz sus riquezas a tierras lejanas. Volvió el moro al África, a su país natal, Tetuán, y el gallego se fue a Portugal con su mujer, sus hijos y su jumento. Allí, con los consejos y dirección de su mujer, llegó a ser un personaje de importancia, pues hizo aquélla que cubriese su cuerpo y sus cortas piernas con justillo y calzas, que se cubriese con sombrero de pluma y que llevase espada al cinto, dejando el nombre familiar de «Peregil» y tomando el título sonoro de don Pedro Gil; su descendencia creció con maravillosa robustez y alegría, si bien todos salieron patizambos; en tanto que la señora de Gil, cubierta de galones, brocado y encajes, de pies a cabeza, y con brillantes sortijas en los dedos, se hizo el acabado tipo de la abigarrada y grotesca elegancia.

En cuanto al alcalde y sus camaradas, quedaron sepultados en la gran Torre de los Siete Suelos, y siguen allí encantados hasta el fin del mundo. Cuando hagan falta en España barberos curiosos, alguaciles bribones y alcaldes corruptibles, pueden ir a buscarlos a la Torre; pero si tienen que aguardar su libertad, se corre peligro de que el encantamiento dure hasta el día del Juicio final.

La leyenda de la rosa de la Alhambra
o el paje y el halcón

Poco tiempo después de terminada la Reconquista fue la deliciosa ciudad de Granada la residencia habitual y favorita de los soberanos españoles, hasta que de ella se vieron ahuyentados por los continuos terremotos, que asolaron multitud de sus edificios e hicieron temblar las viejas torres moriscas hasta sus cimientos.

Muchos años transcurrieron después, y en este largo tiempo rara vez se vio favorecida Granada con la visita de algún personaje de la familia real. Los palacios de la nobleza quedaron cerrados y silenciosos, y la Alhambra —como desdeñada hermosura— permaneció en triste soledad en medio de sus mal cuidados jardines. La Torre de las Infantas, residencia en otro tiempo de las tres encantadoras princesas moras, participaba del abandono general: la araña tejía su tela en lo alto de los dorados camarines, a la vez que los murciélagos y las lechuzas anidaban en aquellos primeros aposentos, realzados en otro tiempo con la presencia de Zayda, Zorayda y Zorahayda. El abandono de esta Torre obedecía principalmente a la superstición de los habitantes, pues había circulado el rumor de que la sombra fantástica de la joven Zorahayda, que había exhalado su último suspiro en aquella Torre, se veía con frecuencia a la luz de la luna reclinada junto a la fuente del saloncito, o llorando en lo alto del adarve; y que otras veces, a medianoche, oían los acordes de su argentino laúd los caminantes que transitaban por lo hondo de la solitaria cañada.

Por fin, la ciudad de Granada viose honrada por personajes reales. Todo el mundo sabe que Felipe V fue el primer Borbón que empuñó el cetro de España, y asimismo es sabido que casó en segundas nupcias con Isabel, la hermosa princesa de Parma, y que, por esta serie de acontecimientos, un príncipe francés y una princesa italiana compartían el trono español.

La Alhambra hubo de decorarse y amueblar a toda prisa para recibir a los regios esposos; y con la llegada de la corte cambió por completo el aspecto del Palacio, desierto poco antes. El estruendo de los tambores y trompetas y el trotar de los caballos por las avenidas y patios del alcázar, a la vez las barbacanas y los adarves, todo traía a la memoria el antiguo extinguido esplendor militar de la fortaleza. Respirábase de nuevo cierto ambiente en los reales aposentos; oíase el crujir de las sedas y el cauteloso paso y las voces suaves y melifluas de los aduladores cortesanos a través de las antecámaras, el continuo ir y venir del sinnúmero de pajes y damas de honor por los jardines y los acordes de la música que se escapaban al través de las celosías.

Entre los individuos de la regia comitiva venía un paje, favorito de la reina llamado Ruiz de Alarcón.

Con decir que era favorito de la reina queda hecho todo su elogio, pues cuantos figuraban en la corte de la altiva Isabel distinguíanse por su gracia, su donosura y su belleza. Acababa nuestro lindo doncel de cumplir las dieciocho primaveras, y era esbelto, bien formado y hermoso como el joven Antinoo.

Ante la reina mostrábase siempre con toda deferencia y respeto; pero en el fondo era un calavera acariciado y mimado por las damas de la corte, y más experimentado en materia de mujeres que lo que debía esperarse en sus pocos años.

Andaba el bullicioso paje cierta mañana vagando por los bosques del Generalife que dominan la Alhambra, y se había llevado para distraerse el halcón predilecto de la reina cuando he aquí que atisba el ave de rapiña un pájaro posado en un árbol, y se lanza a volar en su persecución. Elevose, en efecto, por los aires y precipitose sobre su presa, pero se le escapó y siguió volando sin hacer caso de los llamamientos del paje. El joven siguió con la vista al pájaro furtivo en su caprichoso vuelo, hasta que lo vio posarse sobre la muralla de una apartada y solitaria torre construida en el borde de un barranco que separa la fortaleza real de la jurisdicción del Generalife; en una palabra: en el muro de la Torre de las Infantas.

Descendió el paje hasta el barranco y acercose a la Torre; pero no presentaba ninguna entrada por la parte de la cañada, y su altura prodigiosa hacía imposible todo propósito de escalamiento. Así, pues, buscando una puerta o entrada cualquiera del castillo morisco, fue dando un gran rodeo para explorar por los lados de la Torre que miran al interior de la fortaleza.

Delante de la Torre misma veíase un pequeño jardín cercado con un enverjado de cañas y cubierto de mirtos. Abrió el mancebo un portillo y atravesó por entre cuadros de flores y grupos de rosales, hasta llegar a la puerta de aquélla. Hallábase cerrada, pero percibió en ella un agujero que la facilitaba poder examinar el interior del misterioso baluarte. Vio en él un precioso saloncito morisco, de paredes primorosamente labradas, con esbeltas columnas de mármol y una fuente de alabastro rodeada de flores; en el centro, suspendida, una jaula dorada que encerraba un lindo pajarillo; debajo de ésta, en una silla, un gato romano durmiendo entre madejas de seda y otros objetos de labor femenina; y junto a la fuente una guitarra adornada con cintas y lazos.

Sorprendiose Ruiz de Alarcón ante aquellas señales de gusto y elegancia femenina en una Torre que él suponía deshabitada, y al punto se le vinieron a las mientes los cuentos de salones encantados tan divulgados en la Alhambra, y si el gato romano sería tal vez alguna hechizada princesa.

Llamó muy quedito a la puerta, y dejose ver un hermoso rostro desde un elevado ajimez de la Torre; pero a seguida desapareció. Esperaba el mancebo que se abriera la puerta, pero en vano: no se oía ni el más leve sonido dentro, y todo permanecía en silencio. ¿Le habrían engañado sus sentidos o era quizá la hermosa aparecida el hada que habitaba la Torre? Llamó de nuevo y con más fuerza, y después de una ligera pausa apareció por segunda vez el mismo rostro hechicero de una lindísima muchacha de quince años. Saludola inmediatamente el paje quitándose su birrete de plumas, y le rogó, en los términos más atentos y corteses, que le permitiese subir a la Torre para coger su halcón fugitivo.

—Dispensadme, señor, que no me atreva a abriros la puerta —contestó la joven ruborizándose—; pero mi tía me lo tiene prohibido.

—Os lo ruego encarecidamente, hermosa niña; considerad que es el halcón favorito de la reina; y ¿cómo voy a poder volver al palacio sin él?

—¿Sois, pues, un caballero de la corte?

—Ciertamente, encantadora niña; pero caería en desgracia con la reina si dejase perder ese halcón.

—¡Santa Virgen María! ¡Pues si precisamente a los caballeros de la corte es a quien mi tía me ha encargado más especialmente que jamás les abra la puerta!

—¡Ya! Pero será a los malos caballeros, y está perfectamente; mas yo, querida mía, no pertenezco a ese número, sino que yo soy un simple inofensivo paje, que se verá arruinado y perdido si le negáis esta pequeña merced.

Enterneciose el corazón de la joven al ver el apuro del pobre pajarillo. ¿No era una lástima que se arruinara por cosa tan baladí? Y seguramente aquel joven no podía ser ninguno de los peligrosos cortesanos que su tía le había pintado, especie de caníbales siempre dispuestos a hacer presa en las jóvenes inocentes; por el contrario, ¿no se veía que era gentil y modesto?… ¡y suplicaba birrete en mano, y era tan encantador!…

El astuto paje vio que la guarnición empezaba a vacilar, y redobló sus súplicas de un modo tan conmovedor, que no era posible que cupiese la negativa en el corazón de la muchacha; así, pues, la ruborosa y tierna guardiana de la Torre bajó y abrió la puerta con mano trémula. Si el paje quedó extasiado cuando vio su peregrino rostro en la ventana, acabó de perder el juicio al contemplar delante de sí el conjunto de la linda castellana.

Su corpiño andaluz y su graciosa basquiña dejaban ver la redondez y delicada simetría de sus formas, manifestando que no habían llegado aún a su completo desarrollo; su sedoso cabello, partido en su frente con escrupulosa exactitud, hallábase adornado con una fresca rosa recién cogida, mostrábase algo tostado por los ardores del clima meridional, pero esto mismo prestaba más encanto al sonrosado color de sus mejillas, haciendo más radiante la fúlgida luz de sus hermosos ojos.

Observó todo esto Ruiz de Alarcón con una simple mirada, puesto que no le era dado detenerse, y, después de pronunciar algunas sencillas frases de agradecimiento, se dirigió rápidamente hacia la escalera de caracol, en busca de su halcón.

Apareció después de un breve instante con el pícaro del pájaro en la mano. La joven, entretanto, se había sentado junto a la fuente en el saloncito, y se hallaba devanando una madeja de seda; pero en su turbación dejó caer el ovillo sobre el pavimento. Apresurose galantemente el paje a recogerlo, y, doblando una rodilla en tierra, se lo presentó; mas, al extender la joven la mano para recibirlo imprimió el mozo en ella un beso más ardiente y amoroso que todos los que había depositado en la hermosa mano de su soberana.

—¡Jesús María! —exclamó la muchacha ruborizada y llena de confusión y sorpresa, pues nunca había recibido saludo semejante.

El humilde paje le pidió mil perdones, asegurando que era costumbre cortesana rendir de tal modo el homenaje del más profundo respeto.

El enojo de la niña —si es que lo sintió— apaciguose fácilmente; mas su agitación y aturdimiento continuaron, pues volvió a sentarse, y seguía cada vez más ruborizada y cabizbaja, y, aunque fija en su tarea, enredábasele la madeja que trataba de devanar.

El astuto rapazuelo se apercibió de la confusión que había llevado al campo enemigo, y se propuso aprovecharse de ella; pero los discretos razonamientos que intentaba pronunciar se ahogaban en sus labios, sus rasgos de galantería le salían con embarazo, y, con gran sorpresa propia, el sagaz muchacho, que venía gozando de tan gran partido por su gracia y desenvoltura entre las damas más corridas y expertas de la corte, se mostraba en aquella sazón intimidado y balbuciente en presencia de una inocente chiquilla de quince primaveras.

En suma: la sencilla joven tenía guardianes más eficaces en su modestia e inocencia que en los cerrojos y rejas con que la guardaba su vigilante tía. Sin embargo, ¿qué corazón femenino podrá ser insensible a las primeras emociones del amor? La joven, aun con todo su candor y sencillez, comprendió instintivamente todo lo que la atribulada lengua del paje no pudo expresar, y su corazón rebosaba de alegría al ver por primera vez un amante rendido a sus pies… ¡y un amante como aquél!

La turbación del paje, si bien sincera, duró poco; mas cuando iba el hombre recobrando su habitual aplomo y serenidad, oyó una voz áspera como a alguna distancia.

—¡Mi tía que vuelve de misa! —gritó la doncella, asustada—. Señor, os ruego que os marchéis.

—No ha de ser hasta tanto que me hayáis concedido esa rosa de vuestra cabeza como grato recuerdo.

Desenrédola apresuradamente de sus negras trenzas, y le dijo, turbada y ruborosa:

—Tomadla; pero idos, por Dios; os lo suplico.

El paje cogió la flor, cubriendo de besos al mismo tiempo la linda mano que se la otorgaba. Después, poniéndose el birrete y colocando el halcón en su puño, se deslizó por el jardín, llevándose consigo el corazón de la hermosa Jacinta.

Cuando la celosa tía penetró en la Torre notó la agitación de su sobrina y el desorden que había en el saloncito; mas con una sola palabra se lo explicó suficientemente todo «Un halcón ha venido persiguiendo su presa hasta el mismo salón».

—¡Dios nos ampare y nos asista! Conque, ¿hasta dentro mismo de la Torre han de penetrar los halcones?… ¿Habráse visto nunca ave más insolente? ¡Ay, Dios mío! ¡El pobre pájaro ni aun en la jaula misma está ya seguro!

La vigilante Fredegunda era una dueña muy anciana y experimentada; miraba con gran terror y desconfianza a lo que ella llamaba el sexo opuesto, recelo que se había ido aumentando más y más con su largo celibato. Y no obedecía esto a que la buena señora hubiera sufrido en cualquier ocasión algún desengaño, pues la Naturaleza la había dotado de una salvaguardia con su rostro que impedía traspasar los justos límites; mas las mujeres que tienen poco que temer por sí mismas se hallan a toda hora apercibidas en la custodia y guardia de sus seductoras vecinas.

La sobrina, huérfana de un oficial que pereció en el campo de batalla, se había educado en un convento y había sido sacada hacía poco tiempo de aquel sagrado asilo para encomendarla a la inmediata vigilancia de su tía, bajo cuya celosa tutela vegetaba oscurecida la pobre niña, como el capullo que florece oculto en un matorral. Y no empleamos esta comparación meramente al caso, pues es la verdad, la fresca y virginal hermosura de la muchacha había sido ya vista y admirada por las gentes, a pesar de vivir encerrada en su solitaria morada, y, siguiendo la poética costumbre del pueblo andaluz, la apellidaban sus vecinos «la Rosa de la Alhambra».

La cautelosa tía venía guardando con grandísimo recelo a su tentadora sobrina mientras la corte permanecía en Granada, lisonjeándose del buen éxito que obtenía con su exquisita vigilancia. Sin embargo, a la pobre señora dueña la turbaban de vez en cuando los acordes de las guitarras y las coplas amorosas que cantaban desde la espesa arboleda del pie de la Torre; entonces redoblaba sus exhortaciones a la sobrina para que no prestara oídos a aquellos pérfidos cantos, asegurándola que eran una de las muchas mañas de que se valía el sexo opuesto para atraer y seducir a las jóvenes incautas; mas ¡ay!, ¿qué valen todos los severos razonamientos contra una serenata dada a la luz de la luna?

Por último, el rey Don Felipe V abrevió su permanencia en Granada y partió de repente con todo su séquito. La recelosa Fredegunda miraba con ojo atento a la real comitiva conforme iba saliendo por la Puerta de la Justicia y bajando la pendiente alameda que conduce a la ciudad. Cuando perdió de vista el último estandarte volviose gozosa a su Torre, pues ya habían concluido todos sus cuidados y desvelos; pero con gran sorpresa suya vio un hermoso potro árabe piafando en el portillo del jardín; y luego, con gran horror, apercibió al través de los rosales a un elegante joven tiernamente rendido a los pies de su sobrina. Al ruido de las pisadas se apresuró el mozo a dar el último «adiós» a su adorada; y, saltando ágilmente el enverjado de cañas y mirtos y montando a caballo, se perdió de vista con la rapidez del rayo.

La enamorada Jacinta, embargada por su profunda pena, no tuvo en cuenta la que causaba a su buena tía; y arrojándose en sus brazos, empezó a deshacerse en un mar de lágrimas.

—¡Ay de mí! —decía—. ¡Se ha marchado! ¡Se ha marchado! ¡Ya no le veré más!

—¡Que se ha marchado!… ¿Quién se ha marchado? ¿Qué joven es ése que he visto a tus pies?

—Un paje de la reina, querida tía, que ha venido a despedirse de mí.

—¡Un paje de la reina, hija mía! —gritó la vigilante Fredegunda con voz alterada—. Y ¿cuándo, cuándo has conocido tú a ese paje de la reina?

—El día que el halcón entró en la Torre. Era el halcón de la reina, y venía en su persecución.

—¡Ay, niña inocente! Sábete que no hay halcones tan temibles como estos pajes libertinos; y, sobre todo, si hacen presa de pájaros tan inexpertos como tú.

Gran indignación se apoderó de la tía cuando supo que, a pesar de toda su ponderada vigilancia, se había entablado aquella tierna correspondencia entre los dos jóvenes amantes casi en sus mismas barbas; pero se tranquilizó al fin cuando vio que la cándida niña había salido pura y victoriosa de la prueba peligrosa —aun sin la protección de cerrojos y rejas— en que la habían puesto las maquinaciones del sexo opuesto; todo lo cual atribuía la buena dueña a las prudentes y cautelosas máximas que ella le había inculcado.

Mientras que la pobre anciana pensaba en todas estas cosas, la sobrina sólo y constantemente tenía fijos en su memoria los continuos juramentos de amor y fidelidad de su amante; pero ¿qué es el amor del hombre errante sino arroyuelo que juguetea por algún tiempo con las florecillas que encuentra a su paso, dejándolas inundadas de lágrimas?

Pasaron días, semanas y meses, y nada se volvió a saber del doncel de la reina. Maduró la granada, dio su fruto la viña, las lluvias torrenciales del otoño corrieron por las montañas, cubriéndose la Sierra Nevada con su túnica de nieve y gimieron los vientos de Septentrión por los desiertos salones de la Alhambra; y, sin embargo, el paje no volvía. Pasó el invierno y volvió de nuevo la primavera, con los cantos de los pájaros, con sus flores y con su perfumado céfiro; derritiose la nieve de las montañas hasta que no quedó más que una ligera capa en la cima de Sierra Nevada, y, con todo, nada se supo del inconstante paje.

Entretanto, la infeliz joven Jacinta se iba quedando pálida y melancólica; abandonó sus ocupaciones y entretenimientos; sus madejas de seda se quedaron sin devanar; su guitarra, muda; sus flores, descuidadas; ya no escuchaba los trinos de los pájaros; y sus ojos, antes alegres y brillantes, se iban marchitando de tanto llorar en secreto. Si se hubiera de buscar una mansión propia para alimentar la pasión de una triste doncella de tal modo abandonada, no sería posible encontrar en el mundo otra más adecuada que la Alhambra, donde todo parece evocar tiernos y románticos ensueños. La Alhambra es un verdadero paraíso de los enamorados; pero ¡cuán triste debe ser encontrarse sola y abandonada en ese paraíso!

—¡Ay inexperta niña mía! —le decía la severa y casta Fredegunda cuando sorprendía a su sobrina en los momentos de su aflicción—. ¿No te advertí de los enredos y engaños de esos cortesanos?

¿Qué podías, pues, esperar de un joven arrogante, que pertenece a una de las familias más nobles y encumbradas, siendo huérfana y nacida en pobre y humilde cuna? Ten la seguridad de que, aunque ese joven se hubiera propuesto serte fiel, su padre, uno de los nobles más orgullosos de la corte, le prohibiría terminantemente su unión con una joven humilde y desheredada como tú. Toma, por lo tanto, una resolución enérgica, y desecha de tu imaginación esas locas esperanzas.

Las palabras de la virginal Fredegunda sólo servían para acrecentar la melancolía de su sobrina, por lo que la infeliz criatura tomó el partido de entregarse a solas a su dolor. Cierta noche de verano, y en horas bastante avanzadas, después que la tía se retiró a descansar, quedose la sobrina en el saloncillo de la Torre, sentada junto a la fuente de alabastro; allí donde el desleal amante se había arrodillado y besado su mano por vez primera; allí donde le había jurado tantas y tantas veces eterno amor y fidelidad. El corazón de la apenada doncella comprimíase con estos tristes recuerdos, y sus lágrimas corrían abundantemente, cayendo hilo a hilo en la taza de la fuente. Poco a poco comenzó a agitarse el agua cristalina y a bullir, formando burbujas, hasta que apareció ante sus ojos una hermosísima figura de mujer ricamente ataviada con traje a la morisca.

Jacinta se asustó de tal manera que huyó del salón y no se atrevió a volver a él. A la mañana siguiente contó cuanto había visto a su tía; pero la buena señora lo creyó todo pura invención quimérica de su perturbada imaginación, que tal vez, dormida, habría estado soñando junto a la supuesta maravillosa fuente.

—Habrás estado meditando en la historia de las tres princesas moras que habitaron en otros tiempos esta Torre —añadió—, y eso te habrá hecho soñar con ellas.

—¿Qué historia era ésa, tía? No sé nada de ella.

—Pues qué, ¿no has oído hablar de las tres bellas princesas Zayda, Zorayda y Zorahayda, que estuvieron encerradas en esta Torre misma por el rey moro su padre, y que se resolvieron a huir con tres caballeros cristianos, pero de las cuales sólo las dos mayores llevaron a cabo su proyecto, habiendo faltado valor a la menor para seguirlas, que es la que, según se cuenta, murió en esta misma Torre?

—Ahora recuerdo haber oído esa historia —dijo Jacinta—, y aun he llorado muchas veces por la desventura de la infortunada Zorahayda.

—Hacías muy bien en dolerte de su desventura —continuó la tía—, pues el amante de Zorahayda fue uno de tus antepasados. Por largo tiempo lloró a su adorada princesa morisca; pero el tiempo mitigó su dolor y se casó con una noble dama española, de la cual tú eres descendiente.

Jacinta quedó pensativa al oír estas palabras; pero se decía interiormente: «¡Ah, no! No ha sido una vana quimera de mi imaginación; estoy segura de ello. Ahora bien; si la visión es, en efecto, el alma de la hermosa Zorahayda, la cual, según me cuentan, anda vagando en esta torre, ¿qué puedo yo temer? Voy a velar esta misma noche junto a la fuente, y acaso repita su visita».

Cerca de la medianoche, cuando todo estaba en completo silencio, fue Jacinta a colocarse de nuevo junto a la fuente del saloncito. No bien la campana de la lejana Torre de la Vela anunció la hora de las doce cuando la fuente se agitó de nuevo y empezó a bullir el agua hasta que apareció la extraña visión.

Era joven y hermosa; sus vestiduras estaban adornadas de riquísimas joyas, y llevaba en la mano un argentino laúd. Jacinta quedó trémula y a punto de perder el sentido; pero se tranquilizó al oír la dulce y doliente voz de la aparición y al ver la cariñosa expresión de su melancólico y pálido rostro.

—¡Hija de los mortales! —le dijo—. ¿Qué te aqueja? ¿Por qué turba tu llanto el agua de mi fuente? ¿Por qué interrumpen tus suspiros y tus quejas el tranquilo silencio de la noche?

—Lloro la ingratitud de los hombres y me quejo de mi triste soledad y abandono.

—¡Consuélate, hija mía! Tus penas pueden concluir. Mira en mí una princesa mora que, como tú, fue también muy desdichada en amores. Un caballero cristiano, antecesor tuyo, cautivó mi corazón y hubiérame llevado a su país natal y al seno de tu Iglesia. Me había convertido de todo; pero me faltó vigor que igualara a mi fe y vacilé en el momento supremo; por lo cual el espíritu del mal se apoderó de mí y estoy encantada en esta Torre hasta que un alma cristiana quiera romper el mágico hechizo.

¿Quieres tú cometer esta empresa?

—¡Ay, sí; quiero! —contestó la joven conmovida.

—Pues acércate y nada temas; mete tu mano en la fuente, rocía del agua sobre mí y bautízame según la costumbre de tu religión; así concluirá el encantamiento y mi alma en pena alcanzará el descanso.

La tímida doncella se aproximó con paso vacilante, introdujo la mano en la fuente, y, cogiendo de ella un poco de agua, verifico la aspersión sobre el pálido rostro de la lúgubre aparición. Sonriose con inefable benignidad la bella visión y, dejando caer su laúd a los pies de Jacinta, cruzó sus blancos brazos sobre el pecho y se desvaneció, tornándose, al parecer, en una como lluvia de gotas de rocío que caían cual perlas sobre la fuente.

Jacinta se retiró del salón con cierto terror mezclado de asombro. Difícilmente pudo conciliar el sueño en aquella noche y cuando se despertó al romper el día, por la misma agitación con que había dormido, le pareció que todo ello habría sido un delirante ensueño. Mas cuando bajó al saloncito vio confirmada la realidad de la aparición, pues al borde de la fuente se encontró el laúd de plata, brillando a los rayos del fúlgido sol naciente.

Apresurose a buscar a su tía y le contó todo lo que le había sucedido, exhortándola para que viniese a ver el laúd, en testimonio de la veracidad de su historia. Si la buena señora abrigaba alguna duda se desvaneció completamente cuando Jacinta pulsó el instrumento, pues le arrancaba melodías tan arrebatadoras que se conmovió tiernamente hasta el helado corazón de la inmaculada Fredegunda, región de perpetuo invierno. ¿Qué otra cosa sino una melodía sobrenatural podía producir efecto tan prodigioso? La extraordinaria virtud del maravilloso laúd se hizo cada día más famosa: cuantos transitaban por el pie de la Torre se detenían encantados, sin atreverse a respirar, enteramente arrobados; y hasta los pájaros mismos se posaban en los árboles cercanos, enmudecidos, escuchando con extraordinario silencio aquellas divinas armonías.

La fama de este prodigio cundió rápidamente por todas partes. Los habitantes de Granada subían a la Alhambra para oír siquiera algunas notas de la música sobrenatural que, aunque débilmente, se percibía en los contornos de la Torre de las Infantas.

La encantadora joven salió al fin de su retiro, pues los ricos y poderosos del país se disputaban a porfía el agasajarla y colmarla de distinciones; en una palabra: que hacían todos los mayores esfuerzos por llevar las soberanas delicias del divino laúd a sus espléndidos salones para atraer a ellos lo más selecto de la sociedad aristocrática. Acompañaba a la maravillosa artista su diligente tía, como vigilante dragón, para tener a raya el enjambre de apasionados admiradores que se acercaban a la niña enloquecidos por las notas de su laúd. La celebridad de su maravilloso poder siguió extendiéndose de ciudad en ciudad. En Málaga, Sevilla, Córdoba y en toda Andalucía no se hablaba de otro asunto sino de la bella artista de la Alhambra. ¿Y cómo no había de ser así en un pueblo tan apasionado a la música y tan voluptuoso y galante como el pueblo andaluz, si el laúd estaba dotado de mágico poder y la tañedora se sentía divinamente inspirada por el amor?

Mientras que Andalucía entera se hallaba poseída de esta vehemente pasión musical corrían diferentes vientos en la corte de España, pues a Felipe V, desgraciado hipocondríaco, sujeto a toda clase de manías, unas veces le daba por guardar cama semanas enteras, quejándose de dolencias imaginarias, y otras se obstinaba en querer abdicar la corona, con gran disgusto de su real esposa, a quien halagaban por todo extremo el esplendor de la corte y del trono, tanto más cuanto que ella, por consecuencia misma de la imbecilidad de su esposo, era la que con cierta habilidad y firmeza manejaba el cetro de España.

No se encontró otro remedio más eficaz para calmar las melancolías del augusto monarca que el poder de la música; la reina, por consiguiente, cuidó de rodearse de los más celebrados músicos y cantores de la época, haciendo venir a su corte a manera de médico de cámara al famoso cantante italiano Farinelli.

En la época a que se refiere nuestro relato se había apoderado del ilustre Borbón una monomanía infinitamente más rara que todas las suyas anteriores. Después de un largo periodo de enfermedad imaginaria, contra la que se habían estrellado todo el arte de Farinelli y los conciertos de una escogida orquesta de cuerda de la corte, el desdichado rey se obstinó en que había entregado su espíritu, en creerse realmente difunto; cosa, en verdad, bastante inocente y que hasta hubiera sido algo cómoda para la reina y los cortesanos si se hubiese conformado con permanecer en el reposo consiguiente de los muertos; pero, con gran apuro de todos, se encaprichó en que se le hicieran las exequias fúnebres, y, con sorpresa de cuantos le rodeaban, empezó a encolerizarse reconviniéndoles duramente por su negligencia y falta de respeto queriéndole dejar insepulto. ¿Qué hacer en tal conflicto? Desobedecer las órdenes del monarca era asunto gravísimo a los ojos de aquellos respetuosos y ceremoniosos cortesanos; pero obedecerle y enterrarle vivo era cometer un verdadero regicidio.

Encerrados se hallaban en este insoluble dilema cuando llegó a la corte el renombre de la tocadora de laúd que estaba causando la admiración de toda Andalucía, e inmediatamente despachó la reina emisarios para que la condujeran a San Ildefonso, sitio de residencia de la corte por aquellos tristes días.

Pocos después habían pasado cuando, al hallarse paseando la reina en compañía de sus damas de honor por aquellos encantadores jardines, construidos para eclipsar las glorias de los de Versalles, llevaron a su presencia a la celebrada artista granadina. La augusta soberana se fijó en la noble al par que modesta apariencia de aquella joven, admiración y pasmo a la sazón de todo el mundo, la cual venía ataviada con el pintoresco traje de Andalucía y trayendo en la mano el precioso laúd de plata, mas con los ojos bajos, mostrando su modestia y aquella hermosura, sencillez y distinción que dejaban ver todavía a «la Rosa de la Alhambra».

La acompañaba, según queda dicho, la vigilante Fredegunda; ésta impuso a la reina en la historia y genealogía de la preciosa muchacha, por haber mostrado la soberana deseos de conocerla. Pero si la augusta Isabel se sintió interesada por el aspecto de Jacinta, creció de punto su interés cuando supo que era oriunda de una familia noble, aunque empobrecida, y que su padre había muerto peleando con honor por el servicio de sus reyes.

—Si tu habilidad corre pareja con tu nombradía —dijo le reina— y si consigues desterrar el mal espíritu de que está poseído tu soberano, la suerte tuya quedará de aquí en adelante a mi cuidado y te colmaré de honores y de riquezas.

Impaciente para hacer la prueba, la condujo a la habitación del maniático monarca.

Siguiola Jacinta con los ojos bajos por entre la muchedumbre de guardias y de cortesanos, hasta que llegaron a una imponente y suntuosa cámara tapizada de negro. Las ventanas se hallaban cerradas para impedir que penetrara la luz del día, y en su lugar numerosos blandones de cera amarilla sustentados en candelabros de plata despedían sus lúgubres resplandores, iluminando las tétricas figuras de los severos enlutados señores que iban llegando cautelosamente y sin cesar, revelando el disgusto de que estaban poseídos en sus tristes semblantes; y, por último, sobre un catafalco se hallaba de cuerpo presente el monarca, que se había obcecado en que le dieran sepultura con las manos cruzadas sobre el pecho y dejando ver solamente la punta de la nariz.

Penetró la augusta señora silenciosamente en la regia cámara, y, señalando un escabel que había en un oscuro rincón, dio a entender a la bella Jacinta que tomara asiento, y que podía comenzar.

Vibró ésta al principio las cuerdas de su laúd con mano temblorosa; pero serenose después y se entusiasmó más y más conforme iba tocando, y dejó oír una melodía tan celestial, que todos los presentes dudaban si era producida por persona humana. En cuanto al monarca, como ya se consideraba en el mundo de los espíritus, creyó que sería alguna melodía de ángeles o la música de las esferas. La sublime artista fue cambiando insensiblemente de tema, y, acompañada de su instrumento, empezó a cantar un romance heroico primoroso, en el que se ensalzaban las antiguas glorias de la Alhambra y las empresas guerreras de los moros. Su alma entera se comunicó a su canto, pues el recuerdo de la Alhambra estaba íntimamente unido a la historia de su amor. Resonaban en el fúnebre aposento las notas varoniles de aquel hermoso canto vivificador, que al fin pudieron levantar el entristecido corazón del monarca. Alzó éste la cabeza y miró a su alrededor; sentose en su féretro y empezaron sus ojos a animarse; hasta que, por último, arrojose al suelo y pidió su espada y su broquel.

El triunfo de la música —o, mejor dicho, del mágico laúd— fue del todo completo; el demonio de la melancolía fue arrojado, y pudo decirse, en verdad, que un difunto volvía a la vida. Se abrieron las ventanas del departamento; los brillantes resplandores del sol español bañaron a la cámara que poco antes era mansión de tristeza, y todos los ojos buscaron a la hermosa cantora; pero el laúd se había deslizado de su mano, y ella misma hubiera caído tal vez en tierra desmayada, si en el mismo momento no la hubiera recibido en sus brazos el noble joven Ruiz de Alarcón.

Se celebraron con gran aparato las nupcias de la feliz pareja. Y ahora se me preguntará: ¿pues cómo Ruíz de Alarcón pudo justificar su largo olvido? Su silencio había sido motivado por la oposición de su altivo padre, ya anciano y de carácter inflexible; pero los jóvenes que se aman sinceramente hacen pronto las amistades y perdonan y olvidan las faltas pagadas cuando vuelven a encontrarse de nuevo.

¿Y cómo fue el consentir en el enlace el orgulloso e inexorable padre? Muy sencillo: sus escrúpulos fueron desvanecidos bien pronto con dos palabras de la reina, y especialmente cuando comenzaron a llover sobre la gentil pareja toda clase de dignidades y recompensas. Además, debe saber el lector que el laúd de Jacinta poseía la mágica virtud de triunfar de la cabeza más testaruda y del corazón más endurecido.

Pero ¿dónde fue a parar, me diréis, el laúd maravilloso? ¡Oh! Esto es lo más curioso y lo que prueba con más evidencia la veracidad de esta historia. Aquel laúd permaneció por algún tiempo siendo un tesoro de familia; mas luego fue robado por el gran cantante Farinelli, por pura envidia de artista. A su muerte pasó a otras manos en Italia; ignorando su mágico poder, fundieron la plata y aprovecharon sus cuerdas en un viejo violín de Cremona, las cuales conservan en gran parte su virtud maravillosa.

Una palabrita al oído del lector, pero que no se entere nadie: ¡este violín está arrebatando al mundo entero: es el violín de Paganini!

El veterano

Entre las curiosas amistades que me adquirí durante mis excursiones por la fortaleza fue una de ellas la de un valiente y acribillado veterano, coronel de inválidos, que vivía, a la manera de un gavilán, encerrado en una torre moruna. Su historia, que se complacía en referir, formaba un tejido de aventuras, desgracias y vicisitudes, que imprimían a la vida suya, como a la del mayor número de los españoles, ese sello especial, ese original carácter y singularidad que se encuentran en las famosas páginas del Gil Blas.

Estuvo en América a los doce años de edad, y contaba entre los sucesos más notables y felices de su vida el haber conocido al general Washington. Desde entonces vino tomando parte en todas las guerras de su patria; hablaba, por propio conocimiento, de todas las prisiones y calabozos de la Península; quedó cojo de una pierna y tan tullido de sus manos y tan mutilado y arcabuceado, que era una especie de monumento viviente de las turbulencias de España, pues contaba una cicatriz por cada batalla o escaramuza, del mismo modo que se hallaban señalados cada uno de los años de cautiverio en un árbol de Robinsón.

Pero, entre todas, la mayor desdicha de este anciano y valeroso hidalgo era, al parecer, el haber ejercitado el mando en la ciudad de Málaga en épocas de revolución y gran peligro, y el habérsele conferido el nombramiento de general por sus habitantes para que protegiera contra la invasión de los franceses; circunstancias que debían haberle servido de justos títulos para obtener la merecida recompensa del Gobierno; pero me temo que ha de pasar su vida escribiendo o imprimiendo peticiones y memoriales, con gran esfuerzo de su cerebro, dispendio de sus ahorros y cansancio estéril de sus amigos, pues no puede nadie visitarle sin tener por fuerza que escuchar algún pesado memorial de hora y media de lectura, por lo menos, y que llevarse en los bolsillos media docena de papelotes. Este género de individuos es bastante común en España; por todas partes se tropieza con personas respetables relegadas al olvido, devorando en un rincón la miseria, el amargo agravio y la patente injusticia recibida en pago de sus servicios. Y por cierto que cuando un español se ve precisado a sostener un pleito o formular alguna reclamación contra el Gobierno, puede decirse con seguridad que ya tiene tela cortada para mientras viva.

Visitaba yo con frecuencia a este noble veterano, cuya habitación se hallaba encima de la Puerta del Vino, cuartito que era, por cierto, muy abrigado y con hermosas vistas a la Vega. Tenía todo en él arreglado con el orden y la precisión propios de un soldado: veíanse colgadas en la pared tres carabinas y un par de pistolas, limpias y brillantes, y, junto a ellas, un sable y un bastón, uno a cada lado; y por encima de ellos, dos sombreros de tres picos, uno para gala y otro para diario. Constituía su biblioteca un pequeño armario con media docena de libros; siendo de su lectura favorita un viejo desencuadernado volumen de máximas filosofías que hojeaba y manoseaba todos los días, para aplicarlas a cada uno de los casos y trances particulares de su vida, siempre que tuvieran algún tinte de amargura o tratasen de las injusticias del mundo.

A pesar de todo esto, era el buen señor una persona amable y bondadosa; y, cuando olvidaba sus desdichas y sus filosofías era un divertido compañero. Me gustaba oír a este desheredado de la fortuna, sobre todo relatando sus aventuras de campaña. Ahora bien, en la serie de mis visitas a este respetable inválido me enteré de cosas muy curiosas relativas a otro viejo militar, comandante de la fortaleza, quien, al parecer, había tenido igual fortuna en la guerra que la suya. Todos esos relatos los he completado y ampliado con el resultado de mis indagaciones entre los viejos habitantes de la fortaleza, y en particular con las noticias que me suministró el padre de Mateo Jiménez, de cuyas tradicionales historias es su héroe favorito el personaje que voy a presentar a mis lectores.

Leyenda del gobernador y el escribano

En tiempos que pasaron fue gobernador de la Alhambra un anciano y valeroso caballero, el cual, por haber perdido un brazo en la guerra era comúnmente conocido con el nombre de «El gobernador manco». Mostrábase por todo extremo orgulloso de ser un veterano; con sus largos bigotes que le llegaban a los ojos, sus botas de montar y una espada toledana tan larga como una pica, llevando siempre el pañuelo dentro de la cazoleta de su empuñadura.

Sucedía, pues, que era excesivamente celoso y rígidamente severo y escrupuloso en conservar todos sus fueros y privilegios. Bajo su gobierno se habían de cumplir al pie de la letra todas las inmunidades de la Alhambra como Sitio Real; no se le permitía a nadie entrar en la fortaleza con armas de fuego, ni aun con espada o bastón, a menos de ser personaje de cierta categoría; y se obligaba a los jinetes a desmontarse en la puerta y a llevar el caballo por la brida. Como la colina de la Alhambra se eleva en forma de protuberancia en medio del suelo de Granada, era por demás enojoso para el capitán general que mandaba en la provincia tener un *imperium in imperio*, un pequeño Estado independiente en el centro de sus dominios, situación que se hacía entonces más intolerable, así por la rigidez del viejo gobernador que llevaba a sangre y a fuego la más mínima cuestión de autoridad o de jurisdicción, como por la traza maleante y levantisca de la gente que poco a poco se iba subiendo a vivir en la fortaleza, tomándola como lugar de asilo, y desde donde ejercitaban el robo y el pillaje a expensas de los honrados habitantes de la ciudad.

En tal estado de cosas era consiguiente que vivieran en una perpetua enemistad y querella continua el capitán general y el gobernador, mucho más extremadas por parte de este último, por aquello de que la más humilde y pequeña de dos potestades vecinas es siempre la más celosa de su dignidad. El majestuoso palacio del capitán general hallábase situado en la plaza Nueva, al pie de la colina de la Alhambra; en él pululaba a todas horas una gran multitud de gente: los destacamentos que hacían la guardia, la servidumbre y los funcionarios de la ciudad. Un baluarte saliente de la fortaleza de la Alhambra dominaba el palacio y la antedicha plaza pública, frente por frente de ella; y allí era donde el manco gobernador acostumbraba pasearse con su espada toledana colgada al cinto y mirando abajo a su rival, como el halcón que espía a su presa desde la alta copa del árbol secular.

Cuando bajaba nuestro gobernador a la ciudad bajaba siempre de gran parada a caballo, rodeado de sus guardias, o en su coche de ceremonia, antiguo y pesado armatoste español de madera tallada y cuero dorado, tirado por ocho mulas y escoltado por caballerizos y lacayos; entonces el buen viejo se lisonjeaba de la impresión de temor y admiración que causaba en los espectadores por su calidad de vicerregente del rey, aunque los zumbones de Granada, y en particular los que frecuentaban el palacio del capitán general, se burlaban de su ridículo boato en miniatura y llamaban al pobre gobernador «El rey de los mendigos», aludiendo a la traza harapienta y mísera de sus vasallos.

Motivo perenne de discordia entre ambas autoridades era el derecho que creía tener el gobernador a que le dejasen pasar libres de portazgo las provisiones para su guarnición; como que poco a poco dio lugar este privilegio a que se ejercitase un contrabando escandaloso y a que una partida de contrabandistas asentara sus reales en las viviendas de la fortaleza y en las numerosas cuevas de sus alrededores, haciendo negocios en alta escala, en confabulación y connivencia con los soldados de la guarnición.

Despertose al fin la vigilancia del capitán general, el cual consultó con su factótum, que era un astuto y enredador escribano que gozaba en aprovechar cuantas ocasiones se le ofrecían para molestar al viejo gobernador de la Alhambra y envolverlo en enredosos litigios judiciales. Aconsejó, pues, al capitán general que insistiese en su derecho de registrar los convoyes que pasaran por las puertas de la ciudad, y le redactó un largo documento vindicando su derecho. El gobernador manco era uno de esos veteranos que no entienden de razones ni de leyes, y que aborrecía a los escribanos más que al mismo diablo, y al tal escribano de marras más que a todos los escribanos del mundo juntos.

—¡Hola! —decía el hombre retorciéndose fieramente el mostacho—. Conque, ¿el señor capitán general se vale del escribanito para ponerme a mí en aprietos? ¡Pues yo le haré ver que un soldado viejo no se deja arrollar por un curial!

Cogió, pues, la pluma, y emborronó una breve carta, en la cual, sin dignarse entrar en razones, insistía en su derecho de libre tránsito; conminando con que no quedaría impune cualquier aduanero que pusiese su insolente mano en un convoy protegido por el pabellón de la Alhambra.

Mientras se agitaban estas cuestiones entre las dos testarudas autoridades sucedió que llegó cierto día una mula cargada de víveres para la fortaleza al Puente de Genil, por el cual tenía que pasar y atravesar luego en su camino un barrio de la ciudad en dirección hacia la Alhambra. Iba guiando el convoy un malhumorado cabo, ya viejo, que había servido mucho tiempo a las órdenes del gobernador, y era su álter ego en la manera de pensar, y duro también y fuerte como una hoja toledana. Al llegar junto a las puertas de la ciudad puso al cabo el pabellón de la Alhambra sobre la carga de la mula, y, tomando un aire marcial, avanzó adelante con la cabeza erguida, pero con el ojo avizor y atento, como perro que pasa por un campo enemigo, alerta y dispuesto a ladrar o a dar un mordisco.

—¿Quién vive? —dijo el centinela portazguero.

—Soldados de la Alhambra —contestó el cabo sin volver la cabeza.

—¿Qué lleváis ahí?

—Provisiones para la guarnición.

—Adelante.

Pasó el cabo ufano seguido de su convoy; pero no bien habían andado algunos pasos cuando varios aduaneros se arrojaron sobre él desde el puente.

—¡Alto ahí! —gritó el jefe—. Para, mulatero, y abre esos fardos.

—¡Respetad el pabellón de la Alhambra! Estos objetos son para el gobernador.

—¡Un cuerno para el gobernador y otro para su pabellón! ¡Mulatero, te hemos dicho que pares!

—¡Detened el convoy si os atrevéis! —gritó el cabo preparando la carabina—. ¡Adelante, mulatero!

Éste dio un fuerte varazo a la acémila, pero el jefe se adelantó y la cogió por el ronzal. Entonces le apuntó el cabo con la carabina, disparándola de muerte.

Al instante se alborotó la calle. Hicieron prisionero al viejo cabo, y, después de sufrir una trilla de puntapiés, bofetadas y palos —introducción que propina impromptu el populacho español como primicias anticipadas a los rigores de la ley—, fue cargado de cadenas y encarcelado en la ciudad, en tanto que se les permitió a sus camaradas el proseguir con el convoy hasta la Alhambra, después de haber sido registrado a su sabor.

El viejo gobernador se puso dado a los diablos cuando supo el insulto inferido a su pabellón y la prisión de su cabo. Por algún tiempo desfogó meramente su mal humor paseándose por los moriscos salones o arrojando sangrientas miradas de fuego desde su baluarte al palacio del capitán general. Mas luego se calmó del primer arrebato de cólera, envió un mensajero pidiendo la entrega del cabo, alegando que sólo a él le pertenecía de derecho el juzgar y entender de los delitos cometidos por sus súbditos. El capitán general, auxiliado del socarrón del escribano, le arguyó, después de mucho tiempo, que, como delito cometido dentro del recinto de la ciudad y en la persona de uno de sus empleados civiles, no ofrecía duda que competía a su jurisdicción. Replicó el gobernador repitiendo su demanda, y volviole a contestar el capitán general con un alegato mucho más extenso, y razonando siempre con fundamentos legales. Enfurecíase el gobernador más y más, mostrándose más rígido y obstinado en su petición; en tanto que el capitán general se manifestaba cada vez más prolijo y sereno en sus respuestas; con lo que el veterano, que tenía el corazón de un león, bramaba de furia al verse enredado en las mallas de una controversia curialesca.

En tanto que el sutil escribano se divertía de este modo a expensas del gobernador, seguía con actividad el sumario del cabo, el cual se hallaba encerrado en un estrecho calabozo de la cárcel, sin tener más que una ventanilla enverjada por donde asomaba su curtido rostro y por donde recibía los consuelos de sus amigos.

El infatigable escribano extendió sin levantar mano —siguiendo el procedimiento español— un mamotreto de declaraciones y diligencias, con las que consiguió completamente confundir al cabo y que se declarase convicto y confeso de asesinato; en vista de lo cual fue sentenciado a morir en la horca.

En vano el gobernador protestó y lanzó fulminantes amenazas desde la Alhambra. Llegó al fin el día fatal y el cabo fue puesto en capilla, según se acostumbra hacer siempre con los criminales el día antes de la ejecución, a fin de que mediten en su próximo fin y se arrepientan de sus pecados. Viendo las cosas en tal extremo, determinó el viejo gobernador resolver el asunto en persona, para lo cual ordenó preparar su coche de ceremonia, y rodeado de sus guardias bajó por los paseos de la Alhambra a la ciudad. Paró a la casa del escribano, e hizo que lo llamasen al portal.

—¿Qué es lo que me han dicho? ¿Habéis condenado a muerte a uno de mis soldados? —dijo gritando el gobernador.

—Todo se ha hecho con arreglo a la ley y con estricta sujeción al procedimiento judicial —contestó con cierta fruición el escribano, sonriéndose y frotándose las manos—; puedo enseñar a Su Excelencia las declaraciones que constan en el proceso.

—Traedlas acá —dijo el gobernador.

El escribano se metió en su despacho, contentísimo de tener nueva ocasión en que mostrar su destreza a costa del testarudo veterano.

Volvió con un voluminoso legajo de papeles, y empezó a leer con la alta entonación y con las especiales maneras propias de los de su oficio. A la vez que leía, íbase aglomerando un corro de gente, que permanecía escuchando con la boca abierta.

—Hacedme el favor de subir al coche —le dijo el gobernador— y nos libraremos de este gentío de impertinentes curiosos que no me dejan oíros.

Entró el escribano en el carruaje, e inmediatamente, en un abrir y cerrar de ojos, cerraron la portezuela, crujió el cochero el látigo, y mulas, carruaje, guardias, todo, partió en vertiginosa carrera, dejando atónita a la muchedumbre, y no paró el gobernador hasta que aseguró su presa en uno de los calabozos mejor fortificados de la Alhambra.

Envió acto seguido un parlamentario con bandera blanca, a estilo militar, proponiendo un canje de prisioneros: el cabo por el escribano. Sintiose herido en su orgullo el capitán general; rehusó el cambio, dando una negativa insultante, y mandó levantar una horca sólida y elevada en el centro de la plaza Nueva para llevar a vías de hecho la ejecución del cabo.

—¡Hola! Conque, ¿va a ahorcarle? —dijo el gobernador.

Entonces ordenó que levantasen un patíbulo junto a la muralla principal que daba a la plaza Nueva.

—Ahora —dijo en un mensaje que dirigió al capitán general— ahorque usted cuando quiera a mi soldado; pero al mismo tiempo levante usted la vista por encima de la plaza y verá usted a su escribano bailando en el aire.

El capitán general se mostró inflexible; formáronse las tropas en la plaza, redoblaron los tambores, tocaron a muerto las campanas y se reunió allí gran número de espectadores para presenciar la ejecución; en tanto que allá arriba en la Alhambra formó el gobernador toda la guarnición de *El Cubo*, mientras doblaba la campana de la Torre de la Vela anunciando la muerte del escribano.

La esposa de éste atravesó la muchedumbre seguida de su numerosa prole de escribanillos en embrión, y, arrojándose a los pies del capitán general, le suplicó que no sacrificase la existencia de su marido, su bienestar y el de sus numerosos hijos por una cuestión de amor propio, «pues Su Excelencia conoce bastante bien —le dijo— al viejo gobernador para dudar de que no ejecute su amenaza si Su Excelencia ahorca al soldado».

Moviose a conmiseración el capitán general ante sus lágrimas y lamentos y los clamores de su tierna familia. Envió al cabo a la Alhambra escoltado por un piquete y vestido con la ropa de ajusticiado, encaperuzado como un fraile, pero con la frente levantada y su rostro inmutable, y pidió en canje al escribano, según se había solicitado. Sacaron del calabozo, más muerto que vivo, al antes sonriente y satisfecho curial; toda su arrogancia había desaparecido completamente y —según decían— habían encanecido sus cabellos de terror, presentándose con aire abatido y con la mirada extraviada, como si hubiese sentido el contacto de la cuerda fatal en su cuello.

El viejo gobernador cruzó su único brazo encorvado y miró al escribano por breves instantes con fiera sonrisa diciéndole:

—De aquí en adelante, amigo mío, modere usted su celo por enviar gente a la horca y no confíe usted en su salvación, aunque tenga de su parte la ley; pero, sobre todo, tenga usted mucho cuidado de no andarse con bromitas otra vez con este viejo veterano.

Leyenda del gobernador manco y el soldado

Exasperado el viejo gobernador manco —quien, como sabemos, gozaba de fuero militar en la Alhambra— por las continuas quejas que se le dirigían manifestándole que la fortaleza se había convertido en criminal guarida de ladrones y contrabandistas, determinó llevar a cabo un escrúpulo o expurgo; y trabajando sin descanso arrojó de la fortaleza a un gran número de perdidos y a los enjambres de gitanos de las cuevas circunvecinas. Dispuso asimismo que rondaran continuamente patrullas de soldados por las alamedas y veredas, con orden expresa de arrestar a cuantas personas sospechosas se encontrasen.

En una plácida mañana del estío hallábase varada junto a las tapias del jardín del Generalife, y cerca del camino que sube al Cerro del Sol, una de dichas patrullas, compuesta del inválido cabo que tanto se distinguió en el negocio del escribano, de un corneta y dos soldados. De repente oyeron pasos de un caballo y una voz varonil que cantaba en estilo rudo, pero con bastante buena entonación, un antiguo aire guerrero.

A poco dejose ver un hombre de complexión vigorosa, de cutis tostado por el sol, vestido con un ya gastado y mugriento uniforme de soldado de infantería, y llevando del diestro un poderoso caballo árabe enjaezado a la antigua usanza morisca.

Sorprendiéronse al ver un militar de aquella traza descendiendo con un caballo de la brida por esta solitaria montaña, y saliendo el cabo a su encuentro en el camino, le gritó:

—¿Quién vive?

—Gente amiga.

—¿Quién sois?

—Un pobre soldado que vuelve de la guerra con el cuerpo acribillado y la bolsa vacía.

Al llegar aquí ya se les había acercado, y vieron que llevaba un parche negro en la frente y que su barba era entrecana, lo que, junto con cierto movimiento picaresco de ojos hacía que pronto se notara por tal conjunto que el individuo era un pícaro ladino y hombre de buen humor.

Después que hubo contestado a las preguntas de la patrulla, creyose nuestro héroe con el derecho de poder dirigir a su vez otro interrogatorio.

—¿Se puede saber —les preguntó— qué ciudad es esa que veo al pie de esta colina?

—¿Que qué ciudad es ésa? —dijo el trompeta—. ¡Anda, pues está gracioso! ¡Aquí tenéis un individuo que viene del Cerro del Sol y se le ocurre preguntar por el nombre de la ciudad de Granada!

—¿Granada?… ¡Santa Madre de Dios! ¿Es posible?

—¿Cómo que si es posible? —volvió a seguir el trompeta—; ¿pues por ventura ignoráis que aquellas torres son las de la Alhambra?

—¡Quita allá, mal trompeta! —replicó el desconocido—. No te vengas a mí con bromas… ¡Ah! ¡Si fuera verdad que ésa era la Alhambra, tendría cosas muy extraordinarias que revelar al gobernador!

—Pues vais a tener pronto el gusto de veros con él —le dijo el cabo—, porque ya hemos decidido el llevaros a su presencia.

Y a seguida cogió el trompeta el caballo de la brida y los dos soldados al desconocido por los brazos, y poniéndose el cabo a la cabeza dio la voz: «¡De frente! ¡Marchen! ¡Arm…!». Y se encaminaron a la Alhambra.

El espectáculo de un militar desharrapado y un hermoso caballo árabe apresados por la patrulla llamó la atención de la gente desocupada de la fortaleza y de los charlatanes y las comadres que se reunían diariamente en los aljibes y las fuentes; las garruchas de las cisternas quedaron ociosas por un momento, y las mozuelas que habían venido a ellas por agua, cántaro en mano y en chanclas, abrían una boca descomunal al ver pasar al cabo con su prisionero. Numeroso acompañamiento de curiosos se fue incorporando a la cola de la escolta.

Guiñábanse unos a otros, y al punto se forjaron mil conjeturas para explicar el caso. «Es un desertor», decía uno. «¡Ca!, es un contrabandista», indicaba otro. «Ése es un bandolero», exponía un tercero. Hasta que corrió la voz de que el cabo y su patrulla habían capturado valerosamente al capitán de una desalmada compañía de ladrones. «¡Bueno, bueno! —decían las mujerzuelas unas a otras—. Capitán o no capitán, que se libre ahora, si es que puede, de las garras del gobernador manco, aunque no tiene más que una».

Hallábase sentado el gobernador manco en uno de los salones interiores de su morada en la Alhambra, sorbiendo el chocolate de la mañana en compañía de su confesor, rollizo fraile franciscano del vecino convento, y sirviéndoselo una moza malagueña de lindos ojos negros, hija de su ama de llaves. La maledicencia de las gentes se obstinaba en decir que tal jovencita, a pesar de todo su aire de humildad y sencillez, era una solemne pícara que había descubierto el lado flaco del corazón de hierro del viejo gobernador y lo manejaba a su capricho; pero nosotros no haremos caso de estas habladurías, pues la vida privada de los poderosos potentados de la tierra no debe examinarse muy de cerca.

Cuando dieron parte al gobernador de haber sido arrestado un desconocido sospechoso que vagaba por los alrededores de la fortaleza y de que se encontraba en aquel mismo momento en el patio exterior en poder del cabo, esperando las órdenes de Su Excelencia, se sintió henchido el corazón del gobernador ante la grandeza y majestad de su cargo; y, poniendo la jícara del chocolate en las manos de la modosa doncella, pidió que le alargasen la espada, ciñósela al punto, retorciose el bigote, se sentó en un sillón de ancho respaldo, y, tomando un aspecto digno y severo, ordenó que condujesen el prisionero a su presencia. Fue llevado ante él el militar a los pocos minutos por los guardias, fuertemente asido y custodiado por el cabo. El soldado conservaba, a pesar de ello, un aire tranquilo y resuelto; como que correspondió a la penetrante y escudriñadora mirada del gobernador con cierto gesto burlón que no agradó mucho a la rígida superior autoridad de la fortaleza.

Después de fijar su vista en él por un momento, le dijo el gobernador:

—Responda el prisionero lo que tenga que alegar en su defensa. ¿Quién sois, pues?

—Señor, soy un pobre soldado que vuelve de la guerra, sin otros ahorros que cicatrices y chirlos.

—Conque ¡un soldado!, ¡ya!... ¡y a juzgar por el traje, de infantería! Pues me han hecho saber que poseéis un soberbio caballo árabe; supongo que lo traeréis por añadidura de las cicatrices y los chirlos.

—Si Su Excelencia lo lleva a bien, tengo precisamente que contarle cosas muy maravillosas sobre ese caballo, con otras extrañas y estupendas que importan grandemente a la seguridad de esta fortaleza y de toda Granada; pero tiene vuecencia que oírlas a solas o, a lo más, delante de aquellas personas en quienes tenga Su Excelencia depositada toda su confianza.

—Este reverendo fraile —dijo al prisionero— es mi confesor, y podéis hablar en su presencia; y esta muchacha —señalando a la criada, que se había quedado haciendo como que hacía algo, pero en realidad movida por la curiosidad—, esta joven tiene mucha prudencia y discreción; se puede revelar cualquier secreto delante de ella.

Dirigió el militar a la mozuela una mirada entre burlona y amartelada, y contestó:

—Entonces no hay inconveniente en que se quede esta chica.

Luego que los demás se hubieron retirado, comenzó el soldado a contar su historia, dejando ver a seguida que era un tunante de siete suelas, que charlaba hasta por los codos y se expresaba en un lenguaje que no guardaba conformidad con su aparente condición.

—Con permiso de Su Excelencia —empezó a decir—, soy, como ya antes he manifestado, un soldado que he prestado muchos e interesantísimos servicios, pero que, habiendo cumplido el tiempo de empeño, me dieron la licencia no ha mucho; y, separándome del cuerpo de ejército de Valladolid, me puse en marcha a pie en dirección a mi pueblo natal, que está en Andalucía. Ayer por la tarde, al ponerse el sol, atravesaba una vasta y árida llanura de Castilla la Vieja…

—¡Alto ahí! —gritó el gobernador—. ¿Qué estáis diciendo? ¡Castilla la Vieja se halla ochenta o cien leguas de aquí!

—No importa —replicó el soldado sin desconcertarse—. Por eso le dije a Su Excelencia que tenía cosas muy maravillosas que contarle; pero tan maravillosas como verdaderas, como verá Su Excelencia, si se digna tener la paciencia de escucharme.

—¡Vaya! Seguid adelante —dijo el gobernador retorciéndose el mostacho.

—Pues al ponerse el sol —continuó el soldado— miré a mi alrededor, en busca de un albergue donde pasar la noche; pero en todo lo que mi vista pudo alcanzar no había señal de morada alguna. Resígneme, por lo tanto, a tener que pernoctar y dormir en el llano con mi morral por almohada, pues Su Excelencia, que es un veterano, sabe perfectamente que el pasar una noche de esta manera no es gran trabajo para el que ha servido en la guerra.

El gobernador hizo un signo afirmativo, a la vez que sacaba su pañuelo de la cazoleta de la espada para espantar una mosca que le zumbaba en la nariz.

—Pues bien; para abreviar mi historia, anduve algunas leguas más, hasta que llegué a un puente construido en un hondo barranco que servía de cauce a un riachuelo, entonces casi seco por el calor del estío. En un lado del puente había una torre moruna, ruinosa por arriba, pero en perfecto estado de conservación por una bóveda que se levantaba junto a los cimientos. «He aquí (me dije) un buen sitio para pasar la noche». Por consiguiente, bajeme hasta el arroyo, me bebí un buen trago de agua (pues era dulce y pura y me encontraba muerto de sed), y después, abriendo mi morral, saqué una cebolla y unos cuantos mendrugos (que en esto consistían mis provisiones), y sentado sobre una peña a la margen del arroyuelo principié a cenar, y dispuse luego pasarme la noche bajo la bóveda de la torre, y ¡vive Dios, que no era mala instalación para un soldado que regresaba rendido de la guerra! Su Excelencia, que es un veterano, sabe todo tan bien como yo.

—En sitios peores me he alojado yo en mis tiempos —dijo el gobernador poniendo de nuevo el pañuelo en la cazoleta de la espada.

—Estaba yo tranquilamente royendo mis mendrugos —prosiguió el soldado—, cuando sentí que se movía algo dentro de la bóveda; púseme a escuchar, y me apercibí que eran pasos de caballo. En efecto, al poco rato salió un hombre por una puerta practicada en los cimientos de la torre y cerca del arroyo, el cual venía conduciendo de la brida un fogoso alazán. No pude distinguir quién era a la simple claridad de las estrellas; pero infundiome sospechas aquel individuo vagando por las ruinas de una torre tan agreste y solitaria. «Mas si no es sencillamente un caminante como yo (me dije) y sí un contrabandista o un bandolero…, ¿a mí qué?». Gracias a Dios y a mi pobreza, no tenía nada que me robasen; por lo cual seguí royendo tranquilamente mis mendrugos. Acercose el extraño aparecido con su caballo para darle de beber cerca del sitio en que yo estaba sentado, y con tal motivo pude contemplarlo a mi sabor. Sorprendiome el verle vestido de moro, con coraza de acero y brillante casco, que distinguí perfectamente por la luz de las estrellas que se reflejaban en él; su caballo hallábase también enjaezado a la usanza árabe y llevaba grandes estribos. Condujo el caballo, como iba diciendo, hasta la orilla del riachuelo, y metiendo en él el animal su cabeza hasta los ojos, bebió tanto y con tal ansiedad, que creí que iba a reventar.

—Compañero —le dije—, bien bebe vuestro caballo. Cuando una bestia mete la cabeza de ese modo en el agua, es buena señal.

—Bien puede beber —dijo el desconocido con marcado acento árabe—, pues ya hace más de un año que abrevó la última vez.

—¡Por el apóstol Santiago! —le contesté—. ¡Pues ya aguanta más la sed que los camellos que he visto en el África! Pero acércate, pues al parecer eres militar. ¿No te quieres sentar y participar de la pobre cena de otro militar como tú?

En realidad, estaba ansioso de tener un compañero en aquel lugar solitario, y me importaba un comino que fuese moro o cristiano. Además, como Su Excelencia sabe muy bien, le importa poco al soldado la religión que profesen sus compañeros, pues todos los militares del mundo son amigos en tiempos de paz.

El gobernador hizo de nuevo una señal de asentimiento.

—Pues bien; como iba diciendo, le invité a compartir con él mi cena amigablemente, como era lo regular.

—No puedo perder tiempo en comer ni beber —me contestó—, pues necesito hacer un largo viaje antes de que amanezca.

—¿Y adónde os dirigís? —le pregunté.

—A Andalucía —contestó.

—Precisamente llevo la misma ruta —le dije—; y puesto que no queréis deteneros a cenar conmigo, permitidme, al menos, que monte a la grupa de vuestro caballo, pues veo que es bastante vigoroso y podrá llevar con facilidad carga doble.

—Acepto gustoso —replicó el moro.

Y en verdad que no hubiera sido cortés ni natural en un soldado el negarme este favor, habiéndole yo invitado antes a que cenase conmigo. Montó, pues, a caballo y acomodeme detrás de él.

—Tente firme —me dijo—, pues mi caballo corre como el viento.

—No tengas cuidado —le respondí—. Y nos pusimos en marcha.

El caballo, que caminaba a buen paso, tomó después el trote, y a éste siguió el galope, terminando por fin en una vertiginosa carrera. Rocas, árboles, edificios, todo, en fin, parecía huir de nosotros.

—¿Qué ciudad es aquélla? —le pregunté.

—Segovia —me contestó.

Pero no bien acabábamos de pronunciar estas palabras cuando ya las torres de Segovia habían desaparecido de nuestra vista. Subimos la Sierra de Guadarrama y pasamos por El Escorial; rodeamos las murallas de Madrid y cruzamos rápidamente por las llanuras de la Mancha. De este modo íbamos dejando atrás montañas, valles, torres y ciudades que divisábamos rápidamente por el simple fulgor de las estrellas.

Para abreviar esta historia, y para no cansar a Su Excelencia, diré que el moro refrenó de pronto su caballo en la falda de una montaña. «Ya hemos llegado (dijo) al término de nuestro viaje». Miré a mi alrededor y no vi señal alguna que me indicase que aquel paraje estaba habitado, como que no se percibía más que la entrada de una caverna. En tanto que yo la examinaba, me veo que empieza a aparecer un sinfín de gente vestida a la morisca, unos a caballo y otros a pie, de todos los puntos del cuadrante, y con tal velocidad que parecían arrastrados por la furia de un vendaval; y con igual ímpetu se precipitaban por la sima de la caverna como las abejas dentro de una colmena. Antes de que hubiese tenido yo tiempo de interrogar sobre todo aquello, picó mi camarada el jinete musulmán sus largas espuelas morunas en los ijares de su caballo y se confundió entre los demás. Recorrimos una larga senda inclinada y tortuosa que bajaba hasta las mismas entrañas de la tierra, y a medida que íbamos entrando empezó a hacerse perceptible una luz que semejaba los primeros albores del día; pero no podía yo distinguir bien qué era lo que brillaba. A poco se fue haciendo más viva e intensa, y ya pude ir claramente observando lo que me rodeaba. Noté entonces, a medida que íbamos avanzando, grandes grutas abiertas a derecha e izquierda, que parecían los salones de una armería; en unas había escudos, yelmos, corazas, lanzas y cimitarras pendientes de la pared; en otras, grandes pilas de municiones y equipajes de campaña tirados por los suelos. ¡Cuánto se hubiera alegrado Su Excelencia, como veterano que es, de ver tantas y tantas provisiones de guerra! Además, en otras cavernas se veían numerosas filas de jinetes perfectamente armados, lanza en ristre y con banderas desplegadas, dispuestos para salir al campo de batalla; pero todos inmóviles en sus monturas, a manera de estatuas. En otros salones veíanse guerreros durmiendo en el suelo, junto a sus caballos, y grupos de soldados de infantería, dispuestos para entrar en formación; todos enjaezados y armados a la morisca.

En fin, para concluir de contar con brevedad esta historia a Su Excelencia, entramos por último en una inmensa caverna, o, mejor dicho, en un palacio que tenía la forma de una gruta, y cuyas paredes, con incrustaciones de oro y plata, brillaban como si fueran de diamantes zafiros u otras piedras preciosas. En la parte más elevada hallábase sentado en un solio un rey moro, rodeado de sus nobles y custodiado por una guardia de negros africanos empuñando tajantes cimitarras. Todos los que iban entrando (y por cierto que se podían contar a miles) pasaban uno a uno ante su trono y se inclinaban en señal de homenaje. Unos vestían magníficos ropajes, sin mancha ni rotura alguna y deslumbrando con sus joyas, y otros llevaban brillantes y esmaltadas armaduras; pero otros, en cambio, iban cubiertos de mugrientos y haraposos vestidos y con armaduras destrozadas y cubiertas de orín.

—¡Oye, camarada! —le pregunté—; ¿qué significa todo eso?

—Esto —respondió el soldado— es un grande y terrible misterio. Sábete, ¡oh cristiano!, que tienes ante tu vista la corte y el ejército de Boabdil, último rey de Granada.

—¿Qué me estáis diciendo? —exclamé—. Boabdil y su corte fueron desterrados de este país luengos siglos ha, y todos murieron en África.

—Así se cuenta en vuestras mentirosas crónicas —añadió el moro—; pero ten entendido que Boabdil y los guerreros que pelearon hasta lo último por la defensa de Granada, todos fueron encerrados en esta montaña por arte de encantamiento. En cuanto al rey y al ejército que salieron de Granada al tiempo de la rendición, era una simple comitiva de espíritus y demonios, a quienes se le permitió tomar aquellas formas para engañar a los reyes cristianos. Más te diré, amigo mío: la España entera es un país encantado; no hay cueva en la montaña, solitario torreón en el llano o desmantelado castillo en la sierra donde no se oculten hechizados guerreros, que duermen y dormirán siglos y siglos bajo sus bóvedas, hasta que expíen sus pecados, por lo que Allah permitió que el dominio de la hermosa España pasase por algún tiempo a manos de los cristianos. Una vez al año, en la víspera de San Juan, se ven libres del mágico encantamiento desde la salida del sol hasta el ocaso, y se les permite venir a rendir homenaje a su soberano; así, pues, toda esa muchedumbre que ves bullendo en la caverna son guerreros musulmanes que acuden de sus antros y de todas las partes de España. Por lo que a mí toca, ya viste en Castilla la Vieja la arruinada torre del puente donde he pasado centenares de inviernos y veranos, debiendo volver a ella antes de romper el nuevo día. En cuanto a los batallones de infantería y caballería que ves formados en las cavernas vecinas, son los encantados guerreros de Granada. Está escrito en el libro del destino que, cuando sean deshechizados, bajará Boabdil de la montaña, a la cabeza de su ejército, recobrará su trono en la Alhambra y gobernará de nuevo en Granada; y, reuniendo los encantados guerreros que hay diseminados en toda España, reconquistará la Península, que volverá otra vez a quedar sometida al yugo musulmán.

—¿Y cuándo sucederá eso? —pregunté ansiosamente.

—¡Sólo Allah lo sabe! Nosotros creímos que estaba cercano ya el día de nuestra libertad; pero reina ahora en la Alhambra un gobernador muy celoso, tan intrépido como veterano soldado, conocido por El gobernador manco. Mientras este viejo guerrero tenga el mando de esta avanzada y esté pronto a rechazar la primera irrupción de la montaña témome que Boabdil y sus tropas tengan que contentarse con permanecer sobre las armas.

Al oír esto, el Gobernador se incorporó, requirió su espada y se retorció de nuevo el mostacho.

—Para concluir la historia y no cansar más a Su Excelencia, el soldado moro, después de contarme esto, se apeó del caballo y me dijo:

—Quédate aquí guardando mi corcel, mientras que yo voy a doblar la rodilla ante Boabdil.

Y esto diciendo, se confundió entre la muchedumbre que rodeaba el trono. «¿Qué hacer (me pregunté) habiéndome dejado solo y de esta manera? ¿Espero a que vuelva el infiel, me monte en su caballo fantástico y me lleve Dios sabe dónde, o aprovecho el tiempo y huyo de este ejército de fantasmas?». Un soldado se decide pronto, como sabe Su Excelencia perfectamente, y por lo que hacía al caballo, lo consideré como presa legal, según los fueros de la guerra y de la patria. Así, pues, montando rápidamente en la silla, volví riendas, golpeé con los estribos morunos en los flacos del animal, y huí rápidamente por el mismo sitio que habíamos entrado. Al pasar a través de los salones en que se hallaban formados los jinetes musulmanes en inmóviles batallones, me pareció oír choque de armas y ruido de voces. Aguijoneé de nuevo al caballo con los estribos y redoblé mi carrera. Entonces sentí a mis espaldas cierto rugido como el que produce el huracán; oí el choque de mil herraduras, y acto continuo me vi alcanzado por un sinnúmero de soldados y arrastrado hacia la puerta de la caverna, donde partían millares de sombras en cada una de las direcciones de los cuatro puntos cardinales.

Con el tumulto y la confusión de aquella escena caí al suelo sin sentido; y cuando volví en mí, encontreme tendido en la cima de una montaña, con el caballo árabe de pie a mi lado, pues al caer enredose la brida en mi brazo, lo que creo que impidió que se escapara a Castilla la Vieja.

Su Excelencia comprenderá fácilmente cuán grande sería mi sorpresa no viendo a mi alrededor más que pitas y chumberas, los productos de los climas meridionales, y luego esa gran ciudad allí abajo, con sus numerosas torres y palacios y con su gran Catedral. Descendí del Cerro cautelosamente llevando mi caballo de la brida, pues temí montarme en él, no me fuera a jugar una mala pasada. Cuando bajaba me encontré con vuestra ronda, la cual me informó ser Granada la ciudad que se extendía ante mi vista, y de que me encontraba en aquel instante próximo a las murallas de la Alhambra, la fortaleza del temible gobernador manco, terror de la encantada morisma. Al oír esto signifiqué mi deseo de que me hicieran comparecer ante Su Excelencia, a fin de darle cuenta de todo lo que había visto, y de que se impusiera de todos los peligros que le rodean, y para que pueda vuecencia tomar a tiempo sus medidas para salvar la fortaleza y hasta el reino mismo de las asechanzas del ejército formidable y misterioso que vaga por las entrañas de la tierra.

—Y decidme, amigo, vos que sois un veterano que ha llevado a cabo tan importantes servicios —le dijo el gobernador—, ¿qué me aconsejáis para prevenirme de tamaños peligros?

—No está bien que un humilde soldado que no ha salido nunca de las filas pretenda dar instrucciones a un jefe de la sagacidad de Su Excelencia; pero me parece que debería mandar tapiar sólidamente todas las grutas y agujeros de la montaña, de modo que Boabdil y su ejército quedasen eternamente sepultados en sus antros subterráneos. Además, si este reverendo padre —añadió el soldado respetuosamente, saludando al fraile y santiguándose con devoción— tuviera a bien consagrar las tapias con su bendición y poner unas cuantas cruces, reliquias e imágenes de santos, creo que sería muy suficiente para desafiar toda la virtud y el poder de sortilegios de los infieles.

—Eso sería, indudablemente, de gran efecto —dijo el fraile.

El gobernador entonces puso su único brazo en el puño de su espada toledana, fijó la vista en el soldado, y moviendo la cabeza le dijo:

—¿De modo, don bellaco, que creéis positivamente que me vais a engañar con toda esta patraña de montañas y moros encantados?... ¡Ni una palabra más!... Sois ya ciertamente un zorro viejo; pero tened entendido que tenéis que habérosla con otro más zorro que vos, que no se deja engañar tan fácilmente. ¡Hola! ¡Guardias, aquí! ¡Cargad de cadenas a este miserable!

La modesta sirvienta hubiera intercedido de buena gana en favor del prisionero; pero el señor gobernador le impuso silencio con una severa mirada.

Hallábanse maniatando al militar, cuando uno de los guardias tentó un bulto voluminoso en su bolsillo, y sacándolo fuera vio que era un gran bolsón de cuero, al parecer bien repleto. Cogiéndole por el fondo, vació su contenido sobre la mesa, ante la presencia misma del gobernador, y nunca mochila de filibustero arrojó cosas de más valor: salieron anillos, joyas, rosarios de perlas, cruces de más de brillantes e infinidad de monedas de oro antiguas, algunas de las cuales cayeron al suelo y fueron rodando hasta los rincones más apartados de la habitación.

Por algunos momentos se suspendió la acción de la justicia, dedicándose todos a la busca de las monedas esparcidas; sólo el gobernador, revestido de la gravedad española, conservaba su majestuoso decoro, aunque sus ojos dejaron vislumbrar cierta inquietud hasta tanto que el viejo vio meter en el bolso la última moneda y la última alhaja.

El fraile no parecía hallarse muy tranquilo; su cara estaba roja como un horno encendido y sus ojos echaban fuego al ver los rosarios y las cruces.

—¡Miserable sacrílego! —exclamó—. ¿A qué iglesias o santuario has robado estas sagradas reliquias?

Ni lo uno ni lo otro, reverendo padre; si son despojos sacrílegos, debieron ser robados en tiempos pasados por el soldado infiel que he referido. Precisamente iba a decir a Su Excelencia, cuando me interrumpió, que al posesionarme del caballo desaté un bolsón de cuero que colgaba del arzón de la silla, y el cual creo que contenía el botín de sus antiguos días de campaña, cuando los moros asolaban el país.

—Está bien; ahora arreglaos como mejor os parezca, dejándoos alojar en un calabozo de las Torres Bermejas, las cuales, aunque no están bajo ningún encanto mágico, os tendrán a buen recaudo como cualquier cueva de vuestros moros encantados.

—Su Excelencia hará lo que estime más conveniente —contestó el prisionero con frialdad—; de todos modos le agradeceré mi alojamiento en esa fortaleza. A un soldado que ha estado en las guerras, como sabe bien Su Excelencia, le importa poco la clase de alojamiento; con tal de tener una habitacioncita arreglada y rancho no muy malo, yo me las arreglaré para pasarlo a gusto. Sólo suplico a Su Excelencia que, ya que despliega tanto cuidado conmigo, que esté vigilante asimismo con su fortaleza y que no desprecie la advertencia que le he hecho de tapiar los agujeros de las montañas.

Así terminó aquella escena. El prisionero fue conducido a un seguro calabozo de las Torres Bermejas, el caballo árabe fue llevado a las caballerizas del gobernador y el bolsón del soldado depositado en el arca de Su Excelencia; bien es verdad que sobre esto le opuso el fraile algunas objeciones, manifestándole que las sagradas reliquias, que eran, a no dudar, despojos sacrílegos, debían ser depositadas en la iglesia; pero como el gobernador se había hecho cargo de aquel asunto y era señor absoluto de la Alhambra, ladeó discretamente el reverendo la cuestión, si bien determinó interiormente informar del caso a las autoridades eclesiásticas de Granada.

Para más explicarnos estas prontas y rígidas medidas por parte del viejo gobernador manco, es necesario saber que por este tiempo se hallaba sembrando el terror en las serranías de la Alpujarra, no lejos de Granada, una partida de ladrones capitaneada por un jefe terrible llamado Manuel Borrasco, el cual no sólo andaba merodeando por los campos, sino que osaba entrar hasta en la misma ciudad con diferentes disfraces para procurarse noticias de los convoyes de mercancías próximos a salir, o de los viajeros que se iban a poner en marcha con los bolsillos bien repletos, de los cuales se encargaba él y su partida de los apartados y solitarios pasos o encrucijadas de los caminos. Estos repetidos y escandalosos atropellos llamaron la atención del Gobierno, y los comandantes de algunos puestos militares habían recibido ya instrucciones para que estuviesen alerta y prendiesen a los forasteros sospechosos. El gobernador manco tomó el asunto con un celo sin igual, a consecuencia de la mala fama que había adquirido la fortaleza, y en tal ocasión creíase seguro de haber atrapado algún terrible bandido de la famosa partida.

Divulgose entretanto el suceso, haciéndose el tema de todas las conversaciones, no sólo en la fortaleza, sino también en la ciudad. Decíase que el célebre bandido Manuel Borrasco, terror de las Alpujarras, había caído en poder del veterano gobernador manco, y que éste lo había encerrado en un calabozo de las Torres Bermejas, acudiendo allí todos los que habían sido robados por él, a ver si le reconocían. Las Torres Bermejas, como ya se sabe, están enfrente de la Alhambra, en una colina semejante, y separadas de la fortaleza principal por la cañada en que se encuentra la alameda. No tiene murallas exteriores, pero un centinela hacía la guardia delante de la Torre. La ventana del cuarto donde encerraron al soldado hallábase fuertemente asegurada con recias barras de hierro y miraba a una pequeña explanada. Allí acudía el populacho a ver al prisionero, como si viniera a ver una hiena feroz que se revuelve en la jaula de una exposición de fieras. Nadie, sin embargo, lo reconoció por Manuel Borrasco, pues aquel terrible ladrón era notable por su feroz fisonomía, y no tenía ni por asomos el aire burlón del prisionero. Ya no sólo de la ciudad, sino de todo el reino, venía la gente a verle, pero nadie le conocía; con lo que empezaron a nacer dudas en la imaginación del vulgo sobre si sería o no verdad la maravillosa historia que había contado el hombre; pues era antigua tradición, oída contar a sus padres por los más ancianos de la fortaleza, que Boabdil y su ejército estaban encerrados por encanto mágico en las montañas. Muchas personas subieron al Cerro del Sol —o por otro nombre, de Santa Elena—, en busca de la cueva mencionada por el soldado, y todos se asomaban a la boca de un pozo tenebroso, cuya profundidad inmensa nadie conocía —el cual subsiste aún—, y a pies juntillas creían que sería la fabulosa entrada al antro subterráneo de Boabdil.

Poco a poco fue ganándose el soldado las simpatías del vulgo, pues el bandolero de las montañas no tiene en manera alguna en España el abominable carácter que el ladrón de los demás países, sino que, por el contrario, es una especie de personaje caballeresco a los ojos del pueblo. Hay también ciertas predisposiciones a censurar la conducta de los que mandan, y no pocos comenzaron a murmurar de las severas medidas que había adoptado el gobernador manco, y miraban ya al prisionero como un mártir de su rigor.

El soldado, además, era hombre alegre y jocoso, y bromeaba con todos los que se acercaban a su ventana, dirigiendo galantes requiebros a las muchachas. Procurose también una mala guitarrilla, y, sentado a la ventana, entonaba canciones y coplas amorosas, con las que deleitaba a las hembras de la vecindad, que se reunían por la noche en la explanada y bailaban boleros al son de su música.

Como se había afeitado la inculta barba, se hizo agradable a los ojos de las muchachas, y hasta la humildita criada del gobernador confesó que su picaresca mirada era irresistible. Esta sensible joven demostró desde el principio una tierna simpatía por sus desgracias, y, después de haber pretendido en vano mitigar los rigores del gobernador, púsose a dulcificar privadamente su cautiverio, por lo que todos los días llevaba al prisionero algunas golosinas que se perdían de la mesa del gobernador o que escamoteaba de la despensa; esto sin contar de vez en cuando con tal o cual confortable botella de selecto Valdepeñas o rico Málaga.

Mientras ocurría esta inocente traicioncilla dentro de la misma ciudadela del viejo gobernador, fraguaba un amago de guerra sus enemigos exteriores. La circunstancia de haber encontrado al supuesto ladrón un bolsón lleno de monedas y alhajas fue contada exageradamente en Granada, por lo que se suscitó una competencia de jurisdicción territorial por el implacable rival del gobernador, el capitán general. Insistió éste en que el prisionero había sido capturado fuera del recinto de la Alhambra y dentro del territorio en que ejercía él autoridad; por consiguiente, reclamó su persona y el *spolia opima* cogido con él. El fraile, a su vez hizo una delación semejante al gran inquisidor sobre las cruces, rosarios y otras reliquias contenidas en el bolsón, por cuyo motivo reclamó éste también al culpable por haber incurrido en el delito de sacrilegio, sosteniendo que lo robado por el ladrón pertenecía de derecho a la iglesia y su cuerpo al próximo auto de fe. El gobernador hallábase dado a los diablos ante estas reclamaciones, y juraba y perjuraba que antes de entregar al prisionero le haría ahorcar en la Alhambra, como espía cogido en los confines de la fortaleza.

El capitán general amenazó con enviar un destacamento de soldados para transportar al prisionero desde las Torres Bermejas a la ciudad. El gran inquisidor también intentaba enviar algunos familiares del Santo Oficio. Avisaron al gobernador cierta noche de estas maquinaciones.

—¡Que vengan —gritó— y verán antes de tiempo lo que les espera conmigo! ¡Mucho tiene que madrugar el que quiera pegársela a este soldado viejo!

Dictó, por consiguiente, sus órdenes para que el prisionero fuera conducido al romper el día a un calabozo que había dentro de las murallas de la Alhambra.

—Y oye tú, niña —dijo a su modesta doncella—, toca a mi puerta y despiértame antes de que cante el gallo, para que presencie yo mismo la ejecución de mis órdenes.

Vino el día, cantó el gallo, pero nadie tocó a la puerta del gobernador. Ya había aparecido el sol por la cima de las montañas cuando se vio despertado el gobernador por su veterano cabo, que se le presentó con el terror retratado en su semblante.

—¡Se ha escapado! ¡Se ha escapado! —gritaba el cabo tomando alientos.

—¿Cómo? ¿Quién se ha escapado?

—¡El soldado!… ¡El bandido!… ¡El diablo!… Pues no sabemos quién es. Su calabozo está vacío, pero la puerta cerrada, y nadie se explica cómo ha podido salir.

—¿Quién lo vio por última vez?

—Vuestra criada, que le llevó la cena.

—Que venga al momento.

Aquí hubo otro nuevo motivo de confusión: el cuarto de la modesta doncella estaba también vacío y su cama indicaba que no se había acostado aquella noche; era evidente que se había fugado con el prisionero, pues se recordó que días antes sostenía frecuentes conversaciones con él.

Este último golpe hirió al gobernador en la parte más sensible de su corazón; pero apenas tuvo tiempo para darse cuenta de lo ocurrido cuando se presentaron a su vista nuevas desgracias, pues al entrar en su gabinete se encontró abierta su arca y que había desaparecido el bolsón del soldado y con él dos sendos talegos atestados de doblones.

¿Cómo y por dónde se habían escapado los fugitivos? Un labrador ya anciano, que vivía en un cortijo junto a un camino que conducía a la sierra, dijo que había oído el ruido del galope de un poderoso corcel que iba hacia la montaña poco antes de romper el día; asomose, pues, a una ventana y pudo distinguir un jinete que llevaba una mujer sentada en la delantera.

—Mirad las caballerizas —gritó el gobernador manco.

En efecto, se registraron las caballerizas, y todos los caballos estaban atados a sus respectivas estacas, menos el caballo árabe, que en su lugar había sujeto al pesebre un formidable garrote y junto a él un letrero que decía:

Al buen gobernador manco
regala este animalejo
un soldado viejo.

Leyenda de las dos discretas estatuas

Vivía en tiempos antiguos en una de las habitaciones de la Alhambra un hombrecillo muy jovial llamado Lope Sánchez, el cual trabajaba en los jardines y se pasaba cantando todo el día, alegre y gozoso como una cigarra. Era nuestro hombre la vida y el alma de la fortaleza; cuando concluía su trabajo sentábase con su guitarra en uno de los bancos de piedra de la explanada y al son de su instrumento cantaba soberbios cantares del Cid, de Bernardo del Carpio, de Hernando del Pulgar y demás héroes españoles, con los que divertía a los inválidos del recinto, o entonaba otros aires más alegres para que las mozuelas bailasen fandangos y boleros.

Como la mayor parte de los hombres de poca estatura, Lope Sánchez habíase casado con una mujer alta y robusta, que casi se lo podía meter en un bolsillo, empero no tuvo Sánchez la misma suerte que la generalidad de los pobres, pues en lugar de hacerle diez o doce chiquillos, tuvo solamente una hija: una niña bajita de cuerpo, de hermosos ojos negros, a la sazón de unos doce años de edad, llamada Sanchica, tan alegre y jovial como él, y la cual hacía las delicias de su corazón. Jugaba a su lado mientras el padre trabajaba en los jardines, bailaba al compás de su guitarra cuando el padre se sentaba a descansar a la sombra, y corría y saltaba como una cervatilla por los bosques, alamedas y desmantelados salones de la Alhambra.

En una víspera de San Juan la gente de humor aficionada a celebrar los días festivos, hombres, mujeres y chiquillos, subieron por la noche al Cerro del Sol, que domina el Generalife, para pasar la velada en su plana y elevada meseta. Hacía una hermosa noche de luna; todas las montañas estaban bañadas de su argentada luz; la ciudad, con sus cúpulas y campanarios, mostrábase envuelta entre sombras, y la Vega parecía tierra de hadas con las mil encantadas lucecillas que brillaban entre sus oscuras arboledas. En la parte más alta del Cerro encendieron una gran hoguera, siguiendo la antigua costumbre del país, conservada desde tiempo de moros, mientras los habitantes de los campos circunvecinos festejaban del mismo modo la velada con sendas fogatas, encendidas en diversos sitios de la Vega y en la falda de las montañas, que brillaban pálidamente a la luz de la luna.

Pasose la noche bailando alegremente al son de la guitarra de Lope Sánchez, el cual nunca se sentía tan contento como en uno de estos días de fiesta y regocijo general. Mientras bailaban los concurrentes, la niña Sanchica se divertía en saltar y brincar con otras muchachas sus amigas por entre las ruinas de la vieja torre morisca que ya conocemos, denominada La Silla del Moro, cuando he aquí que, hallándose cogiendo piedrecillas en el foso, se encontró una manecita de azabache primorosamente esculpida, con los dedos cerrados y el pulgar fuertemente pegado a ella. Regocijada por su feliz hallazgo, corrió a enseñárselo a su madre, e inmediatamente se hizo aquél el tema general de conversación, siendo por casi todos con cierta superstición y desconfianza.

—¡Tiradla! —decía uno.

—¡Eso es cosa de moros; seguramente contiene alguna brujería! —decía otro.

—¡No hagáis tal cosa! —añadía un tercero—. Eso puede venderse, aunque den poco, a los joyeros del Zacatín.

Engolfados estaban en esta discusión, cuando se acercó un veterano que había servido en África, de rostro tan tostado como el de un rifeño, el cual dijo, después de examinar la manecita con aire de superior inteligencia:

—He visto muchos objetos como éste allá en Berbería. Éste es un maravilloso amuleto para librarse del mal de ojo de toda clase de sortilegios y hechicerías. Os felicito, amigo Lope, pues esto anuncia buena suerte a vuestra hija.

Al oír tales palabras, la mujer de Lope Sánchez ató la manecita de azabache a una cinta y la colocó al cuello de su hija.

La vista de este talismán atrajo a la memoria del concurso las más gratas y halagüeñas credulidades referentes a los moros. Dejose, pues, de bailar, y, sentados en corrillos en el suelo, empezaron unos y otros a contar las antiguas y legendarias tradiciones heredadas de sus abuelos. Algunas de estas consejas relacionábanse con el portentoso Cerro del Sol, en el cual se hallaban, y que era tenido en verdad por una región fantástica famosísima. Una de aquellas viejas comadres hizo la descripción detallada del palacio subterráneo que se halla en las entrañas de aquel Cerro, donde todos creen, como si lo vieran, que se encuentra encantado Boabdil con su espléndida corte muslímica.

—Entre aquellas ruinas de más allá —dijo la anciana señalando unos muros desmantelados y unos montones de piedra algo distantes de la montaña— se encuentra un pozo profundo y tenebroso que llega hasta el mismo corazón del monte. Lo que es yo no me atrevería por mi parte a mirar por el brocal por todo cuanto dinero hay en el mundo, pues cierta vez, hace de esto ya bastante tiempo, un pobre pastor de la Alhambra, que guardaba sus cabras en ese paraje, bajó al pozo en busca de un cabritillo que se le había caído dentro, salió de allí, ¡santo Dios!, pálido y sobrecogido, y contando tales y tan portentosas cosas que había visto, que todo el mundo creyó que había perdido el seso. Estuvo delirando dos o tres días con los fantasmas de los moros que le habían perseguido en la caverna, y no lo hubo en mucho tiempo medio de persuadirlo a que subiese de nuevo a la montaña. Por su desgracia volvió al fin, y, ¡pobre infeliz!, no se le volvió a ver más. Sus vecinos encontraron sus cabras pastando entre las ruinas moriscas, y su sombrero y su manta junto a la boca del pozo, pero no se supo qué fue de él.

La muchacha del jardinero escuchó con gran atención aquella historia, y, como era en extremo curiosa, se apoderó de ella un vivo deseo de asomarse a explorar el terrible y fatídico pozo. Separose, pues, de sus compañeras y se dirigió a las apartadas ruinas, y, después de andar tropezando por algún tiempo, llegó a una pequeña concavidad en la cima de la montaña, junto al declive del Valle del Darro, oscuro como boca de lobo, lo cual daba suficiente idea de que en su centro se abría la boca de la famosa cisterna. Sanchica se aventuró a llegar hasta el borde y miró hacia el fondo, su profundidad. Helósele la sangre en el cuerpo a la muchacha y se retiró llena de pavor; volvió a mirar de nuevo y volvió a retirarse otra vez; repitió por tercera vez la operación, y el mismo horror le hacía ya sentir cierta especie de deleite; por último, cogió un gran guijarro y lo arrojó al fondo: por algún tiempo bajó la piedra silenciosamente, pero al cabo de un momento se sintió su violento choque contra alguna roca saliente, y luego que botaba de un lado para otro y que producía un ruido semejante al del trueno, hasta que, finalmente, sonó en agua a grandísima profundidad, quedando todo otra vez en silencio completo.

Este silencio, sin embargo, no fue de mucha duración; pues no parecía sino que se había despertado algo en aquel horrible abismo; empezó por elevarse poco a poco del fondo de la cisterna un zumbido semejante al que producen las abejas en una colmena; este zumbido fue creciendo más y más, y, por último, se percibió, aunque débilmente, cierto clamoreo como lejano y el estrépito y ruido de armas, címbalos y trompetas, como si algún ejército marchase a la guerra por entre los antros y profundidades de aquella montaña. Retirose la mozuela aterrorizada y volvió al sitio donde había dejado a sus padres y compañeros; pero todos habían desaparecido y la hoguera estaba agonizante y despidiendo una débil humareda a los pálidos rayos de la luna.

Ya las fogatas que habían ardido en las próximas montañas y en la Vega se habían también extinguido completamente y todo parecía haber quedado en reposo. Sanchica llamó a gritos a sus padres y a algunos de sus conocidos por sus respectivos nombres, y, viendo que nadie respondía, bajo rápidamente a la falda de la montaña y los jardines del Generalife, hasta que llegó a la alameda que conduce a la Alhambra, y sintiéndose fatigada se sentó en un banco de madera para tomar alientos. La campana de la Torre de la Vela dio en aquel momento el toque de la medianoche; reinaba un pavoroso silencio, como si durmiese la Naturaleza entera, oyéndose tan sólo el casi imperceptible murmullo que producía un oculto arroyuelo que corría bajo los árboles. La dulzura de la atmósfera iba ya adormeciendo a la muchacha, cuando de pronto vislumbró cierta cosa que brillaba a lo lejos, y, con no poca sorpresa suya, divisó una gran cabalgata de guerreros moriscos que bajaba por la falda de la montaña, dirigiéndose a las alamedas de la Alhambra. Unos venían armados con lanzas y adargas, y otros con cimitarras y hachas; cubiertos con fulgentes corazas que brillaban a los rayos de la luna, y montados en soberbios corceles que corveteaban y piafaban e iban orgullosos tascando el freno; pero el ruido de sus cascos era sordo, como si estuviesen calzados de fieltro. Los jinetes llevaban en sus semblantes la palidez de la muerte; entre ellos cabalgaba una hermosa dama, ciñendo una corona su tersa frente y llevando sus largas trenzas rubias adornadas de perlas, así como la cubierta de su palafrén, de terciopelo carmesí bordado de oro. Caminaba la noble señora sumida en la más profunda tristeza y con la mirada fija en el suelo.

Detrás seguía un numeroso séquito de cortesanos, lujosamente ataviados con trajes y turbantes de variados colores, y en medio de ellos, sobre un caballo de guerra hermosamente enjaezado, iba el rey Boabdil el Chico, cubierto con su manto real adornado de ricas joyas y con una corona esplendorosa de diamantes. La admirada muchacha lo reconoció por su barba rubia y por el gran parecido que tenía con su retrato, que había visto mil veces en la galería de pinturas del Generalife. Contemplaba con pasmo la joven aquella regia pompa conforme iba pasando el cortejo por entre los árboles; mas, aunque persuadida de que aquel monarca y aquellos cortesanos y guerreros tan pálidos y silenciosos eran cosa sobrenatural y de magia y encantamiento, los miraba sin ningún temor; ¡tal valor le había infundido ya el virtuoso talismán de la manecita que llevaba pendiente del cuello!

Luego que pasó la cabalgata, se levantó y la siguió. Se dirigió la extraña procesión hacia la gran Puerta de la Justicia, que estaba abierta de par en par; los centinelas que estaban dando la guardia dormían en los bancos de la barbacana con un profundo y al parecer mágico sueño, pasando la fantástica comitiva por su lado sin hacer el más leve ruido, con banderas desplegadas y en actitud de triunfo. Sanchica quiso seguirla, pero, con gran sorpresa suya, vio una abertura en la tierra, dentro de la barbacana, que conducía hasta los cimientos de la Torre. Internose un poco dentro de ella y atreviose a descender por la abertura, por unos escalones informemente cortados en la roca viva, y penetró luego en un pasadizo abovedado, iluminado de trecho en trecho con lámparas de plata, las cuales, al propio tiempo que iluminaban, despedían un perfume embriagador. Aventurose la chica más y más, hasta que se encontró en un gran salón abierto en el corazón de la montaña, magníficamente amueblado al estilo morisco e iluminado con lámparas de plata y cristal. Allí, recostado en un diván, aparecía como amodorrado un viejo de larga barba blanca y vestido a la usanza morisca, con un báculo en la mano, que parecía que se le escapaba de los dedos a cada instante, y sentada a corta distancia de él una bellísima doncella, vestida a la antigua española, ciñendo su frente una diadema cuajada de brillantes y con su dorada cabellera salpicada de perlas, la cual pulsaba dulcemente una lira de plata. La hija de Lope recordó entonces cierta historia que ella había oído contar a los viejos habitantes de la Alhambra acerca de una princesa goda que se hallaba cautiva en el centro de la montaña por las artes y hechizos de un viejo astrólogo árabe, al cual tenía ella a su vez aletargado en un sueño perpetuo gracias al mágico poder de su peregrina lira.

La dama cautiva manifestó gran sorpresa al ver a una persona en carne mortal en su fatídica morada.

—¿Es la víspera de San Juan? —preguntó a la muchacha.

—Sí, señora —respondió Sanchica.

—Entonces está en suspenso por esta noche el mágico encantamiento. Acércate, hija mía, y nada temas; soy cristiana como tú, aunque me ves aquí hechizada por arte mágica. Toca mis cadenas con ese talismán que pende de tu cuello y me veré libre por esta noche.

Esto diciendo, entreabrió sus vestidos, dejando ver una ancha faja de oro que sujetaba su talle y una cadena del mismo metal que la tenía aprisionada al suelo. La niña aplicó sin vacilar la manecita de azabache a la faja de oro, e inmediatamente cayó la cadena a tierra. Al ruido despertose el astrólogo y comenzó a restregarse los ojos; pero la cautiva pasó suavemente los dedos por las cuerdas de la lira, y volvió de nuevo el anciano a su letargo y a dar cabezadas y a vacilar su báculo en la mano.

—Ahora —le dijo la joven— toca su báculo con la mágica manecita de azabache.

Obedeció la muchacha, y deslizósele al viejo la vara mágica de su diestra, quedándose profundamente dormido en su otomana. La dama aproximó su lira al diván apoyándola sobre la cabeza del aletargado astrólogo; después hirió de nuevo las cuerdas hasta que vibraron en sus oídos.

—¡Oh poderoso espíritu de la armonía! —dijo la cautiva—. Ten encadenados sus sentidos hasta que venga el nuevo día.

—Ahora sígueme, hija mía —continuó—, y verás la Alhambra como estuvo en los días de su esplendor, pues posees un talismán que descubre todas sus maravillas.

Sanchica siguió a la cautiva cristiana sin desplegar sus labios. Pasaron el umbral o barbacana de la La Silla del Moro y llegaron a la Plaza de los Aljibes, la cual estaba poblada de soldados de caballería e infantería morisca formados en escuadrones y con banderas desplegadas. Veíanse luego guardias reales en la puerta del Alcázar y largas filas de negros africanos con sus cimitarras desnudas, sin pronunciar palabra. Sanchica pasó sin recelo alguno detrás de su guía. Su asombro creció de punto cuando entró en el Palacio real, pues; a pesar de haberse ella criado en aquellos sitios, como la luna iluminaba intensamente los regios salones, los patios y los jardines, se veía todo tan claro como de día, ofreciendo aquellos aposentos un aspecto enteramente diferente del que presentaban ordinariamente a sus habitantes y espectadores. Las paredes de las habitaciones no parecían manchadas ni agrietadas por la inclemencia del tiempo; en vez de verse llenas de telarañas, estaban cubiertas con ricas sedas de damasco, y los dorados y pinturas arabescas con su frescura y brillantez primitivas; los salones, en lugar de estar desamueblados y desnudos, hallábanse adornados con riquísimos divanes y otomanas cuajados de perlas y recamados de piedras preciosas, y todas las fuentes de los patios y jardines arrojaban surtidores de agua preciosísimos.

Las cocinas del antes desierto Alcázar estaban entonces funcionado de nuevo, viéndose en ellas multitud de marmitones ocupados en condimentar riquísimos y suculentos manjares y en aderezar sinnúmero de espectros de pollos y perdices; infinitos criados iban y venían con deliciosas viandas, servidas en vajilla de plata, destinadas al espléndido banquete. El Patio de los Leones estaba repleto de guardias, de cortesanos y alfaquíes, como en los antiguos tiempos de los moros, y en uno de los extremos de la Sala de la Justicia se veía sentado en su trono el rey Boabdil rodeado de su corte y empuñando en su mano un quimérico cetro. A pesar de tan inmensa muchedumbre, no se oía ruido alguno de pasos ni de voz humana, interrumpiendo sólo la caída del agua en las fuentes el silencio de la medianoche. La joven Sanchica siguió a la hermosa cautiva por todo el Palacio, muda de asombro, hasta que llegaron a una puerta que conducía a los pasadizos abovedados que se hallan por bajo de la Torre de Comares. A cada lado de la puerta se veía la escultura de una ninfa de hermoso y puro alabastro; sus cabezas se hallaban vueltas hacia un mismo lado y miraban a un mismo sitio dentro de la bóveda. Detúvose la dama encantada e hizo señas a la niña para que se le acercase.

—Aquí —le dijo— existe un gran misterio, que te voy a revelar en premio de tu fe y de tu valor. Estas mudas estatuas vigilan un tesoro que ocultó en este lugar un rey moro desde tiempos antiquísimos. Di a tu padre que abra un agujero en el sitio hacia donde tienen las ninfas fijos los ojos, y se encontrará una riqueza con la cual será más poderoso que cuantas personas existen en Granada; pero es preciso que sepas que tus puras manos únicamente, dotada como estás de ese talismán, podrán sacar el tesoro. Por último, di también a tu padre que use de él con discreción y que dedique una parte del mismo en decirme diariamente misas para que pueda llegar a verme libre de este mágico encantamiento.

Dichas estas palabras, condujo a la niña al pequeño Jardín de Lindaraja, contiguo a la bóveda de las estatuas. La luna jugueteaba sobre las aguas de la solitaria fuente que hay en el centro del jardín, derramando una tenue luz sobre los naranjos y limoneros. La hermosa dama cortó una rama de mirto y coronó a la niña con ella.

—Esto te recordará —le dijo— lo que te he revelado y servirá de testimonio de su veracidad. Ha llegado mi hora, y es fuerza que vuelva al salón encantado; no me sigas, no sea que vaya a ocurrirte alguna desgracia. ¡Adiós! ¡Acuérdate de mis encargos y haz que digan misas para mi desencanto!

Y diciendo estas palabras, internose la dama en el pasadizo oscuro de debajo de la Torre de Comares y desapareció. Oyose en aquel momento el lejano canto de un gallo allá por bajo de la Alhambra, en el Valle del Darro, y luego apareció una pálida claridad por las montañas del Oriente; levantose una brisa suave, se oyó cierto ruido por los patios y corredores, como el que hace el viento cuando arrastra las hojas secas de las alamedas, y se fue cerrando una puerta tras otra con estrépito infernal.

Volvió Sanchica a recorrer los mismos sitios que antes había visto poblados por la fantástica muchedumbre, pero Boabdil y su corte habían desaparecido. La luz de la mañana sólo dejaba ver los salones como siempre, desiertos, y las galerías despojadas del pasajero nocturno esplendor, manchadas, deterioradas por el tiempo y cubiertas de telarañas; sólo los murciélagos revoloteaban a la incierta luz del crepúsculo y las ranas cantaban en el estanque.

Apresurose a subir la hija del buen Sánchez por una escalera especial que conducía a las habitaciones que ocupaba su familia. La puerta se hallaba, como de costumbre, abierta, pues el pobre Lope era tan escaso de fortuna que no necesitaba de cerrojos ni de barras; la chica buscó a tientas su colchón, y poniendo la guirnalda de mirto debajo de su almohada, durmiose profundamente. Por la mañana contó al padre todo cuanto le había acaecido en la noche anterior. Lope Sánchez lo creyó todo puro ensueño y se rio de la credulidad de su hija, marchándose de seguida a sus faenas de costumbre.

No hacía mucho tiempo que se hallaba en los jardines cuando vio venir a la muchacha corriendo y gritando sin alientos:

—¡Padre, padre! ¡Mire usted la guirnalda de mirto que la dama misteriosa me puso en la cabeza!

Quedose atónito Lope Sánchez, pues la rama de mirto era de oro purísimo y cada hoja una hermosa esmeralda. No estaba acostumbrado el pobre hombre a ver piedras preciosas e ignoraba el verdadero valor de la guirnalda; pero sabía lo bastante para comprender que era de materias más positivas que aquellas de que se forman los sueños, y «de todos modos —decía para sí— mi hija ha soñado con provecho». Su primer cuidado fue advertirle a la niña que guardase el más absoluto secreto; y en cuanto a esto, podía el padre estar seguro, pues poseía aquella criatura una discreción maravillosa con relación a su edad y a su sexo. Después se encaminó hacia la bóveda donde se hallaban las estatuas de alabastro, y observó que sus cabezas se dirigían a un mismo lugar en el interior del edificio. Lope Sánchez no pudo menos que admirar esta discretísima invención para guardar un secreto; tiró, pues, una línea desde los ojos de las ninfas hasta el punto donde se dirigían, hizo una señalita en la pared y se retiró. Durante todo el día la imaginación del jardinero se sintió grandemente agitada. No cesaba de dar vueltas y revueltas por el sitio de las estatuas, convulso y nervioso, no fuera que se descubriese el secreto del tesoro. Cada paso que oía por los próximos lugares le hacía temblar; hubiera dado cualquier cosa por poder volver a otro lado las cabezas de las esculturas, sin tener en cuenta que se hallaban ya mirando en aquella misma dirección durante algunos siglos, sin que nadie hubiera adivinado el objeto.

«¡Malos diablos se las lleven! —se decía a sí mismo—. ¡Van a descubrirlo todo! ¿Se ha visto nunca modo igual de guardar un secreto?». Además de esto, cuando oía que se aproximaba alguien, se iba silenciosamente a otro lugar, no fuera que andando por allí pudiera despertar sospechas. Luego volvía cautelosamente y miraba desde lejos para cerciorarse de que todo estaba seguro; pero la mirada fija de las dos estatuas le hacía estallar de indignación. «¡Y dele! ¡Allí están —decía para sus adentros— siempre mirando, mirando, mirando precisamente adonde no debieran mirar! ¡Mal rayo las parta! Son lo mismo que todas las mujeres; si no tienen lengua con qué charlar, esté usted seguro que hablarán con los ojos».

Al fin, con gran satisfacción de Lope Sánchez, terminó aquel intranquilo día. Ya no se oía ruido de pasos en los acústicos salones de la Alhambra; fue despedido el último extranjero, la puerta principal cerrada y atrancada, y el murciélago, la rana y la lechuza se entregaron poco a poco a sus aficiones nocturnas en el desierto Palacio.

Lope Sánchez, sin embargo, aguardó a que estuviera bien avanzada la noche, y entonces se dirigió con su hija a la sala de las dos ninfas, a las que encontró mirando tan misteriosamente como siempre al sitio secreto del depósito. «Con vuestro permiso, gentiles damas —dijo Lope Sánchez al pasar por entre ellas—, os voy a relevar del penoso cargo que habéis tenido, y que os debe haber sido bien molesto, durante los dos o tres últimos siglos».

A seguida se puso a explorar en el punto de la pared que había marcado anteriormente, y a poco quedó abierto un hueco tremendo, en el cual se encontró con dos grandes jarrones de porcelana. Intentó sacarlos fuera, pero hallábanse clavados, inmóviles: hasta que fueron tocados por la inocente mano de su niña, con cuya ayuda los pudo extraer de su nicho, y vio con inefable alegría que se encontraban repletos de monedas de oro morunas, de alhajas y de piedras preciosas. Llevose el buen Lope los jarrones a su cuarto antes de amanecer el nuevo día, y dejó las estatuas que los custodiaban con sus ojos fijos todavía en la hueca pared misteriosa.

Lope Sánchez se hizo rico repentinamente de este modo; pero sus riquezas, como sucede siempre, le acarrearon un sinnúmero de cuidados que hasta entonces había ignorado. ¿Cómo iba a sacar su tesoro y tenerlo seguro? ¿Cómo disfrutaría de él sin inspirar sospechas? Entonces, por primera vez en su vida, tuvo miedo de los ladrones, considerando aterrorizado la inseguridad de su habitación y se cuidaba de asegurar las puertas y ventanas; mas, a pesar de todas sus preocupaciones, le era imposible dormir tranquilo. Su habitual alegría le abandonó por último, y ya no bromeaba ni cantaba con sus vecinos; se hizo, en una palabra, el ser más desgraciado de la Alhambra. Sus antiguos amigos notaron en él este cambio y, aunque mostraban compadecerle cordialmente, el caso es que empezaron a volverle la espalda, creyendo que estaba en la miseria y que corrían peligro de tener que socorrerle; otros, sin embargo, llegaron a sospechar que su única desgracia era el ser rico.

La mujer de Lope Sánchez participaba de las tristezas del marido, pero tenía sus consuelos espirituales; pues debemos consignar que, por ser el jardinero un hombrecillo tan ruin, insignificante y de escaso meollo, su esposa acostumbraba a aconsejarse, en todos los asuntos graves, de su confesor fray Simón, un fraile rollizo, de anchas espaldas, barba larga y cabeza gorda, del cercano convento de San Francisco, que era el director y consuelo espiritual de la mayor parte de las buenas mujeres de la vecindad. Era así mismo tenido en gran estima en diversos conventos de monjas, donde le solicitaban como confesor, y de las cuales recibía frecuentes regalitos de golosinas y frioleras confeccionadas en los mismos conventos, tales como delicadas confituras, ricos bizcochos y botellas de exquisitos vinos y licores, que servían al buen padre de maravillosos tónicos después de los ayunos y vigilias.

Fray Simón medraba con el ejercicio de sus funciones. En su grasiento cutis relucía el sol cuando subía por las cuestas de la Alhambra en los días calurosos. Mas, a pesar de su obesidad, demostraba el padre la austeridad de su regla llevando constantemente amarrado el cordón a su cintura; las gentes se quitaban el sombrero, mirando en él un espejo de piedad, y los perros mismos olfateaban el olor de santidad que despedían sus vestiduras, y le saludaban ladrándole desde las perreras cuando pasaba.

Tal era el director espiritual de la bonachona mujer de Lope Sánchez; y como el padre confesor es el confidente doméstico de las mujeres de la clase baja de España fue pronto informado con mucho misterio de la historia del tesoro escondido.

El fraile abrió los ojos y puso una boca tamaña, santiguándose diez o doce veces al saber la noticia; mas después de un momento de pausa, exclamó:

—¡Hija de mi alma! Sábete que tu marido ha cometido un doble pecado contra el Estado y contra la Iglesia. El tesoro de que se ha apoderado pertenece a la Corona por haber sido encontrado en los dominios reales; mas como, por otro lado, es riqueza de infieles, arrebatada de las garras de Satanás debe ser consagrado a la Iglesia. Con todo, ya veremos el modo de arreglar este asunto; tráeme por de pronto la guirnalda de mirto.

Cuando se la trajeron, al buen fraile se le encandilaron los ojos viendo el tamaño y hermosura de aquellas esmeraldas.

—He aquí las primicias de este descubrimiento, que deben dedicarse a obras piadosas. La colgaré en la iglesia como ofrenda delante de la imagen de nuestro señor San Francisco, y le pediré esta misma noche con gran fervor que conceda a tu marido el poder gozar con tranquilidad de sus riquezas.

La buena mujer se alegró mucho de quedar en paz con el cielo bajo condiciones tan razonables, y el fraile, escondiendo la guirnalda debajo de sus hábitos, encaminose con mansedumbre a su convento.

Cuando nuestro buen Lope volvió a su casa le contó su mujer todo lo que había sucedido. Incomodose de lo lindo el jardinero con la intempestiva devoción de su esposa, teniéndole amostazado las frecuentes visitas del fraile.

—¡Mujer! ¿Qué has hecho? —le dijo—. Vas a comprometernos con tus habladurías.

—¿Cómo con mis habladurías? —gritó la buena mujer—. ¿Acaso me querrás prohibir que descargue mi conciencia en mi confesor?

—¡No es eso, mujer! Confiesa todos los pecados que quieras; pero en cuanto a este tesoro, es un pecado solamente mío, y mi conciencia no se siente abrumada por ello de ningún peso.

De nada valía ya el entregarse a estériles lamentaciones; el secreto se había publicado ya, y como agua que cae en la arena, no se podía ya recoger. Su única esperanza estaba cifrada en la discreción del fraile.

Al día siguiente, mientras Sánchez se hallaba ausente, sonó un toque muy quedito en la puerta y se entró fray Simón con su cara humilde y bonachona.

—¡Hija mía! —le dijo—. He rezado con grandísima devoción a San Francisco, y ha escuchado mis oraciones. A medianoche se me apareció el santo bendito, en sueños, pero con el rostro como disgustado. «¿Cómo (me dijo) te atreves a pedirme que dé mi permiso para gozar de un tesoro de los gentiles, cuando ves la pobreza que reina en mi capilla? Ve a casa de Lope Sánchez y pide en mi nombre una parte de ese tesoro morisco para que se me hagan dos candelabros para el altar mayor, y luego que disfrute en paz el resto».

Cuando la buena mujer oyó lo de la visión se persignó con terror, y yendo al sitio secreto donde su marido tenía escondido el tesoro llenó una gran bolsa de cuero de monedas de oro morunas y se las entregó al franciscano. El piadoso padre la colmó, en cambio, de bendiciones, en número suficiente para enriquecer a toda su raza hasta la última generación si el cielo las confirmara; y guardándose la bolsa en una de las mangas de su hábito, cruzó sus manos sobre el pecho y retirose con aire de humilde gratitud.

Cuando Lope se enteró de este segundo donativo a la Iglesia faltó poco para que perdiese el juicio.

—¡Esto no se puede sufrir! —exclamaba—. ¿Qué va a ser de mí? ¡Me robarán poco a poco, me arruinarán y me dejarán, Dios mío, a pedir limosna!

Con gran dificultad pudo su mujer apaciguarlo, recordándole las inmensas riquezas que todavía le quedaban y cuán moderado se había manifestado San Francisco, puesto que se había contentado con tan poca cosa.

Desgraciadamente, fray Simón tenía una extensa parentela que mantener aparte de media docena de rollizos chiquillos, de cabeza gorda, huérfanos y desamparados, de quienes se había hecho cargo. Repitió, pues, sus visitas diariamente, solicitando limosnas para Santo Domingo, San Andrés y Santiago, hasta que el pobre Lope Sánchez llegó a desesperarse, y comprendió que, si no se alejaba de este bendito varón, tendría que hacer donativos a todos los santos del calendario. Determinó, pues, en vista de esto, empaquetar el dinero que le quedaba y marcharse secretamente de noche a otro punto del reino.

Con este objeto compró un arrogante mulo y lo escondió en una tenebrosa bóveda debajo de la Torre de los Siete Suelos; desde este sitio —según se decía— salía por la noche el Velludo, caballo endiablado y sin cabeza, que recorría las calles de Granada perseguido por una jauría de perros de los demonios. Lope Sánchez no tenía fe en semejantes patrañas, y aprovechose del pavor que tales cuentos causaban, calculando, con razón, que nadie se aventuraría a ir a la caballeriza subterránea del espectro fantástico. Durante el día hizo salir a su familia, diciéndole que lo esperase en una aldea lejana de la Vega, y ya bien entrada la noche transportó su tesoro a la bóveda subterránea de la Torre, lo cargó luego en su mulo, lo sacó fuera y bajó cautelosamente por la oscura alameda.

El precavido Lope había tomado sus medidas con el mayor secreto, no dándolas a conocer a nadie más que a su cara mitad: pero, sin duda, efecto de alguna milagrosa revelación, llegaron, a oídos de fray Simón. El celoso padre vio que se le escapaba para siempre de las manos su querido tesoro, y determinó tomarlo por asalto en beneficio de la Iglesia y de San Francisco; por lo cual, cuando las campanas dieron el toque de ánimas y toda la Alhambra yacía en completo silencio, salió de su convento, y, encaminándose hacia la Puerta de la Justicia, se encontró entre los matorrales de rosales y laureles que adornan la alameda. Estúvose allí contando los cuartos de hora que iban sonando en la campana de la Torre de la Vela, oyendo el siniestro graznido de las lechuzas y los lejanos ladridos de los perros de las próximas cuevas de los gitanos.

Al fin percibió un ruido de herraduras, y al través de la oscuridad que proyectaban los árboles distinguió, aunque confusamente, el bulto de un caballo que bajaba por la alameda. El rollizo fraile se regocijaba pensando en la mala jugada que iba a hacer al honrado Lope.

Después de haberse remangado los hábitos y agachado como el gato que acecha al ratón, se mantuvo quietecito hasta que su presa estuvo enfrente de él, y entonces salió de su escondrijo, y poniendo una mano en el lomo del animal y otra en la grupa, dio un salto que hubiera dado honor al más aventajado maestro de equitación.

—¡Ajajá! —dijo el robusto fraile—. Ahora veremos quién gana la partida.

Pero no había hecho más que pronunciar estas palabras cuando el caballo empezó a tirar coces, a encabritarse y dar tremendos saltos, y luego partió a escape colina abajo. En vano trataba el reverendo fraile de sujetarlo, pues saltaba de roca en roca y de breña en breña; sus hábitos se hicieron jirones y su afeitada cabeza recibió tremendos porrazos contra las ramas de los árboles y no pocos arañazos en las zarzas. Para colmo de su terror, vio una jauría de siete perros que corrían ladrando tras él, y entonces comprendió, aunque ya era tarde, que iba caballero en el terrible Velludo.

Nunca cazador ni galgo corrieron una posta más endemoniada que aquélla, por la alameda de la Alhambra, la plaza Nueva, el Zacatín y plaza de Bibarrambla, como alma que lleva el diablo. En vano invocaba el buen padre a todos los santos del calendario y a la Santísima Virgen María; cada nombre sagrado que pronunciaba surtía el efecto de un espolazo, haciendo botar al Velludo hasta los tejados de las casas. Durante toda la noche anduvo el desdichado fray Simón correteando calles contra su voluntad, doliéndole todos los huesos de su cuerpo y sufriendo tan horrible magullamiento que causa lástima el referirlo. Al fin el canto del gallo anunció la venida del día, y lo mismo fue oírle, que volvió pies atrás el fantástico animal y escapó corriendo hacia su Torre. Atravesó de nuevo como una furia la plaza de Bibarrambla, el Zacatín, la plaza Nueva y la alameda de la Alhambra, seguido de los siete perros, que no paraban de aullar y ladrar, mordiéndole los talones al aterrorizado fraile. No había hecho más que apuntar el crepúsculo matutino cuando llegaron a la Torre; aquí la quimérica cabalgadura soltó un par de coces que hicieron dar al reverendo un salto mortal en el aire, mal de su agrado, y desapareció en la oscura bóveda, seguida de la infernal traílla de perros, sobreviniendo el más profundo silencio después de sus horribles clamores.

¿Se le jugó nunca en la vida partida más serrana a un reverendo fraile? Un labrador que iba a su trabajo muy de mañana encontró al asendereado fraile Simón tendido bajo una higuera al pie de la Torre; pero tan aporreado y maltrecho, que apenas podía hablar ni moverse, fue llevado con mucho cuidado y solicitud a su celda, y se cundió la voz de que había sido robado y maltratado por unos ladrones. Pasaron uno o dos días antes de que pudiera moverse, y consolábase entretanto pensando que, aunque se le había escapado el mulo con el tesoro, había atrapado anteriormente una buena parte del botín. Su primer cuidado, luego que pudo valerse, fue buscar debajo de su colchón en el sitio donde había escondido la guirnalda de mirto y la bolsa de cuero que había sacado a la mujer de Lope Sánchez; pero ¡cuál no sería su desesperación al ver que la guirnalda se había convertido en una simple rama de mirto y que la bolsa de cuero estaba llena de arena y de chinarros!

Fray Simón, a pesar de su disgusto, tuvo la discreción de callarse, pues de divulgar aquel secreto habría de pasar forzosamente por un ente miserable a los ojos de la gente y atraerse el condigno castigo de su superior, no refiriendo a nadie su trote nocturno sobre el Velludo hasta que, pasados muchos años, lo reveló a su confesor en el lecho de muerte.

No se supo nada por mucho tiempo de Lope Sánchez desde que desapareció de la Alhambra. Recordábanse con agrado sus condiciones de hombre jovial, explicándose todos generalmente, como hemos dicho, las tristezas y melancolías que se habían apoderado de él antes de su desaparición misteriosa, como consecuencia de un extremo estado de indigencia. Pasados algunos años, ocurrió que uno de sus antiguos camaradas, un soldado inválido que se encontraba en Málaga, fue atropellado por un coche de seis caballos. Detúvose al momento el carruaje y bajó a ayudar a levantar al pobre invalido un señorón ya anciano, elegantemente vestido, con peluquín y espada. Cuál no sería el asombro del veterano al reconocer en este gran personaje a su antiguo convecino Lope Sánchez, el cual iba a celebrar en aquel mismo instante el casamiento de su hija Sanchica con uno de los grandes del reino.

En el carruaje iban los contrayentes. La señora de Sánchez, que también iba allí, se había puesto tan gruesa que parecía un tonel, e iba adornada con plumas, alhajas, sartas de perlas, collares de diamantes y anillos en todos los dedos, y con un lujo asiático que no se había visto igual desde los tiempos de la reina Saba. La niña Sanchica estaba ya hecha una mujer, y en cuanto a belleza y donosura, podría pasar por una gran duquesa y aun también por una princesa. El novio iba sentado junto a su prometida: era un tipo raquítico y, al parecer, hombre gastado, lo cual era señal y prueba de ser de sangre azul, todo un grande de España, con cinco pies apenas de estatura. Estas nupcias habían sido arregladas por la madre.

Las riquezas no habían empedernido el corazón del honrado Lope; hospedó, pues, a su antiguo camarada en su propia casa por algunos días, tratándolo a cuerpo de rey, llevándolo a los teatros y corridas de toros, y regalándole a la despedida, como muestra de cariño, una buena bolsa de dinero para él y otra para que la distribuyese entre sus antiguos compañeros inválidos de la Alhambra.

Lope decía siempre, por supuesto, que se le había muerto un hermano muy rico en América y que le había dejado heredero de una mina de cobre; pero los malignos charlatanes de la Alhambra insistían en afirmar que su riqueza provenía del tesoro que había descubierto en el Palacio árabe y que estaba guardado por dos ninfas de alabastro. Es digno de notarse que estas dos discretas estatuas continúan aún en el día con los ojos fijos en el mismo sitio de la pared; esto ha hecho suponer a muchos que todavía queda dinero escondido en aquel lugar y que bien vale la pena de que fije en él su atención el diligente viajero. Otros —y especialmente las mujeres— miran aquellas esculturas con extrema complacencia, como un monumento perpetuo que demuestra que las mujeres pueden guardar un secreto.

Mohamed Abu Alhamar, el fundador de la Alhambra

Después de habernos ocupado con alguna extensión de las maravillosas leyendas de la Alhambra, parece obligado dar al lector algunas noticias concernientes a su historia particular, o más bien a la de dos magnánimos monarcas, fundador el uno y finalizador el otro de este bello y poético monumento del arte oriental. Para estudiar estos hechos descendí desde la región de la fantasía y de la fábula, donde se colorea con los tintes de la imaginación, dirigiéndome a hacer investigaciones históricas en los viejos volúmenes de la antigua biblioteca de PP. Jesuitas de la Universidad de Granada. Este tesoro de erudición, tan célebre en otros tiempos, es ahora una mera sombra de lo que fue, pues los franceses despojaron esta librería de sus más interesantes manuscritos y obras raras cuando dominaron en Granada. Todavía se conservan allí, entre sinnúmero de voluminosos tomos de polémica de los PP. Jesuitas, algunos curiosos tratados de Literatura española, y, sobre todo, un gran número de crónicas encuadernadas en pergamino, a las cuales he profesado siempre singular veneración.

En esta vieja biblioteca pasaba sabrosísimas horas de quietud, sin que nadie viniese a perturbarme en mi tarea, pues me confiaban las llaves de los estantes y me dejaban solo para que escudriñase a mi placer; facultades que se conceden muy raras veces en estos santuarios de la ciencia, donde frecuentemente los insaciables amantes del estudio se ven tentados ante la vista de las fuentes de la sabiduría.

En el transcurso de mis visitas recogí estos breves apuntes referentes al asunto histórico en cuestión.

Los moros de Granada miraron siempre la Alhambra como una maravilla del arte, y era tradición entre ellos que el rey que la fundó era poseedor de las artes mágicas, o, por lo menos, versado en la alquimia, por cuyos medios se procuró las inmensas sumas de oro que se gastaron en su edificación. Una rápida ojeada sobre este reinado dará a conocer el verdadero secreto de su esplendor.

El nombre de este primer monarca granadino, tal como está escrito en las paredes de algunos salones de la Alhambra, era Abu Abdallah —esto es, el padre de Abdallah—, pero se conoce generalmente en la historia musulmana por Mohamed Abu Alhamar —o Mohamed, el hijo de Alhamar— o simplemente Abu Alhamar, con el objeto de abreviar.

Nació en Arjona en el año 591 de la Héjira —1195 de la Era Cristiana—, y era descendiente de la noble familia de Beni-Nasar, o hijos de Nasar. Sus padres no omitieron gasto alguno con el objeto de educarlo para el elevado rango que la grandeza y dignidad de su familia le obligaron a ocupar. Ya los sarracenos de España estaban muy adelantados en civilización, y había centros de enseñanza en las ciencias y en las artes en las principales ciudades, pudiendo allí recibir una sólida instrucción los jóvenes de alto linaje y crecida fortuna Abu Alhamar, cuando llegó a la edad viril, fue nombrado alcaide de Arjona y Jaén, alcanzando gran popularidad por su bondad y justicia. Algunos años después, a la muerte de Abu Hud, dividiose en bandos el poder musulmán en España, declarándose partidarios muchas ciudades de Mohamed Abu Alhamar. Dotado de espíritu ardiente y de gran ambición, aprovechose de esta ocasión, recorriendo el país, siendo recibido en todos los pueblos con aclamaciones de júbilo. En el año 1238 entró en Granada, en medio de los entusiastas vítores de los habitantes; fue proclamado rey con grandes demostraciones de regocijo, y pronto se hizo el jefe de los musulmanes en España, siendo el primero del esclarecido linaje de Beni-Nasar que ocupó el trono granadino. Su reinado fue una larga serie de sucesos prósperos para sus súbditos. Dio el mando de sus numerosas ciudades a aquellos que se habían distinguido por su valor y su prudencia y que eran más estimados del pueblo. Organizó una policía vigilante y estableció leyes severísimas para la administración de justicia. El pobre y el oprimido eran siempre admitidos en audiencia, y los atendía personalmente, protegiéndolos y socorriéndolos. Fundó hospitales para los ciegos, los ancianos y los enfermos y para todos aquellos que no estaban hábiles para trabajar, visitándolos frecuentemente, y no en días señalados ni anunciándose con pompa para dar tiempo a que todo apareciese marchando perfectamente y quedasen ocultos los abusos, sino que se presentaba de pronto y cuando menos lo esperaban, informándose en persona del tratamiento de los enfermos y de la conducta de los encargados de cuidarles. Fundó escuelas y colegios, que visitaba de la misma manera, inspeccionando por sí mismo la instrucción de la juventud. Estableció también carnicerías y hornos públicos para que el pueblo se abasteciese de los artículos de primera necesidad a precios justos y equitativos. Trajo abundantes cañerías de agua a la ciudad, mandando construir baños y fuentes, además acueductos y acequias para regar y fertilizar la Vega. De este modo reinaban la abundancia y la prosperidad en su hermosa ciudad; sus puertas se vieron abiertas al comercio y a la industria, y sus almacenes estaban llenos de mercancías de todos los países.

De tal manera iba Mohamed Abu Alhamar rigiendo sus dominios y con tanta sabiduría como prosperidad, cuando viose de pronto amenazado con los horrores de la guerra. Los cristianos, por este tiempo, aprovechándose del desmembramiento del poder musulmán, principiaron de nuevo a reconquistar sus antiguos territorios. Jaime el Conquistador había tomado ya a Valencia, y Fernando el Santo paseaba sus armas victoriosas por toda Andalucía; este último puso sitio a Jaén, y juró no levantar el campo hasta apoderarse de la ciudad. Mohamed Abu Alhamar, convencido de su impotencia para hacer frente al poderoso monarca de Castilla, tomó una pronta resolución: se fue secretamente al campamento cristiano y presentose al rey Fernando.

—Ved en mí —le dijo— a Mohamed, rey de Granada; confío en vuestra lealtad y me pongo bajo vuestra protección. Tomad todo lo que poseo y recibidme como vasallo vuestro.

Y, al decir esto, se arrodilló y besó la mano del rey en señal de sumisión.

Enterneciose el rey Fernando al ver este ejemplo de confianza, y determinó ser no menos generoso.

Levantó del suelo al que era momentos antes su rival, abrazole como amigo y no aceptó las riquezas que le ofrecía, sino que lo recibió como vasallo, dejándole la soberanía de sus Estados a condición de pagarle cierto tributo anual, con derecho a asistir a las Cortes como uno de tantos nobles de su imperio y con la obligación de ayudarlo en la guerra con cierto número de caballeros.

No se pasó mucho tiempo sin que Mohamed fuese llamado a prestar su concurso como guerrero, pues tuvo que ayudar al rey Fernando en su famoso sitio de Sevilla. El rey moro salió con quinientos caballeros escogidos de Granada, a quienes nadie aventajaba en el mundo manejando la lanza y el caballo; servicio triste y humillante, pues tenían que desenvainar la espada contra sus mismos hermanos de religión.

Mohamed alcanzó una triste celebridad por su valor en esta conquista, no menos que por el honor de haber influido en el ánimo de Fernando para que dulcificase las crueles costumbres establecidas en la guerra. Cuando en 1248 se rindió la famosa ciudad de Sevilla a los monarcas castellanos, regresó Mohamed a sus dominios triste y taciturno, pues vio claramente las desgracias que amenazaban a la causa musulmana, lanzando con frecuencia esta exclamación que solía decir en momentos de pena y ansiedad «¡Cuán angosta y miserable sería nuestra vida si no fuera tan dilatada y espaciosa nuestra esperanza!».

Cuando el abatido Alhamar se aproximó a su adorada Granada salieron a recibirle sus súbditos, impacientes por saludarle, pues lo amaban como su bienhechor. Habían erigido arcos de triunfo en honor de sus hazañas de guerra, y dondequiera que pasaba lo aclamaban llamándole *El Ghalib*, esto es, «El Victorioso». Mohamed movió su cabeza al oír esto, y exclamó: «¡*Wa la ghalib ila Allah*!». —Sólo Dios es vencedor—. Desde entonces adoptó esta sentencia por divisa, y la hizo grabar sobre una banda transversal en su escudo de armas, y siguió siendo en adelante el lema de sus descendientes.

Mohamed había comprado la paz sometiéndose al yugo cristiano; pero sabía que cuando elementos heterogéneos se hallan discordantes y separados por motivos de hostilidad inveterados y profundos, la armonía no podía ser segura ni permanente. Así, pues, siguiendo la antigua máxima «Ármate en tiempo de paz y arrópate aun en verano», aprovechó el intervalo de tranquilidad que disfrutaba para fortificar sus dominios y pertrechar sus arsenales, protegiendo al mismo tiempo las artes útiles, que dan a las naciones riqueza y poderío. Concedió asimismo premios y privilegios a los mejores artistas; fomentó la cría caballar y de otros animales domésticos y la agricultura, aumentando la feracidad natural del terreno por su iniciativa, haciendo que los hermosos valles del reino floreciesen como el más bello jardín. También concedió grandes privilegios al cultivo y fabricación de la seda, hasta que consiguió que los tejidos hechos en Granada sobrepujasen a los de Siria en finura y belleza de producción. Igualmente hizo explotar las minas de oro, plata y otros metales encontrados en las regiones montañosas de sus dominios, y fue el primer rey de Granada que acuñó monedas de oro y plata con su nombre, poniendo gran diligencia en que los cuños estuviesen hábilmente grabados.

Por este tiempo, hacia la mitad del siglo XIII y poco después de su regreso del sitio de Sevilla, comenzó el magnífico Palacio de la Alhambra, inspeccionando él mismo su construcción, mezclándose frecuentemente entre los artistas y alarifes, y dirigiendo sus trabajos.

Aunque tan espléndido en sus obras y grande en sus empresas, era modesto en su persona y moderado en sus diversiones. Sus vestidos no eran fastuosos, sino tan sencillos que no se distinguían de los de sus vasallos. Su harén tenía pocas mujeres, a las que visitaba rara vez; pero las rodeaba de gran magnificencia. Sus esposas eran hijas de los nobles más principales, y las trataba humanitariamente, como amigas y compañeras; y, lo que es más extraño, consiguió que viviesen entre sí en paz y amistad continua. Pasaba la mayor parte del día en sus jardines, y especialmente en los de la Alhambra, que había enriquecido con las plantas más raras y las flores más hermosas y aromáticas, y allí se deleitaba en leer historias o haciendo que se las leyesen, y en los momentos de descanso se ocupaba en instruir a sus tres hijos, a quienes había proporcionado los maestros más ilustres y virtuosos.

Como se había sometido franca y voluntariamente como vasallo tributario de Fernando, permaneció siempre fiel a su palabra, dándole repetidas pruebas de afecto y de lealtad. Cuando aquel renombrado monarca murió en Sevilla, en 1254, Mohamed Abu Alhamar envió embajadores a dar el pésame a su sucesor Alfonso X, y con ellos un ostentoso séquito de cien caballeros musulmanes de alto rango, para que velasen con cirios encendidos alrededor del féretro real en las ceremonias fúnebres. El monarca musulmán repitió este testimonio de respeto durante el resto de sus días a cada aniversario a la muerte del rey Fernando el Santo, e iban de Granada a Sevilla cien caballeros moriscos, asistiendo con blandones encendidos en la suntuosa catedral, rodeando el cenotafio del ilustre difunto.

Mohamed Abu Alhamar conservó sus facultades intelectuales y su vigor hasta una edad muy avanzada. A los setenta y nueve años salió al campo a caballo, acompañado de la flor de sus caballeros, para rechazar una invasión en sus territorios. Al salir el ejército de Granada, uno de los principales adalides que iban al frente de él rompió casualmente su lanza contra el arco de la puerta. Los consejeros del rey, alarmados por este suceso, que consideraban como un mal presagio, le suplicaron que se volviese a su palacio. Cuantos ruegos le hicieron todos fueron inútiles, pues el rey insistió en continuar, cumpliéndose fatalmente el presagio, y —según cuentan los cronistas árabes— Mohamed se vio súbitamente atacado a la caída de la tarde de una enfermedad repentina, faltando poco para que cayese de su caballo. Pusiéronle en una litera, conduciéndole de nuevo a Granada; pero su enfermedad se agravó de tal manera, que se vieron obligados a instalarle en una tienda de campaña en la Vega. Sus médicos estaban consternados, sin saber qué remedio administrarle, falleciendo al cabo de pocas horas vomitando sangre y en medio de las más horribles convulsiones. El infante castellano don Felipe, hermano de Alfonso X, estaba a su lado cuando murió. Su cuerpo fue embalsamado, depositado en un ataúd de plata y enterrado en la Alhambra en un mausoleo de mármol, en medio de los sollozos y lamentos de sus súbditos, que lo lloraron como a un padre.

Tal fue el ilustre príncipe patriota que fundó la Alhambra, cuyo nombre se encuentra entrelazado con sus delicados adornos, y cuya memoria inspira los más gigantescos pensamientos a los que visitan esta desolada mansión de su magnificencia y de su gloria. Aunque sus empresas eran atrevidas y sus gastos inmensos, su erario estaba siempre abundante, dando lugar esta contradicción a la conseja que lo suponía versado en la magia, y a la opinión general de que poseía el secreto de cambiar los metales viles en oro. Los que fijen su atención en la política de este monarca que he consignado aquí se explicarán fácilmente la magia natural y la sencilla alquimia que hacía que su tesoro estuviese siempre nadando en la abundancia.

Yusef Abul Hagig, el finalizador de la Alhambra

Debajo de las habitaciones del gobernador de la Alhambra se halla la Mezquita Real, donde los monarcas mahometanos rezaban sus devociones. Aunque fue después consagrada como capilla católica, conserva todavía restos de su carácter musulmán; pueden verse aún las columnas árabes con sus dorados capiteles y las galerías de celosías para las mujeres del harén, y en sus paredes están mezclados los escudos de armas de los reyes moros con los de los soberanos de Castilla.

En este sagrado aposento murió el ilustre Yusef Abul Hagig, el noble príncipe que terminó la Alhambra, el cual se hizo digno casi de igual renombre que su magnánimo fundador, por sus preclaras virtudes y singulares dotes. Con grata complacencia sacó de la oscuridad en que ha permanecido por tan largo tiempo el nombre de uno de los soberanos de esta dinastía casi olvidada que reinó con esplendor y gloria en Andalucía cuando toda Europa estaba sumida en un estado de barbarie relativo.

Yusef Abul Hagig —o, como se escribe generalmente, Haxis— subió al trono de Granada en el año 1333, y sus prendas personales y dotes intelectuales le ganaron las simpatías de todos, augurándole un reinado feliz y próspero. Era de noble presencia, de extraordinaria fuerza física y dotado de singular belleza; su cutis era excesivamente blanco, y —según los cronistas arábigos— aumentaba su gravedad y majestad dejándose crecer grandemente la barba y tiñéndola de negro. Tenía una memoria prodigiosa y bien enriquecida de ciencia y erudición; era de genio vivo y estaba reputado por uno de los mejores poetas de su tiempo; sus modales eran por todo extremo corteses, afables y urbanos. Yusef poseía el valor personal de las almas generosas, pero su carácter se adaptaba, más a la paz que a la guerra, viéndose extraordinariamente contrariado cuando se veía precisado a empuñar las armas, lo cual sucedía con frecuencia en aquéllos tiempos. Llevaba su benignidad de carácter hasta la práctica misma de la guerra, prohibiendo toda crueldad innecesaria y desviviéndose por poner a salvo a las mujeres, niños, ancianos, enfermos, religiosos y personas de vida ejemplar y escogida.

Entre sus empresas desgraciadas se cita la campaña que emprendió en compañía del rey de Marruecos contra los reyes de Castilla y Portugal, y que concluyó con la derrota de la memorable batalla del Salado, cuyo desastroso revés fue un verdadero golpe de muerte para el poder musulmán en España.

Después de esta derrota obtuvo Yusef una larga tregua; durante ese tiempo se consagró a la instrucción de su pueblo y al perfeccionamiento de sus costumbres y de su cultura. Con este objeto estableció escuelas en todas las aldeas, con sencillos y uniformes métodos de educación; obligó a cada pueblecillo de más de doce casas a que tuviese una mezquita, y prohibió los varios abusos e irreverencias que se habían introducido en las ceremonias religiosas y en las fiestas y diversiones públicas. Cuidó celosamente de la policía de las ciudades, estableciendo rondas nocturnas y patrullas, e inspeccionando todos los asuntos municipales. Desplegó un vehemente celo por concluir los edificios arquitectónicos comenzados por sus antecesores, e hizo levantar otros de nueva planta. Concluyó también de edificar la Alhambra, comenzada por el ilustre Abu Alhamar, y construyó la elegante Puerta de la Justicia, que forma la entrada principal de la fortaleza, la cual se concluyó en 1348.

Embelleció asimismo muchos de los patios y salones del Palacio, como lo atestiguan las inscripciones que hay en el recinto, en las que se repite con gran frecuencia su nombre. Edificó también el hermoso Alcázar de Málaga, convertido ahora por desgracia en un montón de ruinas, siendo muy probable que presentase su interior el mismo aspecto de elegancia y magnificencia que la Alhambra.

El carácter de un soberano refleja fielmente el de su época. Los nobles de Granada, imitando el elegante gusto de Yusef, adornaron aquella ciudad de suntuosos palacios, cuyos salones ostentaban pavimentos de mosaicos, paredes y cúpula de finísimas labores en estuco y delicadamente doradas y pintadas de azul, rojo y otros brillantes colores, o incrustadas primorosamente de cedro y otras maderas preciosas, de los cuales han sobrevivido modelos en perfectísimo estado de conservación después de algunos siglos. La mayor parte de las casas tenían fuentes que arrojaban surtidores de agua, refrescando el puro ambiente, y torrecillas de madera o mampostería curiosamente edificadas y adornadas, y cubiertas con chapas de metal que reflejaban brillantemente los espléndidos rayos del sol. Tal era el refinamiento y delicado gusto arquitectónico que predominaba entonces en la culta capital del reino granadino, refinamiento que dio origen a este bellísimo símil de un escritor arábigo:

«Granada, en los tiempos de Yusef, era un vaso de plata cubierto de esmeraldas y de jacintos».

Una anécdota sencilla bastará para poner de relieve la magnanimidad de este generoso monarca.

Ya iba a expirar la larga tregua que siguió a la batalla de Salado, y todos los esfuerzos de Yusef por ampliarla habían sido vanos. Su enemigo mortal, Alfonso XI de Castilla, salió al campo con un gran ejército y sitió a Gibraltar. Yusef tomó las armas con gran repugnancia y envió tropas para socorrer la ciudad; pero en medio de su angustia, tuvo confidencias de que su temible enemigo había muerto víctima de la peste. Pues bien; este noble príncipe, en vez de manifestarse contento y regocijado por tal acontecimiento, no tuvo ánimo sino para recordar las grandes cualidades del difunto, y exclamó enternecido con generosa tristeza «¡Ay! ¡El mundo ha perdido uno de sus mejores príncipes! ¡Era un soberano que reconocía el mérito lo mismo en sus amigos que en sus enemigos!».

Los cronistas españoles ensalzan a una este rasgo de nobleza de alma. Según refieren éstos, los caballeros moros participaron del sentimiento de su rey y llevaron luto por la muerte de Don Alfonso.

Aun los mismos moros de Gibraltar, que habían sido tan hostilmente sitiados, cuando supieron que el monarca enemigo había muerto en su campo, determinaron por voto unánime no hacer entonces ninguna escaramuza contra los cristianos.

El día en que aquéllos abandonaron el sitio y partió el ejército con el cadáver de Don Alfonso salieron los moros en gran número de Gibraltar y presenciaron mudos y melancólicos la triste ceremonia. El mismo respeto a la memoria del difunto observaron todos los jeques musulmanes fronterizos, permitiendo el paso a la fúnebre comitiva que llevaba el cuerpo del cristiano monarca desde Gibraltar hasta Sevilla[1].

Yusef no sobrevivió mucho tiempo al enemigo que tan generosamente había llorado. En el año 1354, estando orando cierto día en la Mezquita Real de la Alhambra, se arrojó sobre él repentinamente un maniático y le clavó una daga en el costado. A los gritos del rey acudieron los guardias y cortesanos, y le encontraron bañado de sangre y presa de horribles convulsiones. Fue llevado inmediatamente a las habitaciones reales, donde expiró al poco tiempo. El asesino fue descuartizado y sus restos quemados públicamente para satisfacer el furor popular.

El cadáver del monarca fue depositado en un soberbio sepulcro de mármol blanco, en el cual recordaba sus virtudes un extenso epitafio en letras de oro sobre fondo azul que decía de esta manera:

Aquí yace un rey y un mártir, de ilustre linaje afable, sabio y virtuoso; renombrado por sus prendas personales y su delicado trato, cuya clemencia, piedad y benevolencia eran alabadas en todo el reino de Granada. Fue un gran príncipe, un ilustre capitán, una tajante espada de los musulmanes, un valiente abanderado entre los más poderosos monarcas, etc., etc.

La mezquita en que resonaron los gritos moribundos de Yusef existe todavía; pero el mausoleo que recordaba sus virtudes desapareció ha ya mucho tiempo. Su nombre, sin embargo, permanece escrito en los adornos de la Alhambra, y vivirá perpetuado mientras dure esta renombrada fortaleza, en cuya suntuosidad y embellecimiento cifró su mayor orgullo, y a la que miró siempre como la soberana de sus delicias.

Notas

[1] «*Et los Moros que estaban en la villa et castiello de Gibraltar, después que sopieron que el Rey Don Alfonso era muerto, ordenaron entre sí que ninguno non fuese osado de facer ningún movimiento contra los Christianos, nin mover pelea contra ellos. Estidieron todos quedos, et dicían entre ellos, que aquel día moriera un noble Rey et Príncipe del mundo»*, etcétera. (Corónica del muy alto et muy católico Rey Don Alfonso el Onceno de este nombre, que venció la batalla del río Salado et ganó a las Algeciras. Cap. CCCXXXIX).
<<

Printed in Great Britain
by Amazon

53674510R00079